SAS

MANIP À ZAGREB

DU MÊME AUTEUR
AUX PRESSES DE LA CITÉ

N° 1 S.A.S. À ISTANBUL
N° 2 S.A.S. CONTRE C.I.A.
N° 3 S.A.S. OPÉRATION APOCALYPSE
N° 4 SAMBA POUR S.A.S.
N° 5 S.A.S. RENDEZ-VOUS À SAN FRANCISCO
N° 6 S.A.S. DOSSIER KENNEDY
N° 7 S.A.S. BROIE DU NOIR
N° 8 S.A.S. AUX CARAÏBES
N° 9 S.A.S. À L'OUEST DE JÉRUSALEM
N° 10 S.A.S. L'OR DE LA RIVIÈRE KWAÏ
N° 11 S.A.S. MAGIE NOIRE À NEW YORK
N° 12 S.A.S. LES TROIS VEUVES DE HONG-KONG
N° 13 S.A.S. L'ABOMINABLE SIRÈNE
N° 14 S.A.S. LES PENDUS DE BAGDAD
N° 15 S.A.S. LA PANTHÈRE D'HOLLYWOOD
N° 16 S.A.S. ESCALE À PAGO-PAGO
N° 17 S.A.S. AMOK À BALI
N° 18 S.A.S. QUE VIVA GUEVARA
N° 19 S.A.S. CYCLONE À L'ONU
N° 20 S.A.S. MISSION À SAÏGON
N° 21 S.A.S. LE BAL DE LA COMTESSE ADLER
N° 22 S.A.S. LES PARIAS DE CEYLAN
N° 23 S.A.S. MASSACRE À AMMAN
N° 24 S.A.S. REQUIEM POUR TONTONS MACOUTES
N° 25 S.A.S. L'HOMME DE KABUL
N° 26 S.A.S. MORT À BEYROUTH
N° 27 S.A.S. SAFARI À LA PAZ
N° 28 S.A.S. L'HÉROÏNE DE VIENTIANE
N° 29 S.A.S. BERLIN CHECK POINT CHARLIE
N° 30 S.A.S. MOURIR POUR ZANZIBAR
N° 31 S.A.S. L'ANGE DE MONTEVIDEO
N° 32 S.A.S. MURDER INC. LAS VEGAS
N° 33 S.A.S. RENDEZ-VOUS À BORIS GLEB
N° 34 S.A.S. KILL HENRY KISSINGER !
N° 35 S.A.S. ROULETTE CAMBODGIENNE
N° 36 S.A.S. FURIE À BELFAST
N° 37 S.A.S. GUÊPIER EN ANGOLA
N° 38 S.A.S. LES OTAGES DE TOKYO
N° 39 S.A.S. L'ORDRE RÈGNE À SANTIAGO
N° 40 S.A.S. LES SORCIERS DU TAGE
N° 41 S.A.S. EMBARGO
N° 42 S.A.S. LE DISPARU DE SINGAPOUR
N° 43 S.A.S. COMPTE À REBOURS EN RHODÉSIE
N° 44 S.A.S. MEURTRE À ATHÈNES
N° 45 S.A.S. LE TRÉSOR DU NÉGUS
N° 46 S.A.S. PROTECTION POUR TEDDY BEAR
N° 47 S.A.S. MISSION IMPOSSIBLE EN SOMALIE
N° 48 S.A.S. MARATHON À SPANISH HARLEM
N° 49 S.A.S. NAUFRAGE AUX SEYCHELLES
N° 50 S.A.S. LE PRINTEMPS DE VARSOVIE
N° 51 S.A.S. LE GARDIEN D'ISRAËL
N° 52 S.A.S. PANIQUE AU ZAÏRE
N° 53 S.A.S. CROISADE À MANAGUA
N° 54 S.A.S. VOIR MALTE ET MOURIR
N° 55 S.A.S. SHANGHAÏ EXPRESS
N° 56 S.A.S. OPÉRATION MATADOR
N° 57 S.A.S. DUEL À BARRANQUILLA

N° 58 S.A.S. PIÈGE À BUDAPEST
N° 59 S.A.S. CARNAGE À ABU DHABI
N° 60 S.A.S. TERREUR À SAN SALVADOR
N° 61 S.A.S. LE COMPLOT DU CAIRE
N° 62 S.A.S. VENGEANCE ROMAINE
N° 63 S.A.S. DES ARMES POUR KHARTOUM
N° 64 S.A.S. TORNADE SUR MANILLE
N° 65 S.A.S. LE FUGITIF DE HAMBOURG
N° 66 S.A.S. OBJECTIF REAGAN
N° 67 S.A.S. ROUGE GRENADE
N° 68 S.A.S. COMMANDO SUR TUNIS
N° 69 S.A.S. LE TUEUR DE MIAMI
N° 70 S.A.S. LA FILIÈRE BULGARE
N° 71 S.A.S. AVENTURE AU SURINAM
N° 72 S.A.S. EMBUSCADE A LA KHYBER PASS
N° 73 S.A.S. LE VOL 007 NE RÉPOND PLUS
N° 74 S.A.S. LES FOUS DE BAALBEK
N° 75 S.A.S. LES ENRAGÉS D'AMSTERDAM
N° 76 S.A.S. PUTSCH A OUAGADOUGOU
N° 77 S.A.S. LA BLONDE DE PRÉTORIA
N° 78 S.A.S. LA VEUVE DE L'AYATOLLAH
N° 79 S.A.S. CHASSE A L'HOMME AU PÉROU
N° 80 S.A.S. L'AFFAIRE KIRSANOV
N° 81 S.A.S. MORT A GANDHI
N° 82 S.A.S. DANSE MACABRE A BELGRADE
N° 83 S.A.S. COUP D'ÉTAT AU YEMEN
N° 84 S.A.S. LE PLAN NASSER
N° 85 S.A.S. EMBROUILLES A PANAMA
N° 86 S.A.S. LA MADONE DE STOCKHOLM
N° 87 S.A.S. L'OTAGE D'OMAN
N° 88 S.A.S. ESCALE À GIBRALTAR

L'IRRÉSISTIBLE ASCENSION DE MOHAMMAD REZA, SHAH D'IRAN
LA CHINE S'ÉVEILLE
LA CUISINE APHRODISIAQUE DE S.A.S
PAPILLON ÉPINGLÉ
LES DOSSIERS SECRETS DE LA BRIGADE MONDAINE
LES DOSSIERS ROSES DE LA BRIGADE MONDAINE

AUX ÉDITIONS DU ROCHER

LA MORT AUX CHATS
LES SOUCIS DE SI-SIOU

AUX ÉDITIONS DE VILLIERS

N° 89 S.A.S. AVENTURE EN SIERRA LEONE
N° 90 S.A.S. LA TAUPE DE LANGLEY
N° 91 S.A.S. LES AMAZONES DE PYONGYANG
N° 92 S.A.S. LES TUEURS DE BRUXELLES
N° 93 S.A.S. VISA POUR CUBA
N° 94 S.A.S. ARNAQUE À BRUNEI
N° 95 S.A.S. LOI MARTIALE À KABOUL
N° 96 S.A.S. L'INCONNU DE LENINGRAD
N° 97 S.A.S. CAUCHEMAR EN COLOMBIE
N° 98 S.A.S. CROISADE EN BIRMANIE
N° 99 S.A.S. MISSION À MOSCOU
N° 100 S.A.S. LES CANONS DE BAGDAD
N° 101 S.A.S. LA PISTE DE BRAZZAVILLE
N° 102 S.A.S. LA SOLUTION ROUGE
N° 103 S.A.S. LA VENGEANCE DE SADDAM HUSSEIN

LE GUIDE S.A.S. 1989

Photo de la couverture : Michel MOREAU

La loi du 11 mars 1957 n'autorisant, aux termes des alinéas 2 et 3 de l'article 41, d'une part, que les *copies ou reproductions strictement réservées à l'usage privé du copiste et non destinées à une utilisation collective*, et, d'autre part, que les analyses et les courtes citations dans un but d'exemple et d'illustration, *toute représentation ou reproduction intégrale ou partielle, faite sans le consentement de l'auteur ou de ses ayants droit ou ayants cause, est illicite* (alinéa 1er de l'article 40). Cette représentation ou reproduction, par quelque procédé que ce soit, constituerait donc une contrefaçon sanctionnée par les articles 425 et suivants du Code pénal.

© Éditions Gérard de Villiers, 1991.

ISBN : 2 - 7386 - 0249 - 5

ISSN : 0295 - 7604

GÉRARD DE VILLIERS

MANIP À ZAGREB

EDITIONS
GERARD de VILLIERS

CHAPITRE PREMIER

La pluie se mit à tomber d'un coup, comme si un gigantesque seau se déversait depuis les cumulus gris qui accouraient de l'Atlantique vers la longue bande de terre où s'alignaient les condominiums de Miami Beach. Les rares baigneurs continuèrent à jouer dans les vagues et ceux qui farnientaient sous le soleil encore brûlant quelques instants plus tôt se ruèrent vers les abris les plus proches, désertant la langue de sable qui s'étirait sur plusieurs kilomètres.

Boris Miletic s'écarta à regret de la jeune brune avec qui il flirtait sur un drap de bain. A part son nom, Swesda Damicilovic (1) et le fait que, yougoslave comme lui, elle soit hôtesse d'accueil au *Fontainebleau*, l'énorme palace rococo planté en bordure de la plage, à quelques centaines de mètres de là, il ignorait tout d'elle. Il l'avait draguée trois heures plus tôt, prétextant du fait qu'elle était en train de lire un quotidien de leur pays commun. Au début, il l'avait fait machinalement, ne la trouvant pas terrible avec ses cheveux raides, couleur aile de corbeau, et son drôle de regard qui semblait ne pas vous voir.

Elle lui avait fait penser à une Arabe. Puis, au détour d'une plaisanterie, la bouche trop rouge s'était écartée sur des dents éblouissantes, le regard de Boris avait

(1) Etoile.

glissé sur ses gros seins comprimés dans un maillot trop exigu, remontant aux lèvres retroussées en un sourire carnassier. Le regard de Swesda s'était éclairé d'un coup, balayant avec gourmandise le corps athlétique de Boris, s'attardant quelques fractions de seconde de trop sur le maillot de lainage bleu qui moulait un appareil génital impressionnant. Avec ses cheveux noirs coupés courts et sa musculature bien entretenue, ses traits découpés, Boris ressemblait à un des maîtres-nageurs siégeant dans les miradors de l'immense plage. Au bronzage près, sa peau étant encore désespérément blanche. Lui ne se trouvait en Floride que depuis quelques jours.

Après quelques ébats dans les vagues et un arrêt à un des bars de la plage, où Boris avait pris un Johnny Walker et sa conquête un Cointreau on ice, Swesda s'était un peu dégelée, adoptant plusieurs fois des attitudes carrément provocantes. De temps à autre, elle passait une langue aiguë sur ses lèvres trop rouges. Boris avait craqué brutalement, sous un regard un peu plus insistant. Enhardi, il s'était penché à l'oreille de Swesda allongée à côté de lui, et avait murmuré :

— Tu me fais bander...

Aussitôt, Swesda s'était refermée comme une huître. Son regard avait balayé Boris, glacial et elle avait laissé tomber :

— J'aime pas les mecs...

Pourtant, tout dans son attitude disait le contraire. Boris s'était dit que les Serbes étaient souvent comme ça, ombrageux, fous d'orgueil.

Swesda devait aimer choisir.

Il n'avait pas insisté, changeant de sujet, lui montrant les gros nuages noirs qui accouraient des Bahamas.

Peu à peu, Swesda s'était déridée. A nouveau, Boris l'avait entraînée dans l'eau et, comme elle savait à peine nager, en avait profité pour la prendre dans ses bras, écrasant ses gros seins ronds contre son torse. Sous prétexte de la maintenir droite, il avait glissé une jambe entre les siennes, forçant leurs cuisses à demeurer en

contact. Quand ils étaient sortis de l'eau, Swesda avait
perdu son attitude hautaine. Allongés côte à côte sur le
sable ils avaient commencé une conversation à bâtons
rompus, entrecoupée de longues pauses. Comme la
plupart des couples de la plage, ils flirtaient et échangeaient quelques baisers en riant.

Swesda Damicilovic s'était un peu plus livrée. Elle
était serbe, du Kosovo, venue aux USA pour fuir le
chômage avec l'argent gagné dans un concours de
beauté.

— C'est vrai que tu es superbe, avait remarqué
Boris.

— Et toi, tu es musclé, avait enchaîné Swesda, louchant sur ses pectoraux. Tu fais beaucoup de sport?

Boris Miletic l'avait prise par la taille, la serrant
contre lui. Le contact de la jeune femme l'avait embrasé
instantanément, ce qui n'avait pu échapper à Swesda
Damicilovic... Mais, apparemment, les gestes la cho-
quaient moins que les paroles car elle n'avait pas
cherché à se dégager.

Boris, le bassin en avant, se demandait s'il n'allait
pas exploser prématurément.

Brusquement, Swesda l'avait embrassé, il avait senti
sa langue glisser sous la sienne. Les pointes de ses seins,
à peine protégées par le maillot de nylon, ressemblaient
à deux électrodes posées sur sa poitrine pour un exquis
électrochoc. Avec un grognement presque douloureux,
il avait glissé une main entre les cuisses de sa partenaire.
Juste comme les premières gouttes de pluie se mettaient
à tomber...

En quelques secondes, ce fut un déluge... Swesda
Damicilovic se leva d'un bond, enfilant son jeans d'un
seul trait, raflant son chemisier au passage.

— Où on va? demanda-t-elle.

Le rideau gris venant de l'Atlantique avançait vers
eux à toute vitesse, grossissant la mer.

— J'habite un des appartements là-bas, annonça
Boris Miletic. Viens.

Il désignait un des innombrables condominiums bon

marché s'alignant entre Ocean Boulevard et la plage, la plupart encore inoccupés, appartenant à des gens de la Côte Est qui les utilisaient surtout l'hiver. Boris, qui n'avait qu'une serviette et des sandales, entraîna Swesda qui courait maladroitement sur le sable. Le temps d'arriver au building, ils étaient trempés. Swesda, transformée en Ophélie, les cheveux ruisselants, Boris ayant l'air de sortir de sa douche.

Essoufflés, ils atteignirent enfin le couvert, et Boris tira la jeune femme dans l'escalier desservant une galerie extérieure. Il avait la clef de l'appartement dans son maillot. Il ouvrit et poussa Swesda à l'intérieur, avant qu'elle ait eu le temps de réfléchir.

Ils débouchèrent dans un grand living mal meublé. Swesda regarda en soupirant son reflet dans une glace.

– Je suis trempée!

Son maillot lui collait à la peau, découpant les pointes de ses seins longues et grosses comme des crayons.

– Débarrasse-toi de ce truc, suggéra Boris Miletic faussement indifférent.

Swesda lui tourna le dos et ôta le haut de son maillot, sans se rendre compte que la glace renvoyait l'image de ses seins. Quand elle enfila son chemisier, elle poussa un cri; encore plus trempé que le maillot, il en était devenu transparent, dessinant avec précision les gros seins ronds aux pointes sombres.

Swesda hésita quelques instants; si elle le retirait, elle était nue! Boris Miletic s'approcha d'elle, le regard luisant. Il avait échafaudé tout un plan de séduction, mais il ne pouvait plus s'y tenir. Il attira Swesda vers lui, l'appuya à un canapé et se mit à lécher ses grosses lèvres, se laissant imprégner de toute son humidité tiède. Normalement, il avait horreur du mouillé, mais pourtant son érection retrouva toute sa vigueur. Swesda lui rendit son baiser. Elle ne le repoussa pas lorsqu'il écarta le pan du chemisier pour s'emparer d'un sein. Elle respirait seulement un peu plus fort. Enhardi, Boris

MANIP À ZAGREB

Miletic posa une de ses grandes mains dans son dos, puis la glissa entre le jeans et la peau, atteignant la croupe humide, encore huilée d'huile à bronzer.

Son majeur tenta de se faufiler entre les globes fermes et charnus. En même temps, par-devant il appuyait de toutes ses forces son sexe raidi contre le tissu épais du jeans. A deux doigts de se faire plaisir...

– Arrête, je t'ai dit que j'aime pas les mecs !

Brutalement, Swesda lui avait donné un coup d'épaule, arrachant sa main de ses fesses. Boris Miletic s'immobilisa, désarçonné. Elle le regardait fixement avec un mélange de haine et de quelque chose de trouble. Il était trop excité pour se calmer à la première injonction. Ecartant le chemisier, il lui empoigna les seins sans pouvoir se retenir, par en dessous, pour les grossir encore davantage. Ils étaient fermes et chauds, les pointes dures comme des rivets. Boris se mit à les tirer et soudain, Swesda, le regard chaviré, perdit toute son agressivité et gémit :

– Arrête, arrête ! Tu vas me rendre folle !

Plus question de ne pas aimer les mecs ! Boris Miletic, déchaîné, le slip déformé par son érection, se mit à les frotter l'un contre l'autre, à les pétrir, le regard fixe, le souffle court. Swesda avait fermé les yeux et gémissait à petits soupirs brefs. Presque des miaulements. Mais elle avait gardé les bras le long du corps, comme si elle ne voulait pas participer. La pluie cinglait les vitres violemment et il faisait presque nuit tant le ciel était noir.

Boris Miletic se dit que s'il ne la baisait pas tout de suite, il allait devenir fou. Cette fille qu'il ne connaissait pas trois heures plus tôt, il en avait envie comme il n'avait jamais désiré une femme. Peut-être la réaction à ce qu'il venait de vivre. C'était le premier jour où il se relaxait depuis son départ d'Europe.

Abandonnant un des seins, il plongea de nouveau la main à l'intérieur du jeans, mais cette fois devant, passant même sous le maillot. Ses doigts eurent le temps d'effleurer une fourrure douce, avant que Swesda les arrache, prise d'une crise de nerfs brutale et imprévue.

— Arrête, espèce de salaud! hurla-t-elle. Je ne veux pas que tu me baises!

Médusé, Boris la contempla quelques secondes, sans réagir. Dépassé. Puis, une immense fureur le balaya. S'il n'avait pas eu autant envie d'elle, il l'aurait rouée de coups et jetée dehors. Il n'avait jamais supporté les allumeuses. De la main gauche, il la saisit à la gorge :

— C'est du pognon que tu veux, salope! lança-t-il sur le même ton qu'elle. Combien?

— Espèce de porc! répliqua la Yougoslave.

Pourtant, son expression avait changé. Boris eut l'impression qu'il l'avait ébranlée. La tenant toujours à la gorge, il l'entraîna vers une table basse où était posé un attaché-case. Il l'ouvrit. Les yeux de Swesda s'agrandirent devant les liasses de billets de cent dollars tout neufs bien alignées sur lesquelles était posé un gros pistolet automatique noir.

La fureur de Swesda était tombée d'un coup. Son regard croisa celui de Boris Miletic, interrogateur et intéressé.

— Tu travailles avec les *narcos*? demanda-t-elle.

— Non, répliqua le Yougoslave, amusé. J'ai du blé, c'est tout. Beaucoup de blé. Même si je te paie bien et que je te baise tous les jours, on n'est pas près d'en voir le bout.

Swesda ne quittait pas des yeux le massif pistolet noir. Elle allongea le bras, l'effleura.

— Pourquoi tu as un flingue?

De toute évidence, ça l'excitait. Boris Miletic ne répondit pas, mais arracha un billet de cent dollars d'une des liasses et le fourra dans la main de la jeune femme.

— Cent dollars, ça te va?

Swesda referma ses doigts sur le billet.

— Comme tu veux, dit-elle d'une voix neutre.

De nouveau indifférente.

MANIP À ZAGREB

Sans attendre, Boris fit glisser son maillot sur ses cuisses, libérant une virilité déjà raide et se laissa tomber sur le canapé. Il tira Swesda pour qu'elle s'installe à côté de lui et, la prenant par la nuque, il poussa sa tête vers son ventre. Elle écarta docilement les mâchoires et il s'enfonça dans sa bouche, une grotte chaude habitée par une langue agile. Pesant sur sa nuque, il appuya jusqu'à heurter le fond de sa gorge. Il était si excité qu'il sentit ses cheveux se dresser sur la tête. La pluie tapait toujours sur les vitres, les isolant du monde extérieur. Depuis longtemps, il ne s'était pas senti aussi bien. Swesda avait glissé à même le sol, continuant sa prestation. Apparemment décidée à en venir à bout. Mais Boris voulait quelque chose de plus complet.

D'un effort héroïque, il s'arracha de sa bouche. Swesda le regarda comme un animal qu'on prive de son festin. Ses pupilles étaient dilatées, éclairées d'une lueur trouble, ses lèvres, brillantes de salive. Visiblement, elle se complaisait dans les rôles d'esclave, en dehors de ses brefs sursauts de rebellion.

Elle murmura d'une petite voix rauque :

— Tu ne sais pas ce que tu veux !

Boris lui offrit un large sourire, s'attaquant à la ceinture de son jeans.

— Oh si ! Te baiser.

— Je suis sale ! protesta-t-elle. Pleine de sable. Je veux prendre un bain d'abord.

Elle avait l'air tellement buté qu'il ne discuta pas, la poussant vers la salle de bains. Elle commença à faire couler l'eau, penchée au-dessus de la baignoire, la croupe tendue. Puis, sans se retourner, elle défit son jeans et entreprit de le faire glisser le long de ses hanches, se tortillant pour s'arracher du tissu trop serré. Son maillot, lui, resta collé à ses fesses par l'humidité, tandis que le jeans tombait gracieusement à ses pieds. Boris ne pouvait détacher les yeux du renflement du sexe moulé par le maillot.

Sa patience brutalement envolée.

Il s'approcha et posa les mains sur les hanches de
Swesda, collant son membre brûlant et raide au coton
humide.
– Ne bouge pas! ordonna-t-il.
Ils avaient le temps, la baignoire se remplissait lentement. Lui ne pouvait plus attendre.
Swesda se retourna, une lueur complice dans les
yeux, tandis que Boris se frottait lentement contre le
maillot, prenant bien soin de ne pas aller jusqu'au
bout.
– Tu es un sacré vicieux! dit-elle de sa petite voix
rauque de pute soumise.

**
*

Said Mustala avait mis ses essuie-glaces afin de
pouvoir observer le building au crépi rose passé. Vingt
minutes déjà qu'il était garé au bord du trottoir
d'Ocean Boulevard, en face de l'entrée du condomi-
nium, comparant tous ceux qui entraient à une photo
posée à côté de lui. Celle de Boris Miletic. Il n'aimait
pas la pluie. Cela lui rappelait le dégel en Russie, le
terrible printemps 1945 où il reculait devant la percée
des T.34 soviétiques, parmi les débris de la division SS
"Croatie". Une retraite qui l'avait amené jusqu'en
Argentine.
Au départ, tout avait bien commencé, pourtant. Said
Mustala, citoyen musulman de Bosnie-Herzegovine,
une des provinces de la Yougoslavie, s'était inscrit
en 1942 au parti des Oustachis d'Ante Pavelic, chef
nationaliste croate, soutenu par les nazis. Pavelic avait
créé le parti Oustachi en réponse à la dictature de 1929
établie par le roi Alexandre de Yougoslavie. Ce dernier
avait écarté du pouvoir, ou fait assassiner, toute l'intel-
ligentsia croate, rayant d'un trait de plume la Croatie.
Quittant sans regret son travail d'apprenti boucher à
Sarajevo où il travaillait seize heures par jour pour
quelques dinars, séduit par les promesses de Pavelic qui
avait décidé de construire une mosquée en plein cœur

de Zagreb pour les musulmans croates, Said Mustala avait rejoint les Oustachis. Avec l'appui d'un de ses cousins appartenant à la garde rapprochée du chef croate, il avait vite grimpé les échelons de l'organisation pour devenir chef d'une des bandes qu'Ante Pavelic, lançait sur ses ennemis, Serbes, Juifs ou communistes. En toute impunité. En 1941, soutenue par les nazis, la Croatie était devenue indépendante, et Ante Pavelic, rallié à Hitler, y régnait sans partage, s'acharnant à supprimer les enclaves serbes de Croatie de la façon la plus féroce, à faire fuir les survivants. Le but étant d'avoir une Croatie ethniquement pure.

La première expédition punitive à laquelle avait participé Said Mustala avait été semblable aux récits de ses compagnons. Ils étaient arrivés à l'aube dans un village serbe de la région de Knin, l'avaient encerclé et le massacre avait commencé.

Leur méthode était d'une simplicité biblique, celle des pogroms. Arrivés dans trois camions, les Oustachis s'étaient répartis par petits groupes de cinq. Ils s'attaquaient à une maison, tuant d'abord à l'arme à feu ceux qui tentaient de résister. Ensuite, ils s'en donnaient à cœur joie avec leurs longs couteaux effilés. Avant chaque expédition, le chef vérifiait que les poignards de ses hommes pouvaient trancher une feuille de papier... Après une bonne lampée de slibovizc (1), c'était aussi facile de trancher la gorge d'un homme d'une oreille à l'autre que de tailler un crayon. A ceux qui se rendaient on enlevait des morceaux de chair, délicatement, comme on découpe une carcasse de bœuf. Said, grâce à son ancien métier, était passé maître dans cette technique.

Les femmes avaient droit à un traitement spécial. Les jeunes étaient violées, ensuite éventrées lentement. Lorsqu'elles étaient enceintes, les plus primesautiers des Oustachis arrachaient le fœtus, le découpaient en petits

_____
(1) Eau-de-vie de prune, spécialité yougoslave.

morceaux et recousaient ensuite le ventre en y mettant un lapin vivant.

Aux vieilles, on coupait parfois les seins, comme ça, pour faire quelque chose. Les bébés avaient droit à un jeu abominable : un Oustachi les jetait en l'air, les rattrapant à la pointe de son long couteau. Cela devant la mère, bien entendu... La première fois que Said Mustala avait essayé, il avait laissé tomber le nouveau-né sur le sol où il s'était mis à hurler. Vexé, devant les sarcasmes de ses camarades, il l'avait relancé encore plus haut et, cette fois, embroché bien au milieu du corps. Surpris par la facilité avec laquelle sa lame l'avait traversé comme une motte de beurre... Ensuite, il avait mis fin à la vie et aux hurlements de la mère, une paysanne rougeaude, en lui ouvrant la gorge d'un seul revers...

Pas d'états d'âme pour ces expéditions : pas d'interrogatoires, pas de survivants et pratiquement aucun risque. Il fallait tuer tout ce qui était serbe ou juif, selon les villages. En plus, tous ces paysans avaient quelques trésors cachés qu'ils offraient dans l'espoir naïf d'avoir la vie sauve. De quoi mener ensuite la belle vie à Zagreb.

Une seule contrainte. A chaque cadavre, on arrachait les yeux. Tous étaient regroupés dans des sacs d'osier et ramenés en offrande au bon Ante Pavelic qui savait ainsi que ses fidèles Oustachis avaient bien rempli leur devoir. Au bout de quelques mois, Said Mustala ne savait plus combien de gens il avait tué. Ça lui était égal d'ailleurs, sa croisade étant juste. Mais les expéditions commençaient à devenir dangereuses. Plusieurs groupes avaient été piégés dans des embuscades montées par les partisans communistes du général Tito. Ceux-ci, lorsqu'ils s'emparaient d'un Oustachi, le découpaient vivant et lui faisaient manger sa propre chair avant de l'achever...

En 1944, Ante Pavelic avait décidé de créer une brigade SS avec ses meilleurs éléments, afin d'aider l'armée du Troisième Reich en pleine déconfiture. Said

MANIP À ZAGREB

Mustala, qui venait d'avoir vingt ans, s'était porté
volontaire parmi les premiers. L'idée de porter le bel
uniforme noir à parements argent de la SS le sédui-
sait.

Evidemment, la suite avait été moins drôle. Dès leur
premier engagement, les SS croates, mal armés, mal
entraînés et mal encadrés, s'étaient fait tailler en pièces.
Et là, il ne s'agissait plus de massacrer des villageois
sans défense, mais de s'opposer au blindage des T.34 et
aux mitrailleuses des cosaques. Quelques mois plus
tard, Said avait pleuré en apprenant qu'Ante Pavelic
s'était enfui, que la Croatie indépendante n'existait
plus, balayée par les partisans de Tito, et qu'il n'était
pas près de revoir son pays... Dépouillé de son uniforme, il avait emprunté la filière *Odessa* jusqu'à Bue-
nos Aires. Là-bas on l'avait aidé à trouver du travail.

Comme boucher.

Said Mustala avait prospéré et possédait maintenant
trois boutiques. Mais il n'avait jamais rompu avec son
idéal, conservant des liens étroits avec les anciens
Oustachis répandus à travers le monde, en Allemagne,
en Australie, en Espagne et en Amérique latine, sans
parler du Canada et des Etats-Unis. La mort d'Ante
Pavelic, dans un couvent de Madrid en 1959, n'avait
pas découragé son fanatisme.

Des commanditaires se réclamant de l'idéal croate
avaient à plusieurs reprises recruté des jeunes gens, les
fils de la vieille génération, afin de commettre des
attentats en Serbie, à Belgrade en particulier. Hélas, les
résultats avaient été minces. L'UDBA, la police politique du régime titiste, veillait férocement : ces commando-
dos de la guerre froide étaient presque toujours inter-
ceptés et leurs membres fusillés en grande pompe. Ce
qui permettait au régime communiste d'agiter l'épou-
vantail du danger oustachi... Said Mustala savait bien
qu'ils n'étaient plus qu'une poignée de vieux fidèles
comme lui, encore prêts à mourir pour leur cause
comme ils l'avaient juré en 1941 à leur « Poglov-

nik » (1) Ante Pavelic. Ou à punir de mort tous les traîtres.

Certes, il y avait la relève, comme le fils de Said, élevé dans les principes oustachis. Lui et d'autres se réunissaient régulièrement, un peu partout dans le monde, chantaient les anciens airs croates et priaient devant une vieille photo de leur Poglovnik. Regroupés dans une organisation secrète, la HRB (2).

En 1989, lorsque la Yougoslavie avait commencé à éclater et que la Croatie avait proclamé son intention de se séparer de la Serbie, un frémissement avait parcouru l'univers des Oustachis. Des messagers avaient parcouru le monde, contactant les anciennes filières, ranimant les réseaux exsangues, galvanisant les jeunes qui n'avaient jamais connu leur pays.

Un de ces messagers avait contacté Said Mustala qui avait répondu présent sans hésiter, en dépit de ses soixante-cinq ans. Lui expliquant qu'une structure clandestine nationaliste croate issue du HRB s'était mise en place afin d'accomplir discrètement certaines actions que le gouvernement officiel de la Croatie, qui venait de proclamer son désir d'indépendance, ne pouvait endosser... Said Mustala avait été ému aux larmes, en apprenant que le blason croate à damiers blancs et rouges flottait de nouveau sur les édifices publics de Zagreb...

Zagreb où pendant quarante-cinq ans, il avait été interdit de séjour par les communistes.

Le vieil Oustachi avait attendu, l'arme au pied, ignorant ce qu'on allait lui demander. Quelques semaines plus tôt, il avait reçu un mystérieux coup de fil lui enjoignant de se rendre à Miami, en Floride, pour une mission importante qui lui serait précisée sur place; l'inconnu avait utilisé les signaux de reconnaissance en vigueur dans le mouvement oustachi HRB, aussi Said

(1) Le guide.
(2) Hrvatsko Revolucionatno Bratsvo. (Confrérie révolutionnaire Croate).

Mustala avait-il donné son accord. Un peu déçu de ne pas se rendre de nouveau dans son pays. Bien sûr, comme tous les Oustachis, il avait été condamné à mort par contumace, mais dans la nouvelle Croatie indépendante, il serait en sécurité.

— Zagreb, ce sera pour plus tard, avait affirmé son interlocuteur.

Said Mustala avait dû se résigner. Grâce à son passeport argentin, il pouvait voyager partout. Arrivé trois jours plus tôt en Floride, il avait emménagé dans l'hôtel qu'on lui avait indiqué, à North Miami, et loué une voiture.

Le matin même, il avait reçu par téléphone ses instructions complémentaires, et trouvé à la réception, dans une enveloppe à son nom, une photo. Sans discuter, il s'était préparé à accomplir ce qu'on lui demandait.

Comme au bon vieux temps.

La pluie redoublait. Las d'attendre, il décida de procéder à une vérification et courut jusqu'à une cabine téléphonique. Avec sa chemise à fleurs, ses traits marqués et son teint mat, il se fondait parfaitement dans le flot des « latinos » composant la majorité des habitants de Miami. Il glissa son « quarter » (1) dans le taxiphone et composa un numéro. Laissant sonner une dizaine de fois.

Après avoir raccroché, il regagna sa voiture et réfléchit. Il possédait tout ce qu'il fallait pour ouvrir une serrure. S'il avait l'avantage de la surprise, ce ne serait pas plus mal. Fermant sa voiture à clef, il se dirigea vers l'immeuble au crépi rose et poussa la porte du hall.

Toujours penchée au-dessus de la baignoire, Swesda se retourna, posant un regard trouble sur l'érection de

---

(1) 25 cents.

Boris. Elle l'effleura de toute sa longueur du bout des doigts.

– Caresse-toi, ordonna-t-elle, de sa voix rauque. Ça m'excite!

Il obéit, écartant les doigts de la jeune femme, congestionné, noué, se demandant jusqu'à quand cette petite salope allait le manipuler... Puis ses mains revinrent aux reins cambrés, les pétrissant, il murmura des obscénités devant cette croupe somptueuse, élastique, bien ouverte. Millimètre par millimètre, il continua à faire glisser le maillot, révélant le petit oursin noir planqué entre les cuisses pleines.

Quand le téléphone se déclencha, ils sursautèrent tous les deux. Un flot d'adrénaline se rua dans les artères de Boris Miletic. Il n'attendait aucun appel... Ce devait être une erreur ou un appel pour celui qui lui avait prêté cet appartement... La sonnerie s'arrêta enfin, et Swesda remarqua, un sourire ironique aux lèvres :

– Tiens, tu ne bandes plus...

Automatiquement, il recommença à se caresser. Pensant de toutes ses forces à ce qu'il allait lui faire. Swesda le regardait, avec, à nouveau, son expression trouble.

– J'aime bien regarder un type qui se branle, dit-elle. Ça m'excite vachement. C'est bestial.

Cette fois, c'en était trop. D'un coup sec, Boris acheva de faire glisser le maillot sur les cuisses épanouies. La baignoire était pleine et Swesda se pencha en avant pour fermer le robinet.

– Ça va déborder!

Du coup, elle dut se cambrer encore plus et son sexe remonta un peu en s'ouvrant.

Boris Miletic s'y engouffra d'un unique et féroce coup de reins, raide comme un manche de pioche. De se rendre compte que Swesda, qui avait refermé le robinet, lui tendait ses fesses, le rendit quasiment fou. Il sentit un écrin doux et serré palpiter autour de lui, et tenta encore de gagner quelques millimètres jusqu'au fond de ce ventre grand ouvert. Swesda, appuyée des deux mains au rebord de la baignoire, se mit à hurler.

– Salaud, tu me défonces! Arrête.

Boris se retira presque entièrement et revint, propulsant en avant ses quatre-vingts kilos, rentrant son ventre déjà plat pour ne pas perdre un millimètre de pénétration. Swesda cria encore, puis se retourna, le regard noyé, fou.

– Vas-y, vas-y, puisque tu aimes! Tu me défonces. Ah, ce que tu me défonces!

L'esclave, de nouveau. Elle oscillait sans cesse entre une agressivité grondeuse et cette soumission masochiste. Une vraie allumée, pensa Boris Miletic.

Le plaisir décuplé par cette docilité, il avait l'impression de s'enfoncer à chaque coup de reins un peu plus loin. Il ahanait, comme un bûcheron en train de porter les derniers coups qui vont abattre un arbre et Swesda se contentait de couiner maintenant. Le membre de Boris allait et venait dans son ventre inondé avec une facilité déconcertante.

Trop facilement...

Boris qui commençait à avoir des crampes se retira complètement, contempla la longue fissure sombre, se dressa sur la pointe des pieds, et, avec la même brutalité, appuya son sexe sur l'ouverture des reins, poussant comme un malade.

Une fraction de seconde, il crut que le sphincter serré allait le rejeter. Puis, la pression fut trop forte pour le muscle anal, et son gros membre s'engloutit d'un coup au fond des reins de Swesda. Celle-ci émit un hurlement démentiel, se redressant en arc-de-cercle, des larmes plein les yeux, hurlant des injures, essayant de se dégager. Boris Miletic ne bougeait plus, se demandant s'il n'allait pas mourir de plaisir. Il ressortit presque et, cette fois, se fraya un passage facilement.

Nouveau hurlement, puis la voix, déchirée comme la croupe qu'il martyrisait.

– Oui! Oui! Plus fort!

Les mots se faufilèrent jusqu'à son cerveau, y déclenchant une sorte d'éclair de chaleur qui plongea jusqu'à son ventre, le faisant partir d'un coup sans qu'il puisse se retenir. Les doigts crispés dans la chair élastique des hanches de la jeune femme, il se vida longuement, en voyant plein d'étoiles. Il mit ensuite plusieurs secondes à réaliser qu'on sonnait à la porte... C'était probablement la femme de ménage.

Cassée en deux contre la baignoire, Swesda reprenait son souffle, les cheveux dans l'eau.

— Salaud, fit-elle, tu m'as massacrée! Je saigne.

Boris venait de se retirer d'elle, encore raide et fou de désir.

— Reste ici! lança-t-il, je reviens prendre un bain avec toi. Je vais voir la femme de ménage.

Il s'enroula hâtivement dans une serviette et sortit de la salle de bains.

Pieds nus, il alla ouvrir et resta figé sur le pas de la porte.

L'homme qui se trouvait en face de lui était tout aussi surpris. Said Mustala avait sonné par acquis de conscience avant d'utiliser son « passe », afin de s'assurer que l'appartement était bien vide. En une fraction de seconde, il réalisa que l'homme presque nu qui se tenait devant lui était celui qu'il cherchait.

Ce qui dérangeait ses plans.

— *Who are you?* demanda Boris, l'air méfiant.

Pourtant cet homme plus petit et beaucoup plus âgé que lui ne l'impressionnait pas. Confiant dans sa force physique, il le toisait, s'assurant de ne pas commettre une erreur. Dans sa situation, cela ne pardonnait pas.

— Tu es Boris Miletic? demanda Said Mustala en serbo-croate.

A son accent, Boris identifia immédiatement un Bosnien. Son estomac s'était contracté. Qu'on l'ait retrouvé ici ne sentait pas bon. A moins que l'inconnu

ne lui soit envoyé par un ami new-yorkais. Il s'accrocha
à cette explication et demanda sèchement :

– *Who do you want to speak to?* (1)

Le visage ridé de Said Mustala ne changea pas
d'expression. D'un mouvement coulé, sa main disparut
sous sa veste et ressortit tenant un couteau à la lame
longue d'une trentaine de centimètres et large de trois
ou quatre, légèrement recourbée. Avant que Boris
puisse faire un geste, la pointe s'appuyait sur sa
gorge.

– A toi! fit le vieil homme.

Boris Miletic sentit son cœur dégringoler dans ses
talons. Ce qui le hantait depuis des semaines se produi-
sait. C'était le célèbre poignard des Oustachis qui
s'appuyait sur sa gorge et l'homme qui le tenait n'en
était sûrement pas à son coup d'essai... Le nouveau
venu le repoussa à l'intérieur de l'appartement sans
qu'il puisse esquisser un geste de défense. Nu, à l'excep-
tion de la serviette, il se sentait encore plus vulnérable...
Said Mustala, d'un coup de pied, referma la porte qui
claqua. Machinalement, Boris tourna la tête vers la
porte de la salle de bains. Pourvu que Swesda ne
surgisse pas!

– Qu'est-ce que tu veux? demanda-t-il dans sa langue. Qui es-tu? Pourquoi me menaces-tu?

Le vieil Oustachi ne répondit qu'à la première question.

– L'argent que tu as volé, dit-il simplement.

– Quel argent?

– Celui des armes, salaud!

L'Oustachi avait élevé la voix. Une flamme folle
dansait dans ses petits yeux noirs. De son temps, on
n'aurait jamais imaginé cela! Il en tremblait de rage
intérieurement. Même sans ordre, il aurait découpé un
salaud de cette espèce en lamelles. Voler l'argent de
l'Organisation, des dons offerts par des centaines de

_____

(1) A qui voulez-vous parler?

Croates pour aider à libérer leur pays! C'était ignoble.

Said Mustala était si concentré qu'il ne vit pas la porte de la salle de bains s'entrouvrir. Boris Miletic retint son souffle, mais personne ne surgit. Il essaya de prendre un air dégagé, seulement c'était difficile avec cette pointe mortelle collée à sa gorge. La pluie s'était enfin arrêtée de tomber et un bout de ciel bleu apparaissait à travers la baie vitrée. Cela lui parut un heureux présage...

— Pourquoi veux-tu cet argent, protesta-t-il, je ne peux pas te le donner; je suis venu ici, à Miami, pour prendre livraison du matériel. Qui t'envoie? Miroslav?

Said Mustala ne répondit même pas. Il avait déjà vu des menteurs et savait lire dans le regard des gens.

— L'argent! répéta-t-il. Où est-il?

Boris sentit que s'il lui racontait n'importe quoi, l'autre lui trancherait la gorge, sans se poser plus de questions. Subitement, il entrevit une solution et parvint à esquisser un sourire crispé.

— Comment t'appelles-tu? Je suis sûr que nous luttons pour la même cause.

De dégoût, Said Mustala faillit lui trancher la gorge sur-le-champ. Il se contenta de répéter, comme un automate bien réglé :

— L'argent? Où est-il?

— Ecoute, plaida Boris, je ne peux pas te le donner, il ne t'appartient pas. Il est à l'Organisation. Mais je vais te le montrer. D'accord?

— Où est-il? répéta Said sans se troubler.

Brutalement, Boris Miletic réalisa qu'il était trempé de sueur et pourtant la climatisation marchait.

— Ici, sur la table, dit-il. Viens.

Il fit un pas en arrière et, tournant le dos à son terrifiant visiteur, il s'approcha de la table basse. Said l'avait suivi, son long poignard à l'horizontale, le visage fermé. Boris Miletic contourna la table, s'accroupit devant et attira à lui l'attaché-case. Il commença à faire tourner les mollettes, comme si elles étaient verrouillées,

MANIP À ZAGREB

puis leva un regard qu'il voulait innocent sur Said Mustala.

– Tu vas voir! Il y en a un paquet!

Les serrures claquèrent et il releva le couvercle de l'attaché-case, y plongeant la main gauche. Il la ressortit brandissant une liasse de billets de cent dollars devant Said Mustala.

– Tu te rends compte, lança-t-il, il y en a pour dix mille dollars rien que là!

D'un geste aussi naturel que possible, il reposa la liasse et ses doigts effleurèrent la crosse du pistolet automatique, un SZ 9 mm avec une balle dans le canon. Boris essayait de continuer à sourire, pensant de toutes ses forces à la fille qu'il venait de prendre avec tant de plaisir. Afin de détendre ses traits. Ses doigts s'étaient glissés autour de la crosse. C'est peut-être l'expression de triomphe involontaire qui traversa son regard qui alerta Said Mustala.

Le vieil Oustachi se fendit comme un escrimeur. La pointe acérée du poignard traversa le cuir de l'attaché-case comme du beurre et s'enfonça dans la main de Boris Miletic.

Boris Miletic poussa un hurlement d'agonie et voulut se redresser. Ce faisant, il entraîna l'attaché-case et renversa les liasses de billets sur la moquette grise. Seulement le SZ tomba en même temps... Boris n'eut même pas le temps d'avoir peur. Son adversaire retira sa lame d'un coup sec. Au moment où Boris Miletic se relevait, le visage crispé de douleur et de terreur, il lança son bras en avant et les vingt premiers centimètres de la lame s'enfoncèrent à l'horizontale un peu au-dessus du nombril de Boris Miletic. D'abord, ce dernier ne réalisa pas : sa main lui faisait trop mal. Puis la douleur l'envahit d'un coup, comme un bloc brûlant.

Il hurla, essaya de retirer la lame, se coupa profondément la main sur les deux tranchants.

Said Mustala recula, retirant sa lame rougie. Les vieux réflexes revenaient.

D'un revers fulgurant et soigneusement calculé, le poignard partit à l'horizontale, sectionnant d'un coup le larynx et les deux carotides de Boris Miletic. Le cri de ce dernier se termina en gargouillement. Le regard déjà vitreux, il tituba et s'effondra sur la moquette, secoué par les soubresauts de l'agonie.

Said Mustala attendit quelques instants que les jets de sang jaillissant de la carotide aient faibli, puis se pencha vers le corps allongé sur le côté. De haut en bas, il piqua le corps inanimé, plantant plusieurs fois son long poignard jusqu'à la garde, faisant jaillir à peine quelques gouttes de sang. Il éprouvait un plaisir sensuel qu'il n'avait pas connu depuis longtemps à enfoncer ce long et mince poignard effilé comme un rasoir dans les chairs d'un être humain. La lame était assez souple pour contourner les os et ne bloquait jamais.

Il jeta un bref coup d'œil à Boris Miletic. Ses traits étaient calmes. Comme ceux de tous les morts, même ayant succombé dans les pires tortures.

Tranquillement, il essuya son poignard aux rideaux et le remit dans le fourreau dissimulé sous son pantalon. Il restait une formalité avant de partir. Il s'accroupit, sortit de sa poche un petit couteau extrêmement aiguisé et l'ouvrit. D'un geste précis, il en enfonça la lame dans le coin de l'œil droit de Boris Miletic, puis tourna, sectionnant le nerf optique. Il ne restait plus qu'à peser sur le manche pour faire jaillir l'œil de l'orbite comme une huître de sa coquille.

Il le déposa dans une boîte à pilules amenée à cet effet et procéda de la même façon pour l'œil gauche. Se relevant ensuite sans un regard pour le mort aux orbites vides.

Said Mustala mit la boîte dans sa poche, ramassa les billets et referma l'attaché-case, laissant le pistolet sur la moquette. A quoi bon se charger d'une arme inutile ? Sa mission était terminée : il n'avait plus qu'à rendre compte et rapporter l'argent.

Le soleil brillait à nouveau et cela lui réchauffa le cœur. Il était sorti depuis une dizaine de minutes,

MANIP À ZAGREB

lorsque Swesda osa enfin se risquer hors de la salle de bains. Les cris de Boris Miletic l'avaient glacée de terreur et elle avait cru devenir folle. Elle s'aventura dans le living, prudente comme un chat, le cœur battant la chamade.

La première chose qu'elle vit, ce furent les pieds nus de son éphémère amant qui dépassaient du canapé.

Elle eut le courage de s'approcher du cadavre. Mais lorsqu'elle aperçut le visage mutilé, son cœur bascula. Terrassée par une nausée violente, elle se mit à vomir, puis se précipita vers la porte en hurlant comme une sirène.

Elle hurlait toujours lorsque la voiture du « Homicide Squad » s'arrêta devant l'immeuble.

CHAPITRE II

Le prince Malko Linge leva son verre de Dom Pérignon, imité aussitôt par les deux convives qui se trouvaient à sa table. Le maître d'hôtel du restaurant *Schwartzenberg* leur en avait donné une à l'écart, directement sur le jardin de l'ancien palais, et les avait même séparés du reste de la salle par un paravent de toile représentant une scène d'amour à la cour d'Autriche, un siècle plus tôt.

– A l'aboutissement heureux de notre affaire, lança Malko.

Le bruit clair du cristal lui répondit. Andrez Pecs, courtier en armes hongrois, engoncé dans un costume légèrement trop serré, congestionné comme à son habitude, n'arborait aucune expression sur son visage un peu bouffi. Avec un bureau d'achat à Varsovie, un à Miami et un à Beyrouth, le siège de sa société se trouvant à Vienne, lui-même demeurant à Budapest, il prospérait tous les jours un peu plus.

Miroslav Benkovac, le troisième homme, beaucoup plus jeune, avec un collier de barbe rejoignant sa moustache fournie, avait les traits tourmentés d'un héros romantique. La lueur presque mystique qui brillait dans ses yeux noirs accentuait ce côté passionné. Il savoura lentement son Dom Pérignon. Là d'où il venait, c'était une denrée à peu près inconnue.

Sa flûte vide, il regarda l'heure à sa montre dont le

cadran représentait le blason croate, un damier rouge et blanc.

– Je ne vais pas pouvoir rester longtemps avec vous, dit-il d'une voix où perçait un léger zézaiement. Quand nous revoyons-nous?

Andrez Pecs tourna vers Malko un regard parfaitement sincère.

– Quand pourrez-vous avoir réuni cette petite commande, *mein lieber* Kurt?

En réalité la commande fournie par Pecs se trouvait déjà dans un camion plombé à Vienne. Malko fit semblant de réfléchir.

– Disons une semaine, pour être tranquille.

– Tout y sera? interrogea anxieusement le jeune barbu. J'aimerais récapituler avec vous.

– Avec plaisir, accepta Malko.

Il tira une feuille de papier de sa poche et la déplia sur la table. Elle ne comportait qu'une vingtaine de lignes dactylographiées. Miroslav Benkovac en fit l'énumération à mi-voix.

– Les M. 16 (1)? Vingt caisses de six?

– C'est exact, confirma Malko. Ce sont des modèles A. 2 à 500 dollars pièce.

– Et les munitions? interrogea Benkovac.

– Calibre 5,56. Cent dollars les mille coups. On vous a prévu cent mille coups. Avec six chargeurs par arme.

– On pourra en avoir d'autres? interrogea anxieusement Miroslav Benkovac.

– Pas de problème, affirma Malko. C'est du calibre OTAN.

– Et les lance-grenades?

– Nous en avons prévu douze. Des M. 79 qui sont fixés directement sur les M. 16. Ce qui en fait une arme redoutable. Trois cents dollars pièce. Quatorze dollars par grenade.

Le barbu hocha la tête, suivant la ligne de l'index.

_____

(1) Fusil d'assaut américain.

MANIP À ZAGREB

– OK. Mais je ne sais pas si douze cents coups suffiront. J'aimerais que vous en rajoutiez 50 % de plus.

– Je vais voir, dit prudemment Malko, mais cela peut demander un délai supplémentaire.

– Bon, bon, laissez tomber, corrigea aussitôt Miroslav Benkovac, je ne peux pas attendre. D'ailleurs, je vous passerai bientôt une seconde commande.

Andrez Pecs se frotta les mains, heureux comme un porcelet repu.

– *Kein problem, mein lieber* Miroslav. Nous sommes des gens organisés et sérieux. Tant qu'il n'y a pas d'incidents de paiement, vous aurez ce que vous voulez. N'est-ce pas, Kurt?

– Absolument, confirma Malko, avec un sourire angélique.

Dans sa longue carrière de barbouze à la Central Intelligence Agency, c'était la première fois qu'il incarnait un marchand de mort subite avec un véritable acheteur. Dieu merci, il s'y connaissait assez en armes pour ne pas se faire piéger grossièrement. Quand une question un peu trop technique surgissait, Andrez Pecs volait à son secours. Lui c'était vraiment son gagne-pain. Malko, à son tour, consulta discrètement sa montre. Il était venu à Vienne avec Alexandra, sa pulpeuse fiancée, qui avait profité de son déjeuner d'affaires pour aller chez le coiffeur. En ce moment, elle devait être lancée dans une débauche de shopping qui risquait de lui coûter plus cher que ce que son petit rôle de composition risquait de lui rapporter, si la conversation se prolongeait outre mesure...

– Bon, les mitrailleuses M.60, ça va, marmonna Miroslav Benkovac, penché sur la feuille. Là aussi, il faudra bientôt recommander des munitions...

– A cinq mille dollars pièce, elles ne sont pas chères, souligna Andrez Pecs. Et pour les munitions 7,62, cent vingt dollars les mille...

« Mais, *mein lieber* Miroslav, si vous devez vraiment

dépenser beaucoup de munitions, il faudra nous prévenir un peu à l'avance : nous ne les fabriquons pas...

Il se renversa en arrière, éclatant d'un gros rire heureux. Discret, le maître d'hôtel était déjà en train de reverser du Dom Pérignon, s'efforçant de ne pas regarder la feuille étalée sur la table... Ils attendirent qu'il soit parti pour continuer. Miroslav Benkovac, le pouce posé sur la dernière ligne, le fixait avec dégoût.

– Qu'est-ce que vous avez mis là ? Des RPG7 ! J'avais demandé des TOW ! (1)

– Il n'y a pas de TOW en ce moment, trancha Malko, préalablement briefé. Pas avant plusieurs mois. Toute la production a été absorbée par la guerre du Golfe. Mais le RPG7 est une arme anti-char tout aussi performante...

– Et beaucoup moins chère, ajouta vivement le marchand d'armes hongrois. Un TOW, le missile PGM 719 T coûte plus de douze mille dollars. Un RGP7 seulement deux mille cinq cent... Vous faites une sacrée économie.

Il oubliait de préciser que pour utiliser un RPG7 contre un char, il fallait vraiment être un héros... Tandis qu'avec le TOW, on pouvait agir de beaucoup plus loin. En plus, la roquette du RPG7, matériel déjà ancien de fabrication soviétique, avait tendance à rebondir sur le blindage des derniers chars soviétiques comme le T.72.

Miroslav Benkovac secoua la tête, réprobateur.

– Je vous ai dit que nous ne voulions pas d'armes soviétiques ! A aucun prix.

Cette fois, l'étonnement de ses deux interlocuteurs n'était pas feint. Andrez Pecs secoua la tête, réprobateur.

– Elles sont souvent excellentes ! Meilleures que les armes américaines, et toujours moins chères.

– Je n'en veux pas, répéta Miroslav Benkovac, buté.

(1) Missile anti-char.

MANIP À ZAGREB

Nous luttons contre le communisme depuis des années, et je ne veux pas utiliser leur équipement...

Andrez Pecs sourit devant cette naïveté. Depuis quand le sentimentalisme se mêlait-il à la guerre? D'un ton caustique, il demanda :

– Et que ferez-vous si vous vous heurtez à des blindés?

Miroslav Benkovac demeura muet, tiraillant les poils de sa barbe. Finalement, il laissa tomber de mauvaise grâce :

– Bon, laissez les RPG7 dans la commande. Mais je veux des TOW dès que vous pourrez vous en procurer.

– *Kein problem*, affirma Andrez Pecs. Pour nous, c'est plus intéressant. Ils sont beaucoup plus chers.

Le silence retomba. Miroslav Benkovac avait tiré une calculatrice de sa poche, et additionnait. Lorsqu'il eut terminé, il releva la tête et dit :

– Bien, comme convenu, je vais vous verser cinquante pour cent du montant de la commande. A qui dois-je remettre cette somme?

Andrez Pecs désigna Malko d'un geste large et sortit un énorme cigare de sa poche.

– L'argent va à mon ami Kurt! Je ne suis qu'un modeste intermédiaire.

Miroslav Benkovac ramassa l'attaché-case posé à côté de lui et le posa sur la table. Une brusque lueur d'inquiétude passa dans son regard sombre.

– Vous me garantissez que ces armes sont en bon état de fonctionnement?

Le visage gélatineux d'Andrez Pecs se raidit en une sorte de noble protestation et son triple menton en trembla d'indignation.

– Nous sommes des gens sérieux et nous vendons du matériel sérieux, lança-t-il sèchement. S'il y a un problème, il faudra vous adresser aux arsenaux américains. Jamais nous n'avons eu la moindre plainte de nos clients.

Evidemment, les Libériens à qui Andrez Pecs avait

livré un lot de vieux Mannlicher-Carcano sans percuteur, à un prix défiant toute concurrence, n'avaient jamais eu l'occasion de faire de réclamation.

— Très bien, admit Miroslav Benkovac, rassuré par cette double profession de foi.

Il se préparait à ouvrir le couvercle de l'attaché-case lorsqu'Andrez Pecs posa brutalement sa grosse patte dessus.

— *Nicht hier!* (1)

Il se retourna, héla le maître d'hôtel qui accourut ventre à terre.

— Pourrions-nous utiliser un de vos salons pour quelques instants?

— *Sofort* (2)! Suivez-moi.

Miroslav et Malko se levèrent, laissant Andrez Pecs tirer sur son cigare. Le salon particulier n'avait pas encore été débarrassé et Miroslav Benkovac dut repousser des assiettes sales pour poser son attaché-case. Malko aperçut des liasses de billets de cent dollars tout neufs.

— Il y a un peu plus, à cause du changement des TOW, remarqua Miroslav Benkovac. Ce sera cela de moins à donner à la réception de la commande. Voulez-vous compter?

Malko s'acquitta de la tâche fastidieuse sous l'œil prudent de son acheteur, puis referma l'attaché-case.

— C'est parfait, affirma-t-il.

Miroslav Benkovac le fixait, quand même un peu inquiet.

— Il n'y aura pas de problème?

— Vous connaissez Andrez Pecs, je crois, dit Malko. Il a déjà fait des affaires avec le nouveau gouvernement croate. Il est responsable de cette affaire.

— Bien. Dès que vous aurez reçu la marchandise, passez une petite annonce dans le *Kurier*, pour vendre une Rolls Corniche bleue 1974. Celui qui vous répondra

(1) Pas ici.
(2) Tout de suite.

MANIP À ZAGREB

en demandant s'il y a un hard-top sera mon messager.

– Vous prendrez possession de la marchandise ici à Vienne? interrogea Malko.

– Non, il faudra la livrer dans notre pays.

– En Yougoslavie?

Les épais sourcils de Miroslav Benkovac se froncèrent.

– Il n'y a plus de Yougoslavie. En Croatie.

– Mais la douane?

– Vous passerez par Maribor (1), au jour et à l'heure qu'on vous indiquera. Il n'y aura pas de problème. Je sais que du côté autrichien, ils ne regardent rien.

Il lui tendit la main.

– Merci de vous intéresser à notre cause.

Pour des dollars, Andrez Pecs se serait penché sur la cause la plus indigne d'intérêt. Quant à Malko, il était en service commandé. Il se sentait un peu gêné de tromper ce jeune homme à la fois fanatique et naïf. Bien que l'armement commandé ne soit sûrement pas destiné à la chasse. Le passé de la Yougoslavie était suffisamment parsemé de massacres divers pour qu'on ne se fasse aucune illusion sur la destination de ces armes...

Ils regagnèrent le restaurant. Andrez Pecs somnolait, les yeux mi-clos, le cigare pendant sur ses mentons. Son œil vif réalisa quand même que c'était Malko qui tenait la mallette aux dollars. Il se leva et serra la main de Miroslav Benkovac.

– C'est un plaisir de faire du business avec vous! Est-ce que je peux vous déposer quelque part?

– Non, non, affirma le jeune Croate. Je vais commander un taxi pour Schwechat. J'espère que mon avion n'aura pas trop de retard. A la JAT (2), ils ont

(1) Poste frontière entre l'Autriche et la Slovénie, province nord de la Yougoslavie.
(2) Compagnie aérienne yougoslave.

ramené tous les salaires à trois mille dinars, du pilote à la femme de ménage. Alors, il y a sans cesse des grèves.

Depuis les premiers craquements qui avaient ébranlé la Yougoslavie, causés par la volonté d'indépendance des deux provinces du nord — la Slovénie et la Croatie — anciennes possessions de l'empire austro-hongrois, l'économie yougoslave tournait au ralenti, en raison des troubles qui secouaient le pays.

Sur les 22 millions de Yougoslaves, la Slovénie en comptait 1,8 et la Croatie 4,6 dont 600 000 Serbes. Le tourisme, principale source de devises, était pratiquement tombé à zéro. Le Club Med avait horreur des pogroms...

Les trois hommes sortirent ensemble du *Schwartzenberg,* en plein cœur de Vienne. La Bentley « Turbo » noire d'Andrez Pecs était garée en double file devant le restaurant, chauffeur au volant. Miroslav Benkovac demeura à la réception pour demander son taxi, tandis qu'Andrez Pecs et Malko s'installaient à l'arrière de la Bentley.

— Charmant garçon! remarqua le Hongrois entre deux bouffées de cigare. Sincère, patriote, honnête...

Impossible de savoir s'il plaisantait ou non. Les Hongrois ont parfois un humour très particulier.

— Vous me déposez au *Sacher*? demanda Malko.

— Vous n'avez pas le temps de venir avec moi jusqu'à Kartner Strasse? Je vais commander tout le mobilier de ma villa de Budapest chez Claude Dalle, le décorateur parisien. Il est venu spécialement de Paris dans son avion privé pour me conseiller. En Hongrie, on ne trouve pas encore cela. Il a créé pour moi une table en marbre incrustée de pierres précieuses qui est une vraie merveille...

Tout cela représentait pas mal de caisses de munitions. Malko déclina poliment l'invitation. Il ne voulait surtout pas faire attendre Alexandra.

— Alors je vais vous déposer, dit le marchand d'armes hongrois. Ensuite, je prends la route de Budapest. Vous n'aurez plus besoin de moi?

— Je ne pense pas, fit Malko.

Par contre, son rôle de composition continuait. Il se demandait où cette histoire allait le mener. Ceux qui achètent et vendent des armes sont rarement des citoyens de tout repos. Si ses « acheteurs » découvraient son appartenance à la Central Intelligence Agency, ils risquaient de dépenser leurs premières munitions sur lui.

CHAPITRE III

Alexandra, installée à une des tables à la terrasse du vieil hôtel viennois, apercevant la Bentley noire, termina son Cointreau *on ice* d'un trait et se leva, visiblement bouillonnant de fureur. Un tailleur ultra-court en soie de Gianni Versace moulait son corps admirable et ses cheveux blonds cascadaient sur ses épaules. Splendide créature! Elle ramassa à la volée la douzaine de sacs épars autour d'elle et se dirigea à grands pas vers la voiture.

— La demoiselle a l'air en colère, commenta placidement Andrez Pecs.

Alexandra ouvrit la portière de la Bentley d'un geste rageur, lançant à Malko un regard furibond.

— Qu'est-ce que tu faisais! gronda-t-elle. Je me suis fait draguer par tous les hommes depuis une demi-heure.

Evidemment, par l'entrebâillement de son tailleur, on apercevait les trois quarts de ses seins et ses bas à couture gris foncé donnaient vraiment envie de fourrager sous sa jupe moulante en soie.

— Je te présente Andrez Pecs, dit suavement Malko. Nous venons de finir de déjeuner. Un déjeuner *important*, ajouta-t-il.

— Ce n'était pas une raison pour me faire attendre, cingla Alexandra. Où est Elko?

— Il a été faire la vidange de la Rolls, dit Malko.

Elle jeta ses paquets sur le plancher de la Bentley et y monta, découvrant une cuisse jusqu'à la lisière du bas. Le marchand d'armes hongrois qui pourtant avait depuis longtemps trouvé la paix des sens sentit un frémissement le parcourir. Sa femme à lui n'aurait guère inspiré qu'un prisonnier sortant de purger une peine de très, très longue durée...

— J'ai laissé deux tailleurs chez Saint-Laurent, annonça Alexandra avec simplicité, il faut passer les prendre.

— Je dois d'abord aller à l'ambassade américaine, objecta Malko.

Emoustillé, Andrez Pecs retira son cigare de sa bouche et proposa aimablement :

— *Grädige Fraulein*, puisque je suis responsable de ce retard, permettez-moi de vous les offrir...

Son sourire béat ne s'était pas encore effacé qu'il se recroquevilla sous le regard furibond d'Alexandra.

— Je n'accepte de cadeaux que des hommes qui me baisent, lança-t-elle. Même une fois. Ce n'est pas votre cas, *nicht war* ?

— Calme-toi, dit Malko.

— Non ! J'ai horreur d'attendre. Et je ne vais pas poireauter pendant que tu discutes avec tes « spooks ».

Le chauffeur n'eut pas le temps de démarrer ! Elle sautait déjà de la Bentley, emportant toutes ses emplettes... Placide, Andrez Pecs se retourna vers Malko.

— Je vais vous déposer à l'ambassade. Je suis certain que vous la retrouverez ensuite chez Saint-Laurent.

Malko était furieux. Encore une fois, la CIA jetait le trouble dans sa vie privée. Jack Ferguson, le chef de station, l'avait appelé le matin même pour lui demander un petit service. Quelque chose qui ne durerait que deux heures.

Evidemment, Alexandra, qui se faisait une joie de déjeuner avec Malko en tête à tête pour retourner ensuite faire l'amour au *Sacher* dans une de ses nouvelles robes, avait explosé. Comme toutes les Autrichiennes, elle adorait se livrer aux joies de la chair après celles de la table, particulièrement l'après-midi.

Mélancolique, Malko regarda défiler les platanes du Ring. Bien sûr, il allait la récupérer, mais ces disputes finissaient par aigrir leurs relations. Cette fois, ce n'était pas de la faute de sa tumultueuse fiancée. Ils revenaient d'une escapade amoureuse à Paris où Alexandra avait dévalisé les couturiers. Ce n'est qu'en arrivant au terminal D de Roissy II pour attraper le vol Air France de Vienne qu'elle avait arrêté ses achats. Enorme progrès : des téléviseurs informaient désormais les passagers en temps réel des retards possibles et de leur cause; ils n'étaient plus traités comme du bétail.

Ce qui n'était pas un luxe : en Europe, 30 % de tous les vols étaient en retard, par la faute du contrôle aérien, sans que les compagnies y soient pour quelque chose.

A l'embarquement, ils avaient encore eu une bonne surprise : étant sans bagages de soute, en dépit des multiples emplettes d'Alexandra, ils avaient pu s'enregistrer automatiquement, grâce aux nouveaux billets à piste magnétique. Fini la queue...

Lorsqu'on leur avait servi le déjeuner, Alexandra avait poussé un rugissement de joie : depuis peu, Air France offrait en Club des plats allégés. Elle s'était jetée sur un pintadeau au vinaigre de poire garanti pour 400 calories, mais comme elle avait également mangé le tournedos au romarin de Malko, le résultat n'était pas garanti, lui.

Toujours est-il qu'elle avait débarqué à Schwechat d'une humeur de rêve. L'affaire yougoslave risquait fort de troubler cette lune de miel.

Jack Ferguson, le chef de station de la Central Intelligence Agency à Vienne, toujours aussi oxfordien dans son costume croisé rayé, se pencha avec un sourire vers l'attaché-case ouvert posé sur son bureau.

— Dommage qu'on ne puisse pas se partager ce bel argent. Vous en auriez sûrement l'usage, n'est-ce pas?

Malko s'abstint de répondre devant une provocation aussi évidente. Son château de Liezen lui coûtait chaque année plus cher. On aurait dit que des structures qui avaient résisté plusieurs siècles prenaient un malin plaisir à céder pendant la courte vie du propriétaire actuel, Son Altesse Sérénissime, le prince Malko Linge qui alignait après son nom plus de titres que de millions de dollars... Sans la CIA, Liezen n'aurait plus été depuis longtemps qu'une ruine historique. En plus, les pierres du mur d'enceinte étaient depuis peu atteintes d'une maladie mystérieuse qui ne se soignait qu'à coups de substances coûtant pratiquement le prix du caviar...

— Ne me tentez pas! dit Malko. Expliquez-moi plutôt pourquoi vous m'avez transformé en marchand d'armes. Ce Miroslav Benkovac a pourtant l'air d'un gentil garçon...

— *Yeah,* gentil, ricana l'Américain d'un air absent. On peut dire cela si on veut.

Il avait tiré un billet de cent dollars froissé de sa poche et le comparait à ceux des liasses neuves contenues dans l'attaché-case. Malko respecta son examen. Quelques instants plus tard, le chef de station poussa une exclamation satisfaite et arracha un des billets d'une liasse. Il étala ensuite les deux billets sur son bureau.

— Regardez, dit-il à Malko, vous ne remarquez rien?

Malko se pencha à son tour, examinant avec soin les deux billets sans voir de différence appréciable.

— Je vois deux cents dollars, conclut-il. Qu'y-a-t-il? Ils sont faux?

— Pas du tout, corrigea l'Américain. Mais regardez les numéros...

Malko suivit son conseil et comprit : les deux billets appartenaient à la même série.

— Et alors? demanda-t-il.

MANIP À ZAGREB

Jack Ferguson referma l'attaché-case et alla le ranger dans le coffre de son bureau avant de revenir s'asseoir à côté de Malko devant la table basse où était posée une cafetière.

– Ce billet a une histoire, expliqua-t-il. Il y a une semaine, un homme a été assassiné à Miami Beach. Un Yougoslave croate, un certain Boris Miletic. Sauvagement égorgé, lardé de coups de couteau. Et, en plus, on lui a arraché les yeux. Regardez.

Il tira d'un dossier quelques photos d'un visage mutilé, tellement horribles que Malko préféra ne pas s'y attarder.

– Il était en possession de ce billet? demanda-t-il.

– Non. Ce meurtre aurait probablement été mis au compte des querelles sanglantes entre « narcos », fréquentes à Miami, s'il n'y avait pas eu un témoin. Ce Boris Miletic venait d'arriver à Miami et occupait pour quelques semaines l'appartement d'un de ses vagues cousins, un commerçant croate établi à New York. Quelques heures avant son assassinat, il avait dragué sur la plage une jeune femme, yougoslave elle aussi, qui l'avait suivi chez lui. C'est à elle qu'il a donné ce billet de cent dollars extrait d'une liasse. Celle-ci...

– Vous savez qui l'a assassiné puisqu'il y a un témoin...

– Nous ignorons encore le nom du meurtrier, mais grâce au témoignage de cette jeune femme, nous savons qu'il s'agit d'un Yougoslave assez âgé. Cachée dans la salle de bains, elle a entendu une partie de leur conversation. Le meurtrier réclamait de l'argent et les deux hommes ont évoqué un achat d'armes... Le « Homicide Squad » de Miami nous a transmis ce dossier et Langley a donné les informations à notre station de Zagreb. David Bruce, le COS, a pris contact avec les autorités locales. Boris Miletic était connu. Un peu voyou, un peu mac, il s'était récemment fait remarquer en gravitant autour du parti d'extrême-droite HSP... Ces gens-là se réclament d'Ante Pavelic, l'homme-lige des nazis. Ils militent pour une « Grande Croatie » qui

engloberait pratiquement tout le territoire de la Yougoslavie actuelle. De dangereux illuminés... Autour du
parti HSP, il y a des groupuscules clandestins prêts à
reprendre les actions violentes des Oustachis.

« Or, Boris Miletic a disparu de Zagreb, il y a
quelque temps. Aucune trace de lui jusqu'à Miami. On
ne savait pas trop comment exploiter l'affaire lorsque
notre ami Andrez Pecs nous a avertis qu'il avait été
contacté pour un achat d'armes par un Croate, Miroslav Benkovac, qui n'agissait pas pour le compte du
gouvernement croate de Zagreb. J'ai transmis au COS
de Zagreb et là, bingo !

– C'est-à-dire ?

– D'après la police croate, Miletic et Benkovac
appartiennent au même groupe clandestin !

– Qui est ce Benkovac ?

– Un Croate de trente ans. Il y a dix ans, il a été
arrêté par la police secrète communiste yougoslave,
l'UDBA, parce qu'il cherchait à créer un mouvement
des Droits de l'Homme. Il a fait quatre ans de prison et
lorsqu'il est sorti, il s'est enfui en Allemagne où il a
survécu tant bien que mal, se joignant à un cercle
d'anciens Oustachis. C'est là qu'il a lié des relations
avec le HRB, groupe clandestin croate en exil, d'inspi-
ration fasciste. Dès que la Croatie a proclamé son désir
d'indépendance et commencé à s'affranchir de la tutelle
de Belgrade, il a accouru à Zagreb. Son groupe clandestin d'extrême-droite prône la lutte armée contre les
Serbes.

– C'est pour cela que vous allez leur donner des
armes ?

Jack Ferguson eut un sourire contraint.

– La situation est compliquée. Certes, nous souhai-
tons que la Fédération yougoslave n'éclate pas, mais il
ne faut pas que les Serbes étouffent les velléités démo-
cratiques du reste du pays. Or, en Serbie, le Parti
communiste est encore tout-puissant. La première chose
qu'ils ont faite, il y a un an, c'est de confisquer les
armes de la « garde territoriale » de la province croate,

laissant la Croatie à la merci d'une intervention militaire serbe. Aussi, nous sommes intervenus...

– Comment?

– Nous avons accepté de livrer des armes légères à l'Etat croate. De quoi équiper leur Garde nationale. Un embryon d'armée. La Présidence a donné son feu vert. A condition que notre intervention demeure discrète. C'est là que nous avons demandé la collaboration d'Andrez Pecs. Il nous a déjà souvent servi d'écran dans des opérations similaires... Comme les Croates n'ont pas un rond, la Company a financé un achat d'armes hongroises – surtout des Kalach – et on a puisé dans les réserves de l'US Army. Ces armes ont transité par la Hongrie, comme si elles venaient de Beyrouth et tout le monde a été content. Notre ambassadeur à Belgrade a pu jurer que nous n'avions fourni aucune aide aux Croates.

– Cet Andrez Pecs est sûr?...

– On peut lui fermer pas mal de marchés... En plus, nos amis autrichiens sont ravis, ils aiment bien les Croates...

– A cause de l'empire austro-hongrois?

– Exact. Là-bas, ils se sentent un peu chez eux. Je crois que si ce Miroslav Benkovac s'était adressé à nos homologues autrichiens, ils auraient tout fait pour l'aider...

Malko commençait à comprendre le fond de l'histoire.

– Puisque vous avez déjà livré des armes gratuitement aux Croates, pourquoi veulent-ils en *payer*?

– C'est là que cela devient intéressant, avoua le chef de station. Ces armes-là ne sont pas destinées au gouvernement croate, mais aux clandestins... C'est leur seconde tentative pour s'en procurer.

– La première, c'était par Boris Miletic?

– Oui. Autant qu'on puisse reconstituer l'histoire, il a doublé ses copains et a filé avec l'argent destiné à l'achat des armes. Un grand classique. Le problème, c'est qu'ils ont retrouvé sa trace. Il n'a pas profité longtemps de ses dollars. Grâce à cette Yougoslave qui a assisté au meurtre, nous avons pu recoller ensemble les morceaux du puzzle. La rapidité avec laquelle Miletic a été retrouvé montre que l'organisation HRB est bien ramifiée en Yougoslavie et à l'étranger. Et a de l'argent.

– D'où vient-il?

– Des Croates qui ont fait fortune à l'étranger. En Australie, entre autres.

Malko ne voyait pas l'intérêt de se mêler de cette histoire croato-croate.

– Pourquoi ne pas prévenir la police croate? s'étonna-t-il. Qu'ils arrêtent ce Miroslav Benkovac.

– C'était ma première idée lorsqu'Andrez Pecs m'a appris qu'il était approché par ses acheteurs. Il m'a demandé si je donnais mon feu vert à la transaction. Si je refusais, ils auraient cherché ailleurs et trouvé. J'ai obtenu alors des instructions de Langley m'ordonnant de pénétrer l'opération, via cet achat d'armes.

« La situation est très délicate en Yougoslavie. Nous avons tous les éléments d'un nouveau Liban : deux communautés qui se haïssent, les Serbes et les Croates, l'une pauvre, l'autre, riche, des armes partout et une armée qui éclatera au premier choc : soixante-dix pour cent de l'encadrement est serbe, mais les soldats appartiennent à toutes les ethnies. Ils rejoindraient leurs camps naturels en cas de clash. Avec en plus des officiers supérieurs restés très communistes, ennemis de toute démocratisation.

– Que disent les Serbes?

– Ils interdisent la partition. Pour eux, ce serait une catastrophe. Presque toutes les ressources se trouvent en Croatie ou en Slovénie. Il ne leur reste que quelques complexes d'industrie lourde qui valent leur poids de ferraille. Pas d'agriculture, pas de tourisme. En plus, pendant la guerre, à cause d'Ante Pavelic, les Croates se sont rangés dans le camp nazi, tandis que les Serbes fournissaient ses partisans à Tito... croate pourtant, lui aussi. Cela a donné lieu à quelques beaux massacres entre 1941 et 1945...

« Ensuite, le gouvernement communiste de Belgrade, dominé par les Serbes, a tout fait pour punir les Croates de leur erreur historique...

– Et maintenant ?

– Il n'y a encore eu que quelques tout petits massacres. Mais il suffirait d'une étincelle pour que se déclenche une vraie guerre civile qui ferait des milliers de morts et ne serait pas prête de s'arrêter...

– Vous pensez que le groupe de Miroslav Benkovac pourrait déclencher cela ?

L'Américain eut un geste évasif.

– Visiblement, nous avons affaire à des fanatiques. Nous ignorons encore tout d'eux : leur nombre, leur implantation, leurs chefs, leurs relations. Et surtout, ce qu'ils veulent vraiment faire avec ces armes, leurs projets à court terme, si vous préférez...

– Ils ne se sont pas confiés à Andrez Pecs ?

– Non. Ils ont prétendu vouloir armer des milices d'auto-défense dans des villages croates isolés en zone serbe.

– On dirait plutôt l'armement destiné à de petits commandos, remarqua Malko. Pour des coups de main...

– Exactement, approuva l'Américain. Et encore, vous ne savez pas tout : ils avaient demandé à Pecs des lance-flammes !

Evidemment, le lance-flammes n'était pas l'arme idéale pour l'auto-défense... Même en Yougoslavie. Malko revit le doux visage du barbu : à qui se fier ! On aurait dit un intellectuel signataire de pétitions pour la paix dans le monde... Depuis qu'il avait vu au Liban des prêtres maronites s'éclater à la mitrailleuse lourde, Malko avait beaucoup évolué sur le pacifisme des gens supposés paisibles...

– Pourquoi ne passez-vous pas l'affaire au nouveau gouvernement croate ? demanda-t-il.

– Il n'a pas les moyens de mener une telle enquête,

50 *MANIP À ZAGREB*

affirma l'Américain, n'étant formé que depuis quelques mois. Jusque-là, les Services de Renseignements croates n'existaient pas. Il y avait seulement en Croatie une branche locale de la SDB, l'équivalent yougoslave du KGB. Depuis que Zagreb, capitale de la Croatie, a rompu avec Belgrade, les Croates ont été obligés de tout créer à partir de zéro.

« Comme ils manquent d'hommes, ils doivent utiliser dans leurs nouvelles structures d'anciens agents de la SDB, des Croates ralliés. Seulement, on n'est pas sûr à 100 % de leur fidélité. Si certains allaient mettre Belgrade au courant de cette affaire, les Serbes couineraient partout que les Oustachis sont revenus pour massacrer tous les Serbes innocents de Croatie. Cela a été leur thème de propagande pendant quarante ans... Alors que le gouvernement de Franjo Tudman est très modéré, ne répond pas aux provocations et ne veut rien avoir à faire avec les nostalgiques des Oustachis.

« Donc il faut faire les choses nous-mêmes.

— C'est à dire?

— Remonter cette filière, identifier les membres de ce groupuscule clandestin, leurs planques et leurs sponsors. Ensuite, on pourra donner le tout aux Croates ou bien faire le ménage nous-mêmes. Le gouvernement croate se sait sur la corde raide. Leurs extrémistes leur font encore plus peur que les Serbes! Il suffirait de quelques massacres pour que Belgrade annonce au monde que les Croates sont devenus fous, qu'il faut les mettre en tutelle, mater la Croatie grâce à l'armée fédérale.

Malko but une gorgée de café.

— Mais ce Miroslav Benkovac ne réalise pas cela?

— Il ne se rend pas compte, plaida l'Américain. Les extrémistes s'imaginent qu'il suffit de tuer tous les Serbes – comme en 1941 – pour résoudre tous les problèmes. Leur histoire de Grande Croatie est une utopie dangereuse. Finalement, cette affaire d'armes est une bonne chose.

— Pourquoi?

MANIP À ZAGREB

L'Américain lui adressa un large sourire.

– Vous allez accompagner ces armes puisqu'elles vous appartiennent. Fatalement, vous entrerez en contact avec des membres de ce groupuscule. A partir de là, je compte sur votre expérience, et votre talent d'improvisation.

– Mais je ne parle pas serbo-croate, protesta Malko. Et ils n'auront aucune sympathie particulière à mon égard.

Bien que se haïssant cordialement, Serbes et Croates parlent la même langue, avec des accents différents, comme les Bosniens, les Herzégoviens ou les Monténégrins, d'ailleurs.

– Si. Parce qu'en plus de la livraison payée, nous allons ajouter quelques petits cadeaux que vous leur « offrirez ». En tant que sympathisant de la cause croate. Vous avez vu ce Miroslav Benkovac. C'est un naïf, m'a dit Andrez Pecs. Avec un geste comme ça, il va vous manger dans la main.

Toujours l'optimisme impénitent des bureaucrates qui n'allaient pas sur le terrain. Les Yougoslaves n'avaient pas la réputation d'être des gens faciles et ouverts. Malko revit la photo de Boris Miletic, massacré par un de ses compatriotes. Ce n'était pas encore une mission de tout repos. Sentant sa réticence, Jack Ferguson lui lança d'une voix pleine d'optimisme :

– En plus, je vais vous donner une arme secrète !

Avant que Malko lui demande de quoi il s'agissait, il se dirigea vers la porte de son bureau et l'ouvrit.

CHAPITRE IV

Le chef de station de la CIA s'effaça pour laisser entrer la personne qui attendait dans l'antichambre. Une jeune femme brune à la peau mate, aussi vulgaire que provocante. Une grosse bouche trop maquillée, des yeux noirs aux pupilles immenses, un pull un peu trop serré moulant de gros seins ronds et une mini qui semblait avoir rétréci au lavage. Malko fut frappé par le contraste entre sa poitrine opulente et les hanches étroites. Des hanches de fillette. L'air effaré, la nouvelle venue inspectait le bureau de Jack Ferguson comme si elle s'attendait à y trouver un vampire.

– Je vous présente Miss Swesda Damicilovic qui est serbe, annonça l'Américain. Elle a bien voulu se mettre en congé de son travail d'hôtesse d'accueil à l'hôtel *Fontainebleau* de Miami pour collaborer avec la justice de notre pays. Miss Damicilovic, je vous présente Malko Linge.

– *Hi!* lança la Yougoslave en tendant la main à Malko.

Elle avait déjà pris l'accent et les manies américaines.

Sous son apparente timidité, on flairait une salope bon teint. Elle ressemblait d'ailleurs à une hôtesse comme sœur Teresa à une strip-teaseuse.

Invitée à s'installer, elle prit place sur le canapé en face de Malko, croisant les jambes dans un geste banalement provocant. Son physique ne devait pas être étranger à sa relative mais rapide ascension sociale, du fond de la Serbie au *Fontainebleau*...

Malko fulminait intérieurement. Qu'allait-il faire de cette créature? Jack Ferguson répondit à sa question informulée avec sa délicieuse politesse oxfordienne.

– Miss Damicilovic a été témoin du meurtre de Boris Miletic, expliqua-t-il. Elle a vu l'assassin et peut le reconnaître. Lui, par contre, ignore jusqu'à son existence. C'est un avantage certain, non?

Malko se permit un mince sourire.

– En effet à condition que leurs chemins se croisent... Je crois que ce meurtre a eu lieu à Miami... Nous sommes en Autriche.

L'Américain ne se laissa pas démonter.

– Exact. Mais il est fort probable que cet homme va regagner la Yougoslavie. Où vous êtes appelé à vous rendre bientôt. Miss Damicilovic vous accompagnera. Il n'est pas impossible qu'elle y reconnaisse ce criminel. Dans ce cas, il n'y aura plus qu'à le livrer à la police yougoslave... Et à renvoyer Miss Damicilovic reprendre son job.

Swesda Damicilovic gigota sur le canapé, mal à l'aise.

– C'est vachement dangereux ce que vous me demandez, objecta-t-elle. Si ce type se doute de quelque chose, il va m'égorger comme ce... Boris.

Sourire rassurant du chef de station.

– Vous ne risquez *absolument* rien. Mr. Linge est notre meilleur « Special Agent ». Il vous assurera une protection totale.

Le regard sombre de la Yougoslave s'éclaira fugitivement, avant de se poser sur Malko avec un intérêt nouveau. Une langue aiguë apparut fugitivement entre ses grosses lèvres.

– Vous êtes un mec du FBI, comme à la télé?

– C'est ça, coupa Jack Ferguson, ne laissant pas à Malko le temps de parler. Vous voyez que vous êtes en bonnes mains.

MANIP À ZAGREB

Mais Swesda Damicilovic ne s'en laissait pas conter.

— Vous avez un flingue? insista-t-elle, avec son accent américain. Un gros truc comme ils ont toujours?

— Mr. Linge n'est pas encore en mission, corrigea vivement Jack Ferguson, mais je peux vous assurer qu'il portera une arme. En accord bien entendu avec les autorités locales. Maintenant, puis-je vous demander de nous attendre à côté, nous avons quelques problèmes techniques à débattre. Ensuite, Mr. Linge vous raccompagnera à votre hôtel, afin que vous fassiez connaissance...

Docilement, la Yougoslave se leva, balançant ses hanches minces. Sa jupe était si serrée qu'on voyait se dessiner dessous un slip minuscule. A peine fut-elle partie que Malko explosa :

— Jack, vous êtes fou! Elle va compliquer ma tâche et elle ignore la vérité...

L'Américain le calma d'un geste qui se voulait apaisant.

— Je sais qu'elle n'a pas la classe de vos conquêtes habituelles...-Mais je ne vous demande pas de la mettre dans votre lit. J'ai négocié un deal avec elle. Swesda Damicilovic croit être prise en main par le FBI et le Justice Department. Durant l'enquête, on a découvert qu'elle n'avait pas sa « green card » (1). Autrement dit, qu'elle pouvait être expulsée dans les cinq minutes des Etats-Unis. Ça a beaucoup aidé à la convaincre...

— C'est-à-dire?

— Elle a quitté son job et collabore avec nous pour 3 000 dollars par mois. Le temps qu'il faudra. Ensuite, la Company lui obtiendra sa « green card », hors quota, et elle retournera à Miami. A mon avis, avec son physique, elle ne restera pas longtemps hôtesse...

— Pourquoi voulez-vous qu'elle m'accompagne en Yougoslavie? Vous savez bien que la dernière chose que

(1) Carte de travail.

je ferai, si elle identifie l'assassin de ce Boris Miletic,
c'est de le livrer à la police. Ou alors, j'abandonne tout
espoir de pénétrer ce groupe.

Jack Ferguson se fendit d'un large sourire.

— Evidemment! Mais elle croit collaborer avec le
FBI, pas la Company... Si ce tueur croise votre route,
ce n'est pas inutile de l'identifier. Ensuite, vous mettrez
Miss Damicilovic dans le premier avion et vous conti-
nuerez votre job.

« Même si vous ne rencontrez pas ce gus, elle peut
vous être fichtrement utile, grâce à sa connaissance de
la langue. Vous ne parlez pas serbo-croate, m'avez-vous
dit.

— A vrai dire, non, dit Malko, et je n'ai pas l'intention de l'apprendre. Mais avec le russe, on doit se
débrouiller. Je vous fais remarquer que vous mêlez à
une opération clandestine de la Company une étrangère. C'est contre toutes les règles.

— Dans notre métier, il n'y a pas de règles, seulement
des impératifs, trancha Jack Ferguson, buté. Je continue à croire que Miss Damicilovic peut faciliter grande-
ment votre mission. En plus, ajouta-t-il, avec un sourire
entendu, je doute qu'elle résiste longtemps à votre
charme.

— Laissez-moi encore le choix de savoir qui je mets
dans mon lit, fit Malko avec une certaine sécheresse. Je
comptais emmener Alexandra.

— Je ne peux pas vous conseiller de partir avec les
deux, reconnut Jack Ferguson. Mais vous aurez d'autres occasions de lune de miel avec votre fiancée. Venez,
nous allons retrouver votre nouvelle collaboratrice.

Swesda Damicilovic abandonna la lecture de son
horoscope en les voyant et se leva, tirant machinalement sur sa jupe trop courte.

— Faites connaissance, conseilla Jack Ferguson.
Malko, vous pourriez montrer les beautés de Vienne à
Miss Damicilovic. C'est la première fois qu'elle y
vient.

Malko marmonna une vague réponse et s'effaça

MANIP À ZAGREB

devant sa « partenaire » pour la laisser entrer dans l'ascenseur.

En traversant le hall de l'ambassade, il eut un choc au cœur : sa Rolls était garée devant l'entrée, Krisantem au volant, et il pouvait apercevoir les cheveux blonds d'Alexandra à l'arrière !

– Où m'emmenez-vous ? demanda Swesda Damicilovic avec son accent faubourien. Ça a l'air super cette ville.

Malko se tourna vers elle avec un sourire un peu forcé.

– Je ne vous emmène nulle part, pour le moment. Nous ne travaillons pas encore ensemble. Dès que j'aurai besoin de vous, je le ferai savoir à Mr. Jack Ferguson.

Il s'inclina légèrement et fonça vers la porte, la laissant sur place. Médusée, Swesda Damicilovic regarda Malko traverser et monter dans la Rolls qui démarra aussitôt.

– *Shit !* Le salaud ! explosa-t-elle.

Elle pivota et, d'un pas décidé, se dirigea vers l'ascenseur, bien décidée à passer sa fureur sur le responsable du FBI.

– Nous allons chez Saint-Laurent, annonça Alexandra qui semblait avoir retrouvé toute sa bonne humeur, en même temps que la Rolls et Elko Krisantem...

Dieu merci, elle n'avait pas aperçu la « créature ».

Détentue, elle se laissa aller sur le siège et croisa les jambes si haut qu'elle découvrit une jarretière. Malko, instinctivement, posa la main sur sa cuisse gainée de nylon. Il la trouvait toujours aussi somptueuse avec son visage slave, ses grands yeux verts et cette bouche à damner un saint.

L'échancrure de sa veste laissait apercevoir sa poitrine pleine et sa jupe de soie ne dissimulait vraiment que le haut de ses cuisses.

Malko la caressa doucement, poussant la jupe vers le haut. Le glissement de la soie sur le nylon des bas était totalement aphrodisiaque. Il remonta jusqu'à sentir le serpent plus dur des jarretelles.

D'un geste naturel, Alexandra décroisa les jambes avec un crissement qui fit venir l'eau à la bouche de Malko.

Cette fois, il remonta *sous* la jupe, le long des cuisses fuselées qu'il ne se lassait pas d'ouvrir. Jusqu'au sexe moulé par une dentelle arachnéenne qui le protégeait à peine. Il le sentait palpiter contre lui. Alexandra tourna vers lui un regard brutalement noyé de trouble et glissa une main sous sa chemise, agaçant sa poitrine de ses longs ongles. Il eut l'impression de recevoir un électrochoc.

— Caresse-moi! dit-elle à voix basse.

Accoutumé à leurs écarts, Elko Krisantem demeurait l'œil rivé sur la circulation.

Malko obéit au vœu de sa fiancée, déclenchant les ondulations des hanches en amphore. Continuant de plus belle, il lança à Elko Krisantem :

— Nous retournons au *Sacher*, Elko.

— Bien, Votre Altesse.

Les yeux clos, Alexandra ne protesta pas. Les jambes légèrement disjointes, une main étreignant la virilité de Malko, elle respirait de plus en plus vite. Lorsqu'il glissa la main dans l'échancrure de la veste, se faufilant vers le soutien-gorge de dentelle blanche pour agacer les pointes des seins dressées, Alexandra poussa une suite de petits cris, comme une chatte qui réclame ses petits. Elle avait toujours été hypersensible à cette caresse. En arrivant devant le *Sacher*, elle fut brutalement secouée par un orgasme violent qui la fit trembler de tous ses muscles, les cuisses resserrées autour de la main qui lui avait procuré son plaisir...

En sortant de la Rolls, elle s'accrocha au bras de Malko, les jambes coupées.

Une employée était en train de faire leur chambre. Alexandra lui jeta d'une voix mourante :

MANIP À ZAGREB

— *Bitte, komme wieder im dreizig minuten* (1).

A peine dans la chambre, elle s'accota à une lourde commode et attira Malko vers elle.

— Tu vas te servir de moi comme d'une putain, dit-elle. C'est ce que tu aimes, *nicht war?*

Elle jeta par terre la veste de son tailleur et Malko fit légèrement glisser son soutien-gorge pour dégager les seins. Déjà, elle déboutonnait sa chemise et s'attaquait à sa poitrine. Ce qu'il préférait. Jouant des deux mamelons à la fois, elle l'amena en quelques minutes à un état d'excitation prodigieux. Pendant ce temps, il fourrageait sous la soie de la jupe, pétrissant sa croupe somptueuse, s'enfonçant dans son sexe inondé, caressant les cuisses pleines, revenant aux seins tendus, aux pointes raidies et hypersensibles. Lorsqu'il jouait trop fort avec, Alexandra gémissait, à la limite de la douleur. En même temps, sa langue aiguë cherchait la sienne, mutine et habile, émergeant de ses lèvres bien dessinées comme un reptile érotique. Un crissement imperceptible. Alexandra venait de se débarrasser de la jupe trop serrée, ne gardant que ses dessous. Quand Malko voulut arracher le slip minuscule, elle le retint et murmura :

— Ce n'est pas la peine!

D'elle-même, elle repoussa le nylon sur son aine, dégageant ce qu'il était censé abriter. En même temps, elle faisait glisser le zip du pantalon d'alpaga, libérant Malko. Il avait la sensation merveilleuse de n'avoir jamais été aussi important. Alexandra le caressa quelques instants, puis se laissa glisser à genoux devant lui. Avant de l'enfoncer dans sa bouche, elle souligna d'une voix câline :

— Je t'ai dit : « comme une putain ».

Effectivement, elle en aurait remontré aux meilleures professionnelles... Agenouillée, elle lui administrait une fellation royale, à tel point que Malko dut l'arrêter. Elle se redressa et lui fit face, encore essoufflée.

(1) S'il vous plaît, revenez dans une demi-heure.

— Qu'est-ce que tu veux maintenant ?

Sans répondre, Malko la poussa vers le lit en la faisant pivoter. Docilement, Alexandra s'agenouilla au bord du lit, tandis que Malko debout, s'approchait d'elle par-derrière, contemplant avec le même désir toujours renouvelé, cette croupe inouïe, pleine, cambrée et offerte. Alexandra, les reins dressés comme une chatte prête à se faire saillir, les épaules collées au lit, les bras en croix, attendait. Une putain docile.

Il se propulsa en avant et, sans même la débarrasser de son slip réduit à sa plus simple expression, s'enfonça dans son ventre d'une seule poussée horizontale, lui arrachant un feulement rauque et un cri.

— Arrête, tu vas trop loin !

Ensuite, debout au bord du lit, les mains crispées sur sa croupe, comme pour l'ouvrir davantage, il la besogna lentement, se retenant le plus longtemps possible. Chaque fois qu'il heurtait les parois élastiques, tout au fond de son ventre, Alexandra poussait un cri étouffé. Lui se ruait en elle de plus en plus fort. Jusqu'à ce qu'il sente la sève monter de ses reins. D'une ultime poussée, il la transperça et jaillit avec un long cri de plaisir. Il eut du mal à se retirer, encore raide, tandis qu'elle se retournait, le regard noyé.

— Tu as aimé ? demanda-t-elle.

— C'est toujours aussi extraordinaire, dit-il. Je crois que je vais t'emmener en voyage de noces.

Alexandra sourit :

— Moi, je t'ai fait une surprise. Quand tu m'as plantée pour aller avec ton « spook », j'ai été faire les vitrines. Je suis tombée sur l'exposition Claude Dalle et j'ai acheté un superbe lit de repos Louis XV en bois cérusé recouvert de soie ivoire. J'ai hâte qu'on l'essaie.

De toute évidence, ce n'était pas pour se reposer.

Elle ramassa sa jupe et sa veste, puis fila vers la salle de bains.

— Je vais me remaquiller et nous allons chez Saint-Laurent.

MANIP À ZAGREB 61

Encore sous le coup du plaisir, Malko se jura qu'il partirait en Yougoslavie avec Alexandra et non avec la « créature » que voulait lui imposer le chef de station de la CIA pour son plan fumeux.

*
**

Said Mustala faisait les cent pas devant le bâtiment blanc et rond, avec de toutes petites ouvertures, qui se dressait au milieu de la place Zrtava Fasizma (1). Perplexe. Son regard allait sans cesse du dôme rond du toit à la banderole qui surmontait l'entrée : *Musée de la révolution des peuples de Croatie.* Cette inscription l'intriguait. Arrivé à Zagreb le matin même, il avait appelé comme convenu l'homme supposé le récupérer qui lui avait donné rendez-vous à six heures en face de la mosquée de Zagreb.

Bien sûr, il avait quitté la ville depuis quarante-cinq ans, mais il reconnaissait bien la place et le bâtiment. Simplement, les minarets avaient disparu. En 1942, le Poglovnik Ante Pavelic avait fait construire cette mosquée pour témoigner sa reconnaissance envers ses fidèles Oustachis musulmans, ce qui avait encore augmenté leur dévouement. Said Mustala, lui-même, avait été y prier. Maintenant, visiblement, ce n'était plus une mosquée... Il n'osait pas demander aux passants, de peur de se faire remarquer, et décida d'attendre encore un peu. Zagreb, la petite ville provinciale endormie qu'il avait connue, était devenue une métropole bruyante. Said Mustala était étourdi par le grondement de la circulation débridée. Les voitures débouchaient sur la place à toute vitesse, comme dans une course, pétaradant à qui mieux mieux, filant dans toutes les directions. Des Zastava, des Jugo, des japonaises, des allemandes, des françaises, mais pas de soviétiques.

En débarquant de l'aéroport, le vieil Oustachi avait découvert avec ahurissement les rangées de clapiers en

(1) Place des Victimes du Fascisme.

béton à mourir de tristesse qui s'alignaient au sud de la Sava, la rivière coulant d'est en ouest qui marquait jadis la limite sud de la ville. Les champs avaient été rongés par ces hideuses cités dortoirs, fleurons de l'architecture communiste. Heureusement, le centre de la ville avait peu changé avec ses vieux immeubles noirâtres de l'empire austro-hongrois, construits au début du siècle, bordant des avenues et des rues se coupant à angle droit, dont pratiquement tous les noms étaient inconnus à Said Mustala. Leur crépi s'en allait par plaques, comme la peinture des vieux tramways bleus qui sillonnaient la ville.

Un seul motif de joie pour Said Mustala : les oriflammes et les drapeaux aux couleurs croates qui pendaient un peu partout. Victoire posthume du Poglovnik Ante Pavelic. Ainsi, la Croatie était vraiment indépendante! Said Mustala n'arrivait pas à croire qu'il n'y ait plus de communistes dans son pays bien-aimé.

Mais il s'inquiétait. Qu'allait-il faire si son correspondant ne venait pas? Il n'avait aucune adresse. Juste ce numéro de téléphone.

Un jeune homme en jeans et polo s'approcha de lui, avec un air de conspirateur.

Said Mustala, rasséréné, l'interrogea du regard.

– Dobroslav?

L'inconnu secoua la tête négativement, mais lui glissa à voix basse :

– Tu veux changer des marks?

Le vieil Oustachi le regarda d'abord sans comprendre. Il n'avait pas pensé à cela. L'autre insista aussitôt.

– Je te donne 1 500 dinars au lieu de 1 200 à la banque.

Se disant que cela passerait au moins quelques minutes, Said Mustala se laissa tenter et tira de sa poche cinq billets de cent marks. Le jeune homme les mit rapidement dans sa poche et sortit une liasse de billets orange de grande taille. Il les compta rapidement, les

mit dans la main de Said Mustala et s'éloigna après lui
avoir jeté :

– Il y a le compte...

Les billets fourrés dans sa poche, Said Mustala reprit
son attente. De plus en plus inquiet. Zagreb ressemblait
à une ville italienne avec des dizaines de terrasses en
plein air, abritées par d'innombrables parasols aux
couleurs de Coca-Cola. Il faisait une chaleur de bête,
avec un ciel de plomb. Said Mustala, étourdi par le
bruit de la circulation, s'essuya le front. Il mourait de
soif et il fallait absolument qu'il téléphone. Il se dirigea
vers le premier café et s'accouda au comptoir.

– *Pivo*! (1)

Pendant qu'on le servait, il alla téléphoner. Toujours
rien. La sonnerie retentissait dans le vide. Il vida sa
bière d'un coup et tendit un des billets que lui avait
donnés le changeur. Un gros : 10 000 dinars.

– Vous pouvez me faire la monnaie? demanda-t-il
timidement.

Le garçon éclata de rire.

– Hé, tu plaisantes! Tu n'as pas de quoi payer ta
bière avec ça. C'est soixante-dix dinars.

Comme Said Mustala tenait toujours sa liasse à la
main, il s'en empara et s'en appropria une bonne
partie! Le vieil Oustachi le contemplait, les sourcils
froncés. L'autre réalisa soudain que son client était de
bonne foi.

– Tu ne vis pas ici? demanda-t-il.

– Non, admit Said.

– Tu ne sais pas qu'il y a eu un échange de billets il y
a un an? La valeur des vieux billets comme ceux-ci a été
divisée par mille. Tu vois, ça fait dix dinars nouveaux (2).

Said Mustala sentait le sang battre à ses tempes.
Avec ce que lui avait donné l'inconnu, il avait juste de
quoi se payer quelques bières. Pour 500 marks alle-

_____

(1) Une bière.
(2) Environ 1 franc.

mands! Personne ne lui avait dit que le dinar depuis quelque temps flottait à peu près aussi bien que le *Titanic*... Il enfouit le reste des billets dans sa poche. Ivre de fureur. Il s'était fait avoir... Il sortit du café, prêt à traverser la place pour regagner le lieu de son rendez-vous lorsqu'il aperçut, presque au même endroit, le jeune homme qui l'avait escroqué! En train d'aborder un autre pigeon.

Le sang du vieil Oustachi ne fit qu'un tour! Traversant le rond-point au risque de se faire écraser, il fonça sur le jeune voyou et se planta devant lui.

— Rends-moi mon argent! lança-t-il. Voleur!

Le jeune homme regarda ce vieil homme au visage ridé qui paraissait bien inoffensif : un paysan endimanché. Il haussa les épaules, méprisant.

— Qu'est-ce que tu racontes? Je t'ai donné un bon taux. Tire-toi.

D'une bourrade, il envoya valdinguer Said Mustala, réalisant trop tard la dureté des muscles de son adversaire.

Said Mustala alla s'aplatir contre le mur de la mosquée. Voyant rouge! D'un réflexe automatique, il plongea la main entre sa ceinture et sa peau, arrachant de sa gaine le long poignard qui lui avait servi à régler tant de comptes. Le voyou n'eut pas le temps de s'enfuir. La pointe s'enfonçait déjà dans son ventre et il sentit son sang se liquéfier devant le regard fou du vieil homme.

— Mon argent!

Cette fois, c'était sérieux. Il hésita quelques secondes, mais comprit que l'autre allait le tuer. La sauvagerie dans ses yeux ne trompait pas. Avec précaution, il tira de sa poche une liasse de marks et compta cinq billets. Au moment où il allait l'y remettre, Said Mustala lança froidement :

— Tu m'en donnes deux de plus.

Ce n'était que justice.

Le voyou se tortilla, fou de frustration. Machinalement, il voulut refermer la main sur le poignard pour

MANIP À ZAGREB
65

l'écarter et poussa un cri de douleur, ôtant sa main entaillée jusqu'à l'os.

— Eh, le vieux, tu es fou! bredouilla-t-il.

Said Mustala ne l'écoutait pas. Délicatement, il prit deux billets dans la liasse, remit tous les billets dans sa poche, abaissa son poignard et lança :

— Sauve-toi, voleur.

Le garçon ne se le fit pas dire deux fois, s'enfuyant à toutes jambes vers la rue Ratocka.

Cent mètres plus loin, il tomba sur une voiture bleu et blanc de la Milicja (1) arrêtée au coin de la place. Le conducteur lui adressa un signe amical. Tous les policiers du coin connaissaient le changeur clandestin. Celui-ci s'approcha de la voiture et le conducteur aperçut sa main ensanglantée.

— Qu'est-ce qui t'est arrivé?

— Un fou! explosa le jeune homme. Un vieux fou avec un grand couteau! Il m'a attaqué sur la place Zrtava Fasizma. Sûrement un fasciste Oustachi.

Les deux policiers se regardèrent. Un Oustachi dans les rues de Zagreb, en 1991... S'il n'y avait pas eu la sale blessure, ils n'auraient prêté aucune attention aux propos du jeune homme. Mais on ne sait jamais...

— Allez, monte, dit le chauffeur, on va aller voir.

(1) Milice.

CHAPITRE V

Dobroslav Babic regarda sa montre pour la centième fois. Que faisait cet imbécile de Said Mustala? De l'esplanade entourant la nouvelle mosquée de Zagreb, construite au milieu d'un immense terrain vague, entre l'avenue Beogradska et l'avenue Marina Drzica, tout près de la Sava, il avait une vue parfaite.

Une voiture venait de s'arrêter dans le parking situé à une centaine de mètres et il l'observa. Quatre hommes en sortirent et se dirigèrent vers la mosquée. Pas de Said Mustala. A droite, des gosses jouaient au pied de HLM minables que leurs structures métalliques faisaient ressembler à de vieilles boîtes de conserve. La mosquée tout en marbre, à côté, avait l'air d'un Palais des Mille et une Nuits.

Les quatre hommes arrivèrent à la hauteur de Dobroslav Babic. A leur accent, il reconnut des Albanais. Probablement des membres de la « Mafia Remuza » (1) qui venaient traiter tranquillement leurs affaires dans le restaurant de la mosquée toujours déserte. Elle était trop éloignée du centre et il fallait une voiture pour s'y rendre, ce qui ne facilitait pas les choses, mais pour Said Mustala, c'était un point de repère facile.

Soudain, Dobroslav Babic eut une illumination : du

(1) Remuz = Albanais.

temps où Said Mustala vivait à Zagreb, cette mosquée-là n'existait pas! Il n'y avait que la petite en plein cœur de la ville construite par le Poglovnik Ante Pavelic et maintenant désaffectée. C'est là que devait l'attendre Said! Comme un fou, il se précipita vers sa Golf GTI. En quelques instants, il eut regagné l'avenue Marina Drzica, fonçant vers l'ancienne mosquée.

Pourvu que Said Mustala l'ait attendu.

Said Mustala regarda d'abord avec indifférence la voiture bleu et blanc de la Milicja s'approcher. Elles étaient nombreuses à patrouiller la ville, occupées par des policiers croates débonnaires qui avaient depuis longtemps renoncé à lutter contre le stationnement sauvage. Il y avait des voitures sur chaque mètre carré disponible. Lorsqu'il aperçut à l'arrière de l'Opel bleu et blanc le jeune homme qui avait tenté de l'escroquer, sa première pensée fut qu'il s'était fait prendre. Il n'eut pas le temps de se réjouir. La voiture, avec ses deux gros gyrophares sur le toit, stoppa à côté de lui. Un des policiers descendit et se dirigea vers lui.

— Vous avez vos papiers, *gospodine*? (1)

Said Mustala ravala sa rage et tendit son passeport argentin. Le milicien l'examina, surpris.

— Vous n'êtes pas yougoslave?
— *Ne*. (2)

Il allait lui rendre le passeport lorsque, de son siège, le jeune changeur clandestin glapit :

— Il a un couteau d'Oustachi! Fouillez-le.

Said Mustala eut un geste instinctif de recul. Le policier, réalisant qu'il parlait leur langue, l'apostropha :

— Tu parles serbo-croate?
— *Da*, reconnut Said Mustala de mauvaise grâce.

---

(1) Monsieur.
(2) Non.

MANIP À ZAGREB   69

– Ce jeune homme prétend que tu as voulu le tuer
avec un couteau.

– Il a essayé de m'escroquer, protesta Said.

– Montre-nous ce couteau.

Comme il n'obtempérait pas, le policier entreprit de
le fouiller. Aussitôt, Said le repoussa d'une bourrade.
Immédiatement, le second milicien jaillit de la vieille
Opel, la main sur la crosse de son petit pistolet. Son
équipier était déjà en train de ceinturer Said.

Au même moment, une Golf GTI noire surgit de la
rue Boskoviceva et stoppa juste derrière le groupe.
Par-dessus l'épaule des policiers, Said aperçut le visage
de l'homme à qui il avait remis l'argent récupéré chez
Boris Miletic. Celui supposé l'accueillir à Zagreb. D'un
élan brutal, il repoussa le policier et plongea la main
dans sa ceinture, sortant son long poignard. Le second
milicien fit un saut en arrière pour ne pas être égorgé.
L'autre brandit son arme, mais ne tira pas, à cause des
passants. Said Mustala fonçait déjà vers la Golf.

– Filons! cria-t-il à Babic.

Celui-ci redémarra vers la place Leninov. Il entendit
des coups de sifflet et deux coups de feu, vraisemblablement tirés en l'air. Furieux, il se tourna vers Said.

– Bon Dieu, qu'est-ce qui s'est passé?

L'Oustachi le lui expliqua tant bien que mal. Dobroslav Babic conduisait vite, remontant vers la vieille ville,
à l'opposé de l'endroit où se trouvait la planque
destinée à Said Mustala. Les miliciens avaient dû
prendre le numéro de sa voiture et le transmettre aux
barrages qui se trouvaient presque toujours sur les
avenues filant vers le sud, menant à l'aéroport et à
l'autoroute Belgrade-Ljubljana. Il fallait laisser les choses se calmer un peu.

*
**

Mladen Lazorov descendait la rue Vlaska au volant
de sa BMW 316S de service, lorsque sa radio branchée

sur la fréquence de la Milice se mit à cracher un appel urgent.

– Attention, une Golf GTI noire avec deux hommes à bord se dirige vers le nord de la ville. Présumés dangereux et armés. Immatriculation MB 765439.

Une immatriculation de Maribor en Slovénie. Mladen Lazorov se dit que c'était encore la Mafia albanaise. En tant que membre du tout récent *Sluzbe za Zastitu Ustavnog Poretka* (1) créé par le général Martin Spegel, ministre de la Défense de Croatie, il avait l'usage de sa BMW, même en dehors des heures de service.

Ce n'étaient pas les miliciens qui allaient rattraper les fugitifs, avec leurs véhicules à bout de souffle.

Coincé derrière une rame de tram, il prenait son mal en patience lorsqu'il vit surgir sur sa gauche une voiture, doublant les véhicules arrêtés. Au passage, il distingua deux hommes à l'avant, puis la plaque : MB 765... Trop tard pour lire le reste... Il déboîta aussitôt et put lire le numéro en entier : 765439.

C'était le véhicule recherché.

Aussitôt, il empoigna son micro et annonça :

– Ici, Lazorov, ministère de la Défense. Je suis rue Vlaska et j'ai le véhicule recherché, la Golf GTI, devant moi.

Au carrefour de Vlaska et de Draskoviceva, interdite aux véhicules, la Golf devait obligatoirement tourner à droite, sur Mose Pijade, la grande avenue montant le long du parc de la cathédrale, prolongement de la rue Vlaska. Pour l'instant, une rame de tram en train de virer à gauche bouchait le passage. Mladen Lazorov croisa soudain dans le rétroviseur de la Golf le regard du conducteur, et eut la conviction que ce dernier venait de s'apercevoir qu'il était suivi...

Arrivée au carrefour, la Golf GTI déboîta et prit à gauche dans Draskoviceva la voie semi-piétonnière.

_____
(1) Office pour la Défense de la Constitution.

MANIP À ZAGREB

Mladen Lazorov en fit autant et déclencha sa sirène. Inutile de se cacher.

La Golf dévalait à plus de cent cinquante, zigzaguant entre les piétons et les trams. Brutalement, elle tourna à droite, dans un sens interdit, puis de nouveau à droite, montant vers l'ancienne place de la République, récemment rebaptisée Gelatsu. Malgré la puissance de la BMW, Lazorov avait du mal à suivre...

— Bon sang, mais il est fou! murmura-t-il pour lui-même.

Le conducteur de la Golf se dirigeait en pleine zone piétonnière! A grands coups de klaxon, faisant fuir les piétons. Il surgit comme un bolide en bordure de la grande place de la République et longea plusieurs rames de trams arrêtées. Dans sa radio, Mladen Lazorov entendait les messages pressants des voitures de la Milicja qui convergeaient vers le quartier.

De nouveau, il empoigna son micro.

— Il se dirige vers Ilica, annonça-t-il, mais il peut encore changer.

A son tour, il dut piler et se dégager de la foule. Un milicien surgit, agitant son petit disque rouge pour lui faire signe de s'arrêter... Par la glace ouverte, Mladen Lazorov lança :

— Collègue!

Il déboucha sur la place juste à temps pour voir la Golf dévaler le long d'une rame de tram arrêtée, à plus de cent à l'heure! Mladen ferma les yeux : deux femmes qui n'avaient pas aperçu à temps le véhicule venaient de se faire faucher. Horrifié, il vit les corps littéralement s'envoler pour retomber à plusieurs mètres...

La Golf GTI ne ralentit même pas, presque arrivée à l'entrée de la rue Ilica, l'artère commerçante de Zagreb, filant vers l'ouest. Les mâchoires serrées, craignant à chaque seconde de provoquer à son tour un accident, Mladen Lazorov essaya de ne pas se faire distancer. Soudain, la foule se referma autour de la BMW et il dut freiner. Des dizaines de visages haineux s'écrasaient contre ses glaces fermées, des gens donnaient des coups de pied dans sa carrosserie! Un groupe horrifié entourait les corps disloqués des victimes, un peu plus loin.

Il allait se faire lyncher.

Arrachant de sa ceinture le pistolet automatique SZ qu'il portait dans son holster, il le brandit en hurlant :

– *Policja! Policja*!

Les plus proches s'écartèrent et il put enfin se frayer un chemin. La Golf avait disparu dans Ilica. Il crut d'abord qu'elle avait tourné à droite, remontant Kalciceva vers le nord et le quartier résidentiel. Puis, il l'aperçut, cent mètres devant.

Coincée!

Une voiture était immobilisée au milieu de la rue, peut-être en panne, et deux rames de trams allant en sens inverse, arrêtées toutes les deux, achevaient de boucher le passage. Sauf en volant, la Golf ne pouvait pas passer... Mais au moment où Mladen Lazorov arrivait derrière elle, une des rames s'ébranla et, aussitôt, le conducteur de la Golf se faufila, reprenant sa course folle. Cette fois, Mladen Lazorov ne rentra pas son pistolet. Il avait affaire à des gens dangereux.

– Ils descendent la rue Ilica! hurla-t-il dans son micro.

La plus longue rue de Zagreb : onze kilomètres, se terminant à l'autoroute de Maribor. Si elle parvenait jusque-là, la Golf s'en sortirait...

La poursuite reprit. Mladen n'avait jamais conduit à cette allure-là! A un moment, il regarda son compteur : 190. Devant lui, la Golf semblait voler entre les rails, klaxonnant sans arrêt.

Lui avait mis ses phares et sa sirène. Les gens s'écartaient, médusés. Ils n'avaient jamais vu une poursuite de cette espèce dans Zagreb, capitale paisible de la Croatie... Mladen Lazorov réalisa que la Golf allait lui échapper. Alors, à regret, il prit son SZ de la main gauche, ôta le cran de sûreté et attendit de se rapprocher, pied au plancher.

Quand il ne fut plus qu'à une dizaine de mètres du

véhicule poursuivi, il étendit le bras et pressa la détente de son arme, visant les pneus de la Golf GTI. Sans s'en rendre compte, aidé par les cahots, il vida tout son chargeur d'un coup. La lunette arrière de la Golf devint opaque. Puis, Mladen Lazorov discerna un léger flottement dans sa course... Enfin, elle se mit franchement à zigzaguer, perdant de la vitesse.

Un tram arrivait en face, faisant désespérément sonner son timbre. La Golf l'évita de justesse, frottant sa carrosserie tout du long et perdant encore de la vitesse. Mladen Lazorov avait levé le pied, lui aussi.

La Golf noire repartit vers l'autre trottoir et termina sa course dans la vitrine d'une librairie, y enfonçant tout son capot... Le policier était déjà à terre. Le temps de remettre un chargeur dans son SZ, il ouvrait la portière de la Golf, attrapait le conducteur par l'épaule et l'arrachait de son siège. L'homme tomba sur la chaussée, inerte.

— Relève-toi, salaud! lança Mladen Lazorov, le menaçant de son arme.

Puis il réalisa que l'autre ne risquait pas d'obéir. Un des projectiles du SZ l'avait atteint à la nuque, lui traversant tout le cerveau, et ressortant par un œil. Il n'était pas beau à voir. Mladen Lazorov resta immobile, son pistolet à bout de bras. Sonné: C'était la première fois qu'il tuait un homme...

Il vit à peine l'autre portière s'ouvrir et un homme se faufiler à l'extérieur, fendant le groupe de badauds accourus.

— Arrêtez-le! cria-t-il.

Il avait repris ses esprits trop tard. L'homme s'éloignait déjà en courant dans Ilica. Mladen se jeta à sa poursuite, tirant une fois en l'air. Au début, il aurait probablement pu le toucher, mais le choc d'avoir donné la mort l'inhibait. Ensuite, il perdit de vue le fugitif avalé par la foule dense, et dut rebrousser chemin. L'autre avait dû se réfugier dans une des innombrables cours d'immeubles. Lorsqu'il revint près de la voiture écrasée, deux véhicules de la Milicja étaient déjà là, et leurs occupants écartaient les badauds... Il aperçut à la ceinture de l'homme qu'il avait tué un petit revolver accroché à un holster, avec une cartouchière. Sa gorge se noua soudain. Est-ce qu'il avait tué un collègue?

*
**

Malko pénétra dans le bureau de Jack Ferguson, intrigué au plus haut point. Le chef de station de la CIA à Vienne l'avait appelé à Liezen, lui demandant de venir le plus rapidement possible. Pour une communication urgente.

– Il y a du nouveau, annonça l'Américain. Nous avons peut-être retrouvé l'assassin de Boris Miletic.

– Où?

– A Zagreb.

– Qui est-ce?

– Nous n'en savons rien.

– Vous plaisantez...

– Non, expliqua l'Américain. Il a échappé aux policiers croates.

Il raconta à Malko la course-poursuite en plein Zagreb, et ce qui en était résulté. Le signalement de l'homme qui s'était enfui à bord de la Golf GTI noire sous le nez des policiers correspondait parfaitement à celui donné par Swesda Damicilovic, témoin du meurtre de Boris Miletic. Ainsi que le poignard dont l'inconnu avait menacé les policiers. Hélas, le milicien qui avait examiné le passeport du meurtrier ne se souvenait pas du nom. Seulement qu'il s'agissait d'un document argentin. Comme il y avait au moins deux cent mille Croates en Argentine...

– Nous ne sommes donc pas plus avancés, conclut Malko. Mais nous savons au moins que ce charmant personnage se trouve à Zagreb.

– Non, il y a quelque chose de plus, ajouta le chef de station. Quelque chose de très important. La police croate a identifié l'homme qui se trouvait avec le tueur, le conducteur de cette Golf GTI. C'est lui aussi un activiste de la Grande Croatie. Un homme qui a déjà fait parler de lui dans le passé, en animant des groupes d'Oustachis à l'étranger, comme le HRB, en recueillant des fonds pour les réfugiés politiques.

– Cela correspond...

L'Américain eut un sourire amer.

– Ça, c'est ce que les Croates savent. Ils nous ont passé le dossier et Langley a retrouvé la trace de ce Dobroslav Babic. Il avait séjourné aux USA et avait été identifié sans erreur possible comme un membre d'une section très discrète de la SDB (1) chargée de la manipulation des extrémistes yougoslaves de tous poils.

– La SDB, les Services Spéciaux yougoslaves?

– Tout à fait. Ils employaient surtout des Serbes, mais aussi quelques Croates pour leurs manipulations. Nous, étrangers, nous ne faisons aucune différence entre un Croate et un Serbe, puisqu'ils parlent la même langue et portent souvent les mêmes noms, mais eux ne s'y trompent jamais... Donc, ce Dobroslav Babic a passé plusieurs années à manipuler des Oustachis exilés et même à recruter des commandos de saboteurs qu'il aidait ensuite à s'introduire clandestinement en Yougoslavie. La SDB leur laissait commettre quelques petits attentats, puis les arrêtait, les jugeait et les fusillait.

« Faisant d'une pierre deux coups : on vantait la qualité des Services yougoslaves et on agitait le spectre de la renaissance des Oustachis.

– Ce Babic était lié au KGB? remarqua Malko.

– Evidemment. SDB et KGB travaillaient la main dans la main. Aujourd'hui, nous ignorons si le KGB a toujours des liens aussi étroits avec ses homologues serbes. De toute façon, les Soviétiques sont contre la partition de la Yougoslavie. Une Slovénie et une Croatie indépendantes seraient un exemple détestable pour les Etats baltes.

(1) *Sluzba Drzaune Bezbeonosti* (Sécurité d'État).

– Est-ce que l'affaire qui nous intéresse ne serait pas une nouvelle manip du KGB ou du SDB? demanda Malko.

– C'est une possibilité, répliqua Jack Ferguson. En plus, le KOS, le Service de Renseignement militaire fédéral, totalement contrôlé par Belgrade, reste présent en Croatie, planqué dans les casernes de l'armée yougoslave où les policiers croates n'ont pas le droit de mettre les pieds. Avec un réseau d'agents et d'informateurs installés sur place et inconnu d'eux. Tout ce système est au service du gouvernement de Belgrade, donc des Serbes et par conséquent du KGB.

– Supposons, dit Malko, que ce groupe d'extrémistes croates soit manipulé par le gouvernement de Belgrade. Quel serait son objectif?

– La meilleure hypothèse, répondit l'Américain, c'est qu'ils veulent déclencher des incidents graves entre Serbes et Croates, afin de prouver que le nouveau gouvernement croate de Franjo Tudman n'est que la tête de pont des Oustachis en Europe. Et qu'on ne peut pas laisser revenir les nazis.

– Et ensuite?

– Cela permettrait d'utiliser l'armée yougoslave pour « pacifier » brutalement la Croatie en éliminant physiquement les responsables croates pour installer un gouvernement militaire aux ordres de Belgrade. A la sortie, on aurait une Yougoslavie « démocratique » tenue en réalité par des apparatchiks communistes et serbes.

– Le gouvernement croate est-il conscient du danger?

– Tout à fait, mais impuissant. La police et la Garde nationale créées par le général Martin Spegel ont reçu des consignes draconiennes de modération. Ils les observent. Mais ils ne peuvent rien contre ce genre de manipulation. Souvenez-vous de la fausse attaque par des troupes polonaises d'un poste-frontière allemand, à la frontière germano-polonaise en 1939. Les soi-disant soldats polonais étaient des déportés, abattus par la suite. On a su la vérité quelques années plus tard, mais en attendant, cela a permis à Hitler de déclencher l'invasion de la Pologne avec un prétexte en béton. C'est ce que nous voulons éviter ici...

– Lourde tâche, remarqua Malko.

Jack Ferguson eut un sourire ironique.

– Je crains que cela devienne *votre* tâche, mon cher Malko. Je vous donne toutes les armes pour cela. Et même une ravissante assistante. Dès demain, vous pouvez passer l'annonce dans le *Kurier*. Ensuite, direction Zagreb, je pense. Et là, il faudra *vraiment* faire attention...

Un ange passa, enfouraillé jusqu'aux yeux... Malko cachait mal sa réticence à l'idée d'emmener Swesda, ce qui allait provoquer un drame avec Alexandra. Seulement cela devenait impossible de dire non devant l'insistance du chef de station.

– Je suis certain que vous allez très bien vous entendre avec Miss Damicilovic, conclut perfidement Jack Ferguson, décochant sa flèche du Parthe. Et si vous empêchez cette manip, vous aurez rendu un sacré service aux Croates.

CHAPITRE VI

Said Mustala descendit du tram au coin des avenues Savska Cesta et Bratstva Jedinstva, au sud de Zagreb, juste avant la Sava. Il partit à pied vers un groupe de HLM qui avaient poussé en désordre entre l'avenue Bratstva Jedinstva et la rivière, se retournant sans cesse... Encore sous le choc de la fin tragique de la poursuite. Jamais, il n'aurait cru pouvoir échapper aux policiers croates. Pendant une heure, il s'était dissimulé au fond d'une cour de la rue Ilica dans un réduit puant et n'avait osé sortir que la nuit tombée. La rue Ilica avait retrouvé son calme et il était parti à pied, tout d'abord, filant vers le sud, cherchant des repères dans cette ville qu'il ne reconnaissait plus.

En haut de l'avenue Savska Cesta, il s'était mêlé à un groupe attendant le tram et avait retrouvé un peu de calme. Pourtant le passage des voitures bleu et blanc de la Milicja envoyait dans ses vieilles artères des poussées d'adrénaline qui le laissaient les jambes flageolantes. Il n'était plus habitué à être traqué, à se sentir en danger, sans même une arme pour se défendre, à part son poignard. Il aurait dû penser à récupérer le revolver de Dobroslav Babic, qui n'en aurait plus besoin. Son compagnon était mort sur le coup, sans un cri, le cerveau éclaté. Cela n'impressionnait pas Said Mustala qui en avait vu d'autres, mais son cœur battait la chamade en pensant qu'il avait peut-être mal compris l'adresse que son compagnon lui avait donnée avant d'être abattu.

Si c'était le cas, le vieil Oustachi n'avait plus qu'à essayer de repasser la frontière par l'Italie ou l'Autriche, pour regagner l'Argentine. Il se maudissait d'avoir été obligé de montrer son passeport au policier. Cela pouvait lui valoir de sérieux problèmes.

Il s'arrêta devant le premier bloc d'immeubles. Du linge pendait à toutes les fenêtres, une carcasse de voiture achevait de pourrir devant l'entrée, le béton était devenu noirâtre, et il n'y avait pas une boutique en vue. Il vérifia sur le petit carnet où il avait recopié l'adresse pendant qu'il se planquait. Prilaz Poljanama N° 6. Un immeuble de douze étages long comme un jour sans pain, avec des centaines d'appartements, de clapiers plutôt, semblables à tous ceux de Novi Zagreb. Il se mit à la recherche de l'entrée D et finit par la trouver. Un escalier sans ascenseur, une odeur d'urine, de choux et de crasse. Les portes des boîtes aux lettres arrachées. Un vélo était attaché à la rampe avec une énorme chaîne. L'appartement se trouvait au huitième. Il monta lentement les étages et atteignit son but essoufflé, des crampes dans les jambes. Le palier était désert et silencieux. De minuscules ovales en cuivre donnaient les numéros des appartements.

Il écrasa la sonnette du 820 et attendit, la main sur le manche de son poignard. Après un temps qui lui parut infiniment long, il entendit un remue-ménage derrière la porte, puis un bruit de serrure, et une tête blonde aux cheveux ébouriffés s'encadra dans l'entrebâillement. Une fille très jeune, avec un beau visage aux pommettes hautes et d'étonnants yeux verts, vêtue en tout et pour tout d'un T-shirt d'homme qui lui arrivait à mi-cuisse.

Son absence de maquillage faisait ressortir la pureté de ses traits très slaves, imprégnés d'une douceur inhabituelle. Un sein aigu pointait par l'échancrure du T-shirt, mais Said avait vraiment d'autres chats à fouetter.

MANIP À ZAGREB

— Qu'est-ce que vous voulez? demanda la fille d'un ton curieux, sans agressivité.

— Vous êtes Sonia Bolcek?

— Oui.

— Je suis l'ami de Dobroslav Babic, annonça Said Mustala.

— Ah, bien sûr! Je vous attendais. Entrez.

Elle ouvrit la porte toute grande, les traits illuminés par un sourire radieux.

Said Mustala se glissa à l'intérieur, frôlant involontairement au passage la poitrine de son hôtesse. Celle-ci le précéda sans façon et il détourna les yeux pour ne pas voir les fesses rondes à demi-découvertes par le T-shirt trop court. Le living-room minuscule était dans un désordre effroyable, éclairé par une seule lampe posée en équilibre sur un pouf. Les stores de bois baissés renforçaient l'impression de se trouver dans une boîte.

Epuisé, Said Mustala se laissa tomber sur une chaise. La blonde l'observait avec curiosité.

— Où est Dobro? demanda-t-elle. Il vous a déposé?

Le vieil Oustachi secoua la tête, embarrassé, ignorant en partie les rapports entre son contact et Sonia Bolcek.

— Il a eu un accident, bredouilla-t-il.

— Un accident! Evidemment, il conduit comme un fou. C'est grave?

Son visage s'était rembruni, elle semblait terriblement concernée. Said Mustala avala sa salive et lâcha :

— Oui...

Cette fois, à sa gêne, elle devina la vérité.

— Il est...

— Oui.

— Mon Dieu, mais qu'est-ce qui s'est passé?

Instinctivement, elle avait pris dans sa main la grosse croix en or qui pendait à son cou au bout d'une chaîne et la serrait. Said Mustala ne savait trop que répondre, lorsqu'il aperçut, punaisé sur un mur, un poster représentant une carte de la Grande Croatie avec dans le coin gauche, une très belle photo du Poglovnik, Ante Pavelic, de profil. De toute évidence, Sonia pensait « bien ».

– C'est la police qui l'a tué, dit-il. Ils ont poursuivi notre voiture et tiré. C'est ma faute.

Maladroitement, il raconta l'histoire du rendez-vous manqué. Tellement bouleversé que Sonia s'approcha et l'étreignit, comme une sœur.

– Il ne faut pas avoir de peine, dit-elle d'une voix émue, c'est la vie. Nous autres, les vrais Croates, nous sommes engagés dans une véritable guerre d'indépendance. Et dans les guerres, il y a des morts... Je sais ce que vous avez fait pour la cause. Vous auriez pu rester tranquillement en Argentine. Dobro m'a tout raconté.

– Vous le connaissiez bien ?

– Non. Il n'est pas à Zagreb depuis longtemps. Enfin, il n'était pas... L'UDBA le recherchait pour ses activités nationalistes. Il est revenu depuis que nous avons chassé les communistes. C'est Miroslav qui me l'a présenté. Vous ne connaissez pas Miroslav Benkovac ?

– Non, avoua l'Oustachi.

Le regard de Sonia s'illumina.

– C'est un garçon merveilleux. Nous sommes tous les deux de la région de Vukovar, en Slavonie, sur les bords du Danube. Un soir, j'ai eu l'imprudence de suivre un copain serbe qui m'a emmenée danser dans un bal au village de Borovo Cela. A la sortie, des Tchekniks (1) nous ont attaqués. Ils ont poignardé mon cavalier et m'ont entraînée dans une grange. Là, ils m'ont violée, de toutes les façons. Ils étaient sept... Ensuite, ils m'ont attachée pour que je ne puisse pas me sauver. Ils avaient l'intention de continuer plusieurs jours, seulement Miroslav a appris ce qui s'était passé. Avec des amis à lui, il a monté une expédition pour me récupérer. Ils se sont battus avec les Tchekniks et le frère de Miroslav a été tué. Mais ils m'ont sauvée !

(1) Extrémistes serbes.

MANIP À ZAGREB

« Depuis, je suis venue vivre à Zagreb, j'avais eu trop peur.

Said hocha la tête.

— Les Serbes sont des animaux.

— Qu'êtes-vous venu faire à Zagreb? demanda Sonia, intéressée.

— Je ne sais pas vraiment, Dobroslav devait me donner des instructions, mais...

— Je vais vous faire rencontrer son ami, Boza Dolac, il est sûrement au courant. Miroslav sait où le joindre... Mais vous n'avez pas de bagages?

— Je les ai mis à la consigne de la gare pour être plus tranquille.

— Je vais vous faire du café.

Elle se leva et Said Mustala demanda humblement :

— Dobroslav m'a dit que je pourrais rester ici quelques jours...

Elle lui adressa un pâle sourire, chaleureux pourtant.

— Bien sûr, mais ce n'est pas très confortable. Miroslav va passer tout à l'heure. Il est très actif en ce moment, il anime une cellule secrète de résistance au pouvoir fédéral. Le gouvernement de Franjo Tudman est trop timoré. Venez vous installer maintenant.

Said la suivit dans une chambre qui ne dépassait pas huit mètres carrés. Un matelas était posé à terre, avec des piles de livres, des affiches de la Grande Croatie et une table. Cela sentait le renfermé, mais, après sa traque, l'ensemble parut à Said aussi somptueux qu'un palace.

— Vous avez faim? demanda Sonia.

Il sursauta.

— Oui, répondit-il simplement.

— Je vais vous faire des boulettes, dit-elle, après, vous pourrez vous reposer.

**

Malko relisait dans sa bibliothèque du château de
Liezen la lettre officielle qu'il s'apprêtait à envoyer au
nouveau gouvernement hongrois, réclamant la restitu-
tion des terres appartenant au domaine de Liezen,
confisquées par les communistes en 1945. Avec deux
mille hectares cultivables, une chasse, des bois et des
étangs, il pourrait peut-être enfin « décrocher » de la
CIA...

La Company avait fait établir une dérivation sur le
numéro de téléphone accompagnant la petite annonce
parue dans le *Kurier* la veille, et aboutissant à l'appareil
posé devant lui, sur la table basse de Claude Dalle.
Cette ligne-là n'était pas connectée au standard du
château. Il avait presque fini sa relecture lorsque l'appareil sonna. Son pouls s'accéléra. Une nouvelle mission commençait. Il n'avait pas encore expliqué à
Alexandra qui l'attendait dans la chambre aux miroirs
qu'il ne pourrait pas l'emmener en Yougoslavie...

— Allô! fit-il après avoir décroché.

— Je téléphone pour l'annonce du *Kurier*, commença
une voix douce que Malko reconnut immédiatement.
J'ai vu l'annonce pour la Corniche. Est-ce qu'il y a un
hard-top avec?

— Oui.

— Très bien. Retrouvons-nous à la terrasse du
Sacher, vers six heures.

**

Comme tous les soirs d'été, la terrasse du *Sacher* était
bourrée et Malko avait dû faire jouer à plein sa
connivence avec les maîtres d'hôtel pour obtenir une
table. Miroslav Benkovac arriva au moment où il
s'asseyait, sans attaché-case, cette fois. Les deux hommes se serrèrent la main et Malko commanda un

Johnny Walker " on the rocks " pour le Yougoslave qui attaqua :

– Tout est prêt?

– Absolument, confirma Malko. Mais il y a un contretemps pour l'itinéraire.

Miroslav Benkovac lui jeta un regard plein d'inquiétude.

– C'est-à-dire?

– Nous ne pouvons pas passer par Maribor.

– Pourquoi?

– Le chauffeur du camion refuse, il prétend que ce point de passage est dangereux, qu'il y a souvent des inspections surprise par des agents de la SDB déguisés en douaniers. Il suggère de faire le détour par la Hongrie.

En réalité, les autorités autrichiennes, mises au courant par la CIA de l'opération, s'étaient opposées au transit des armes directement d'Autriche en Yougoslavie. S'il y avait un pépin plus tard, cela déclencherait un scandale politique horrible. D'autant que Kurt Waldheim, connu pour ses sympathies nazies, était proche de la droite croate. Livrer des armes à la Hongrie était plus neutre.

– C'est très ennuyeux, objecta Miroslav Benkovac. Tout était organisé de cette façon.

Malko sourit, inflexible.

– Je regrette. C'est impossible...

Le jeune Croate regarda sa montre.

– Bon, je vais téléphoner, essayer de changer nos dispositions.

Il disparut à l'intérieur du *Sacher*. Côté Hongrie, Andrez Pecs avait pris ses précautions : la police hongroise fermerait les yeux... Il suffisait de lui communiquer le numéro du camion.

Le Yougoslave resta près de vingt minutes absent. Lorsqu'il réapparut, il semblait nettement plus détendu.

– Tout est arrangé, annonça-t-il à Malko. Pouvez-vous être à la frontière yougo-hongroise, au poste de

Letenye, sur la E 96, demain entre neuf et dix heures?

– Cela ne devrait pas poser de problème, affirma Malko.

– Le camion sera immatriculé où?

– En Allemagne, voici son numéro.

Miroslav Benkovac le nota soigneusement.

– Une fois le poste-frontière passé, fit-il, continuez jusqu'à la ville de Varazdin. Il y a environ quarante minutes de route. Vous vous y arrêterez et vous vous rendrez sur la place de la Mairie. Là, il y a un café avec une terrasse, l'*Etoile Rouge*. Un très bel établissement. S'il fait beau, attendez dehors, sinon à l'intérieur. On vous contactera. Vous serez seul? En dehors du chauffeur du camion.

– Non, dit Malko. J'emmène une amie.

– Elle est sûre?

– Oui.

– Parfait.

Il ne semblait pas très enthousiaste.

– Comment s'effectuera le paiement? demanda Malko.

– A Varazdin, quelqu'un inspectera la cargaison et s'assurera que tout est en ordre. Vous recevrez ensuite des instructions complémentaires. S'il y avait une modification ou un accident, vous pouvez appeler ce numéro à Zagreb, en proposant une autre heure de rendez-vous. Il s'agit d'une personne qui n'est pas au courant de nos activités, s'empressa-t-il de préciser.

– Parfait.

Miroslav Benkovac se leva et serra la main de Malko.

– Je vous reverrai à Varazdin? demanda ce dernier.

– Je ne sais pas encore, fit le barbu, évasif.

Malko le regarda s'éloigner, avec la nette impression qu'il allait se jeter dans la gueule du loup.

MANIP À ZAGREB

***

Le major Franjo Tuzla connu par beaucoup sous le surnom bien mérité de *Zmiljar* (1) raccrocha son téléphone avec un soupir de soulagement et s'essuya le front. La vague de chaleur qui submergeait Zagreb depuis quelques jours se faisait particulièrement sentir dans la cuvette tout autour de la Sava. Il devait faire plus de 30° dans son bureau, en dépit des efforts d'un asthmatique ventilateur soviétique qui tombait en panne tous les jours. Franjo Tuzla l'avait acheté le dimanche précédent au marché aux puces qui se tenait sur l'esplanade de Jakusevec, non loin du dépôt du train de l'armée yougoslave où il exerçait ses talents.

Couverture parfaite pour une activité clandestine que ce dépôt où pourrissaient quelques camions et où venaient se ravitailler les véhicules militaires de la caserne voisine « Maréchal Tito ». A part la pompe à carburants, il n'y avait que deux piètres baraquements en préfabriqué de triste allure. La Jugo verdâtre du major était garée derrière. Personne ne prêtait la moindre attention à cette enceinte close de barbelés, et gardée par quelques sentinelles apathiques du contingent, qui ignoraient totalement les véritables activités du chef du dépôt.

Ce qui était la meilleure protection du major Franjo Tuzla.

Celui-ci avait été encouragé et protégé durant toute sa carrière par le général Blacoje Mesic, devenu depuis chef d'état-major de l'armée yougoslave. Communiste doctrinaire, ayant eu toute sa famille massacrée par les Oustachis pendant la guerre, Mesic ne rêvait que d'une remise au pas brutale des provinces secessionistes.

Seulement, pour une intervention militaire massive, même sans l'aval du gouvernement de Belgrade, il fallait un prétexte.

(1) Le Serpent.

C'est le major Tuzla qui avait été chargé de le fabriquer. Celui-ci possédait une ligne directe reliée à l'état-major du KOS à Belgrade, qui se trouvait lui-même en liaison avec celui de la SDB et la cellule spéciale traitant la manipulation croate. Les décisions concernant l'opération avaient été prises de concert avec le représentant du KGB, laissant les Politiques à l'écart. Ceux-ci étaient capables de s'effaroucher, mais seraient trop contents de cueillir les fruits de la manip. Même le général commandant la Cinquième région militaire, qui englobait la Slovénie et la Croatie, ignorait à quoi travaillait réellement le major Tuzla. Bien sûr, tout le monde connaissait son appartenance au KOS, mais on pensait qu'il se contentait de recueillir des informations sur la mentalité de la population croate.

La SDB avait été décimée en Croatie, suite à la déclaration d'indépendance. Beaucoup d'agents – croates eux-mêmes – avaient refusé de continuer à travailler pour le gouvernement de Belgrade et « trahissaient ». D'autres, trop marqués par leur allégeance aux Serbes, avaient dû s'enfuir, et ceux qui restaient étaient sous haute surveillance. Dieu merci, il y avait le KOS, qui, lui, n'avait pas d'états d'âme, décidé à tout faire pour que les Croates rentrent dans le rang.

Tapi comme une araignée au milieu de sa toile, le major Franjo Tuzla s'y employait activement. Depuis douze ans, il dirigeait d'une main de fer la section de la SDB chargée des manipulations croates, ce qui lui avait constitué un beau carnet d'adresses.

Son opération « destabilisation » tournait bien, en dépit de quelques accrocs de départ. Il avait fallu que ces imbéciles de la Grande Croatie choisissent un escroc pour le charger d'acheter des armes... Heureusement, Tuzla avait réactivé un de ses meilleurs éléments. A temps.

Le téléphone sonna.

— Ici le dépôt 432, annonça-t-il d'une voix neutre.

MANIP À ZAGREB 89

– C'est Dolac, annonça une voix empreinte de tristesse. Il y a eu un pépin hier soir. Une idiotie.

Fou de rage, le major écouta le récit du massacre de la rue Ilica. Avec Dobroslav Babic, il perdait un de ses meilleurs hommes. Lui et celui qui téléphonait, Boza Dolac, constituaient les « interfaces » indispensables à une manip. Totalement entre les mains du KOS, mais possédant la confiance des extrémistes croates : à eux deux, ils avaient recruté pour le compte de la SDB des dizaines de Croates extrémistes qui avaient terminé devant un peloton d'exécution. Ils ne pouvaient pas se payer le luxe de trahir.

– Le reste se passe bien? demanda le major.

– Oui, en principe.

– Très bien, rendez-vous vers huit heures, à l'*Orient Express*.

Un des cafés les plus à la mode de Zagreb dans la rue Marticeva. La foule permettait de passer totalement inaperçu et ils avaient de l'excellente bière...

Après avoir raccroché, Franjo Tuzla se mit à échafauder son plan pour ne pas dépenser plus de dollars que prévu. Il avait déjà eu un mal fou à obtenir ceux dont il avait un besoin impérieux de sa Centrale à Belgrade. Seulement, sans dollars, on ne pouvait pas acheter d'armes... Bien sûr, il aurait pu puiser dans les arsenaux de l'armée yougoslave qui regorgeaient de matériel, mais cela aurait mis en péril toute sa manip. Avec le numéro d'une arme, on retrouvait facilement son origine.

Pour que l'opération qu'il avait imaginée fonctionne, il fallait que des extrémistes croates achètent leurs armes sur le marché international, et qu'on puisse éventuellement en retrouver la trace.

Il alluma un cigare hollandais et fit la grimace. A Zagreb, on ne trouvait plus de cigares cubains, depuis la Secession... Après avoir réfléchi quelques minutes, il l'éteignit et passa dans le réduit où il se mettait en civil. Une fois habillé, il se regarda dans la glace. Avec son crâne chauve, son visage massif aux pommettes hautes, ses yeux gris enfoncés et sa mâchoire puissante, il avait l'air d'un Russe. On le lui avait souvent fait remarquer lorsqu'il se trouvait à l'Académie militaire de Moscou.

Au volant de sa petite Jugo, il tourna à droite, se dirigeant vers le centre ville par l'avenue Marina Drzica. Qui pouvait se méfier de cet homme corpulent et placide, qui roulait encore au volant d'une voiture qu'on distribuait en prime aux USA, alors que tous les profiteurs de Zagreb se pavanaient déjà en Mercedes ou en BMW.

*
**

— Montez, lança dans le téléphone intérieur la voix aux intonations vulgaires de Swesda Damicilovic. Chambre 22.

La CIA ne s'était pas ruinée pour la jeune Yougoslave en l'installant dans une modeste pension, le *Sonnenberg*, dans Johannes Strasse. Malko s'était résigné à la recontacter avant le départ au moins pour lui apprendre son rôle. Il ne l'avait plus revue depuis qu'il l'avait plantée devant l'ambassade américaine. Il se résolut à prendre l'escalier à la moquette usée et à frapper à la porte du 22.

— Entrez, cria Swesda. La clef est sur la porte.

Elle l'attendait dans la chambre minuscule, appuyée à la commode, l'air mauvais, la paupière violette et la lippe écarlate. Son décolleté descendait pratiquement jusqu'à l'estomac, ne laissant rien ignorer de sa grosse poitrine aux pointes sombres. Visiblement, elle ne portait rien sous sa mini, collée à la peau comme un kleenex mouillé. Elle adressa à Malko un regard à faire flamber n'importe quel homme normal et lança d'une voix un peu traînante :

— Alors, voilà mon beau prince, celui qui ne baise qu'avec les dames de la Haute.

Malko aurait tué Jack Ferguson à cette seconde... Swesda Damicilovic n'avait pas deviné toute seule son

MANIP À ZAGREB

identité... Il se força à sourire, restant à distance respectueuse. Il pouvait voir le mont de Vénus se dessiner sous la jupe rouge hyper-serrée... Les lèvres épaisses de Swesda Damicilovic s'écartèrent pour un sourire ironique.

— On est quand même venu me chercher, hein?

— Nous partons demain matin à 6 h, annonça Malko.

— Si je veux.

La voix était mauvaise, sèche. Visiblement, Swesda ravalait sa fureur. Elle lança :

— On emmène ta belle copine blonde, la pute qui était dans ta Rolls?

— Je ne pense pas, répondit Malko, qui commençait à sentir la moutarde lui monter au nez.

Le sourire s'élargit.

— C'est mieux, ça... Seulement, avant de partir, il y a une petite formalité.

— Laquelle? demanda Malko, qui entrevoyait déjà la réponse.

— Devine!

Comme il ne bougeait pas, elle posa la main sur le téléphone et précisa de la même voix chargée de fureur :

— Tu vas être *très* gentil avec moi. Sinon, je ne pars pas. Pour le moment, j'ai envie de me faire sauter.

— Je ne fais pas cela sur commande, dit Malko, froid comme un iceberg.

Tranquillement, Swesda commença à composer un numéro. Lorsque ce fut fait, elle dit :

— Je voudrais parler à Mr. Ferguson.

Malko était déjà sur elle, décidé à l'étrangler. Elle lâcha le récepteur et noua aussitôt un bras autour de sa nuque, se frottant contre lui sans la moindre pudeur. En même temps, elle lui léchait la bouche comme un animal.

Les gros seins ronds se frottaient à l'alpaga du costume de Malko comme pour user le tissu.

Ce typhon érotique le laissa de glace.

L'infernale Swesda le sentit et, avec un ricanement odieux, glissa la main entre leurs deux corps, cherchant à l'exciter. Une lueur folle et trouble flottait dans ses prunelles noires. Sa vulgarité agressive, mêlée d'authentique sensualité, en faisait une vraie bombe.

Seulement, Malko n'avait pas envie de servir de jouet à cette petite garce. Il lui saisit les poignets, les rabattit derrière son dos et plongea dans les prunelles noires le regard de ses yeux d'or.

– Demain à six heures moins le quart, en bas, dit-il calmement. Couchez-vous tôt.

Comme elle avançait de nouveau le visage pour l'embrasser, il la repoussa, la faisant chuter sur le lit, s'apercevant au passage qu'elle ne portait rien sous sa mini. Quand il atteignit la porte, elle n'avait pas encore eu le temps de se relever.

**
*

Said Mustala regardait la montagne de Zagreb à travers la vitre sale de la chambre, tout en affûtant machinalement son poignard grâce à une pierre de rémouleur qui ne le quittait jamais. Il souffrait de sa claustration volontaire mais se sentait ragaillardi d'être repris en main par une organisation. Il avait horreur d'être livré à lui-même.

Sonia, la blonde qui l'hébergeait, avait une vie étrange. Etudiante au campus de Zagreb, elle passait visiblement ses nuits à danser, rentrant à l'aube et ramenant du pain frais au vieil Oustachi. Quand elle n'était pas trop fatiguée, elle s'asseyait à côté de lui et écoutait ses récits de guerre, ou plutôt de massacres. Ses yeux brillaient lorsqu'il évoquait les pogroms de villages serbes.

– Comme j'aurais voulu être là, avait-elle dit une fois de sa voix douce. Je les aurais fait brûler vifs, après les avoir castrés...

Tout son corps vibrait. Pourtant, elle ne semblait pas avoir gardé un trop gros traumatisme de son viol.

D'abord, il y avait son amant en titre, Miroslav Benkovac, jeune ingénieur indépendantiste avec qui Said avait tout de suite sympathisé. Mais, souvent, lorsqu'il était absent, elle ramenait des jeunes gens chez elle. Ils buvaient de la bière et faisaient l'amour jusqu'à l'aube. Said Mustala le savait, car chaque fois Sonia hurlait d'une voix rauque de félin en chaleur. Une nuit, pris d'une soif brutale, il l'avait trouvée allongée dans l'entrée à plat ventre, son jeans sur les chevilles, avec un garçon dans la même tenue qui semblait faire des tractions. Sonia criait encore plus fort que d'habitude, les bras en croix sur la moquette usée.

Il entendit le téléphone sonner dans sa chambre, puis les pas de la jeune femme. Elle entra : torse nu, avec un jeans et des bottes.

– C'est pour toi, dit-elle simplement.

Said alla prendre l'appareil, reconnut la voix froide de celui dont il prenait les ordres, Boza Dolac. Beaucoup moins chaleureux que Dobroslav, hélas.

– C'est pour aujourd'hui, annonça Boza. Rendez-vous à l'endroit indiqué.

Il avait déjà raccroché. Même si les écoutes étaient peu probables dans ce pays désorganisé, il valait mieux se méfier... Said Mustala se sentit plus léger. Il allait enfin servir à quelque chose.

Jack Ferguson ne dissimulait pas sa nervosité. Malko venait de le rejoindre dans son bureau de l'ambassade US, seule pièce éclairée à cette heure matinale. Le jour se levait à peine.

– Il faut absolument que vous réussissiez à identifier ce groupe et leurs sponsors, adjura-t-il. Le gouvernement croate ignore que nous livrons des armes à ces extrémistes. Si l'opération dérapait...

Un ange passa et s'enfuit, épouvanté.

– Vous ne croyez pas que vous jouez avec le feu ?

94 *MANIP À ZAGREB*

observa Malko. Ce serait plus simple de basculer l'affaire sur eux. Et moins risqué.

— Ils n'ont pas les nerfs pour tenir la manip jusqu'au bout, trancha l'Américain. L'idée de savoir un chargement d'armes aux mains des extrémistes donnerait des sueurs froides au général Spegel. Il voudrait l'intercepter tout de suite. Or, toute l'astuce consiste à infiltrer les extrémistes, pour attraper tout le monde.

— Vous pensez vraiment qu'ils ne se doutent de rien?

— Nous avons pris toutes les précautions. Andrez Pecs est un marchand d'armes connu. De toute façon, les dés sont jetés maintenant... Le camion vous attend sur un parking à côté d'ici. En dehors de votre chargement, il y a une cargaison de matériel hi-fi et vidéo à destination de la Grèce, des Samsung et des Akai. Plus quelques caisses de Johnny Walker.

— Rien à craindre des Hongrois?

— Andrez Pecs s'en est occupé. Cela a coûté un peu d'argent.

— Le chauffeur?

— Un agent du BND « prêté », habitué à ce genre de choses, Gunther Muller. Il a déjà conduit des camions bulgares jusqu'en Turquie. C'est un authentique chauffeur poids lourds. Il obéira strictement à vos ordres, et peut vous donner un coup de main à l'occasion.

— Il est armé?

— Oui. Un Walther dissimulé dans le camion.

— Bien, il n'y a plus qu'à y aller, conclut Malko.

Swesda Damicilovic attendait dans la Mercedes 190 que Malko avait loué, habillée décemment pour une fois. Lorsque Malko était venu la récupérer au *Sonnenberg*, elle semblait d'excellente humeur et n'avait fait aucune allusion à leur accrochage de la veille. Jack Ferguson descendit avec Malko et monta avec lui dans la Mercedes. Swesda Damicilovic semblait avoir perdu à la fois de sa superbe et de son agressivité.

— Vous êtes sûr que je ne risque rien? demanda-t-elle anxieusement au chef de station.

MANIP À ZAGREB 95

– Absolument rien! affirma l'Américain. Votre rôle s'arrêtera lorsque vous aurez identifié positivement l'homme que vous avez aperçu à Miami.

Malko avait dissimulé son pistolet extra-plat sous son siège, sachant qu'il n'aurait pas à subir de fouilles trop poussées. Il prit le volant, guidé par Jack Ferguson jusqu'au parking. Le camion était un gros semi-remorque Volvo tout neuf, avec des plaques de Francfort. Le chauffeur descendit en voyant les deux hommes et vint leur serrer la main.

Un bon teuton rougeaud et costaud, rasé de frais, qui écrasa les doigts de Malko dans les siens. Là non plus, pas d'états d'âme... Malko lui expliqua la marche à suivre et il remonta dans la cabine du Volvo.

– Je vous attendrai de l'autre côté de la frontière austro-hongroise, dit-il. A Sopron. Comme je roule moins vite, je pars maintenant.

Malko regarda le gros bahut s'ébranler. Qu'est-ce qui l'attendait en Yougoslavie? Les incidents de Miami et de Zagreb prouvaient qu'il avait affaire à des gens décidés à s'opposer férocement à toute ingérence dans leur business.

CHAPITRE VII

Depuis le départ de Vienne, Swesda Damicilovic n'avait pratiquement pas ouvert la bouche, somnolant la plupart du temps. Malko avait retrouvé le Volvo à Sopron, petite bourgade perdue dans la plaine hongroise monotone, s'étendant à l'infini jusqu'à l'Oural. Ils avaient mis plus de deux heures pour atteindre la Yougoslavie, sur des routes sinueuses, encombrées de tracteurs traînant d'énormes carrioles de foin.

Le passage de la frontière yougoslave n'avait pas posé plus de problèmes au camion chargé d'armes. La route était tout aussi mauvaise de l'autre côté, avec des miliciens embusqués presque à chaque virage, verbalisant les étrangers, pour se faire un peu de devises. Maintenant, le Volvo attendait sur un parking à l'entrée de Varazdin, gros bourg situé dans une vallée, juste avant les collines précédant Zagreb, et Malko écoutait les informations en six langues diffusées par le haut-parleur du café de la place de la Mairie. Ici, pas de touristes et pourtant cette petite ville baroque miraculeusement protégée était magnifique : des églises à tous les coins de rue et des vieilles maisons en parfait état.

Swesda, indifférente à la beauté des lieux, bâilla.

— Il fait chaud !

Malko aperçut deux hommes qui descendaient d'une vieille Zastava et se dirigeaient vers lui. L'un d'entre eux était le barbu, Miroslav Benkovac. L'autre, un costaud à l'allure de docker, avec un grand nez crochu, des yeux très rapprochés et enfoncés dans leurs orbites, ronds comme ceux d'un oiseau. Ses mains étaient énormes. Le barbu le présenta :

– Un ami, Boza.

– Une amie américaine, répliqua Malko en présentant Swesda. Helen.

Les deux hommes lui dirent à peine bonjour... Swesda lança son *Hi!* habituel et se replongea ostensiblement dans le *Herald Tribune*. Malko s'aperçut vite que le dénommé Boza s'intéressait beaucoup à ses cuisses et à ses seins qu'une robe stricte n'arrivait pas à dissimuler. Miroslav Benkovac semblait tendu et nerveux. Il fit signe à Malko qui se leva et le suivit à quelques mètres.

– Vous êtes absolument sûr de cette personne? demanda-t-il.

– Absolument. Et votre ami?

Miroslav Benkovac prit l'air choqué.

– Boza! J'en réponds comme de moi-même. Il est...

Il se tut brusquement comme s'il craignait d'en dire trop.

Au moment où ils revenaient à la table, Swesda Damicilovic s'étira, faisant saillir ses gros seins ronds et se leva, gagnant l'intérieur du café en balançant ses hanches minces. Sa jupe avait remonté et couvrait tout juste le haut de ses cuisses. Dans ce pays où les femmes s'habillaient toutes à mi-mollet, les clients de l'*Etoile Rouge* en avaient les yeux hors de la tête. Le cortège d'un mariage sortant de la mairie voisine passa devant eux. En queue de cortège, un vieux brandissait une bouteille de slibovizc déjà à moitié vide que se refilaient les participants. Un vrai décor d'opérette dans cette ville qui semblait artificielle à force d'être belle.

– Où est la marchandise? demanda Miroslav Benkovac.

Malko lui répondit aussitôt, du tac au tac.

– Vous êtes venu sans l'argent?

Miroslav Benkovac eut un sourire embarrassé.

MANIP À ZAGREB

— Nous voulons d'abord vérifier la marchandise. Où est le camion ?

— A la sortie de la ville.

— Allons-y. Laissez votre amie ici.

— D'accord, accepta Malko.

Swesda Damicilovic revenait : il la prit à part et lui demanda d'attendre à la terrasse.

Malko s'installa dans la Zastava avec ses deux acheteurs et ils quittèrent le centre de Varazdin.

Le chauffeur fumait une cigarette à côté du camion, sur l'aire de stationnement située près du croisement de la grande route et de celle menant à Varazdin. A la demande de Malko, il ouvrit les portes arrière du camion et les trois hommes montèrent dans le Volvo. Les caisses d'armes se trouvaient au fond, dissimulées derrière des cartons contenant des téléviseurs Akaï et des magnétoscopes Samsung, mais un espace avait été ménagé pour y accéder. Boza se chargea de tout contrôler. Il fit sauter le couvercle d'une caisse avec un pied de biche, vérifia un des M16, ouvrit plusieurs boîtes de cartouches et examina une des M.60. Il redescendit ensuite à terre pour échanger quelques mots avec Benkovac.

— Tout va bien, traduisit celui-ci. Mais le chauffeur, c'est qui ?

Gunther, toujours placide, referma les portes du camion.

— Un Allemand répondit Malko. Il a déjà travaillé avec nous, il est sûr. Comme il est mal payé par son patron, il se fait de petits suppléments.

Le Croate hocha la tête sans rien dire, visiblement satisfait par ses explications, puis échangea quelques mots avec Miroslav Benkovac. Ce dernier précisa la suite des opérations.

— Il faudrait que le camion reparte vers Zagreb. Qu'il rejoigne l'autoroute de Ljubljana et qu'il s'engage dans cette direction. A quatorze kilomètres après Zagreb, il va trouver sur la droite un motel, le *Hrvatska*. Facile à repérer, il est peint en rose. Un ami vous y attend avec l'argent. Vous demanderez Jozip au barman. Dès que vous l'aurez, nous irons décharger ce qui nous appartient dans un entrepôt voisin. Pour ne pas perdre de temps, il faudrait peut-être que le camion reparte tout de suite, vous le rattraperez facilement, la route est étroite et sinueuse.

– Parfait, accepta Malko.

– Autre chose, précisa Boza. Déposez votre amie à Zagreb avant de vous rendre au motel. Je ne veux pas de témoin.

– Si vous voulez, dit Malko.

Il alla donner ses instructions à Gunther qui fit immédiatement ronfler le moteur du Volvo et quitta majestueusement le parking, contournant un tracteur tirant une énorme charette de foin. La région était idyllique avec des fermes partout et même de coquettes villas essaimées le long de la route. Ici, même du temps des communistes, on avait toujours bien vécu de l'agriculture.

Le Volvo s'éloignant, ils reprirent la Zastava pour regagner le centre de Varazdin.

Malko sentit ses cheveux se dresser sur sa tête en s'arrêtant devant la terrasse de *l'Etoile Rouge* : Swesda était en grande conversation avec deux militaires de l'armée fédérale, visiblement en permission, installés à la table voisine. Pour une Américaine ne parlant pas croate... Heureusement, lorsqu'ils virent les trois hommes s'approcher, ils s'éloignèrent vivement.

Pourtant, la scène n'avait pas échappé à Bozo. Il enveloppa la jeune femme d'un long regard plein de méfiance, mais ne fit aucun commentaire. Swesda lança à Malko, en anglais :

– Ces deux types me draguaient, mais je n'ai rien compris à ce qu'ils disaient.

Boza tendit la main à Malko, sans le regarder.

– A tout à l'heure.

Sautant sur l'occasion de détendre l'atmosphère, Malko annonça avec un sourire :

– Je vous ai mis 10 000 coups de plus et une caisse

MANIP À ZAGREB

de M.16 supplémentaire : c'est ma contribution person-
nelle à votre cause. Ainsi que cinq caisses de Johnny
Walker Black Label et deux de Moët et Chandon Brut
Impérial.

Le visage barbu de Miroslav Benkovac s'éclaira d'un
sourire chaleureux, mais Boza ne manifesta aucune
reconnaissance.

– Ça ne fait jamais que trois ou quatre mille dollars,
souligna-t-il, avec un rien d'ironie. Merci quand
même.

Malko les regarda monter dans la Zastava. Swesda
semblait perturbée.

– J'espère que je n'ai pas gaffé, s'excusa-t-elle. Les
deux troufions voulaient s'asseoir à ma table. J'ai été
obligée de leur dire, en croate, que mon mec arrivait.
Ce gars, Boza, ne m'inspire pas confiance. Il a l'accent
bosnien et ressemble à un voyou.

– Tous les Bosniens ne sont pas des voyous, plaida
Malko qui n'aimait pourtant pas non plus le dénommé
Boza.

– Presque tous, trancha Swesda d'un ton définitif.

Une fois sortis de la vieille ville historique, ils prirent
la direction de Zagreb. La route extrêmement sinueuse
ne permettait pas de rouler vite. De nouveau, Swesda
somnolait, les pieds sur le tableau de bord, la jupe
retroussée sur ses cuisses. Son état naturel était la
provocation... De plus en plus, il se demandait si elle
allait lui être vraiment utile...

Les tracteurs pullulaient sur la route, traînant d'énormes charges de foin. Soudain, à l'entrée du village de
Novi Marov, alors qu'il avait parcouru à peine un tiers
du trajet et s'attendait à chaque seconde à recoller au
Volvo, Malko vit surgir devant son pare-brise une fille
blonde en bicyclette, un petit havresac sur le dos. Elle
zigzaguait en plein sur sa gauche, afin de doubler un
tracteur arrivant en face de Malko. Venant droit sur la
Mercedes. Malko écrasa le frein avec un juron. Trop
tard : la fille venait de se jeter littéralement sur son aile
avant gauche.

102 *MANIP À ZAGREB*

– *Himmel!*

La blonde, projetée sur le capot de la Mercedes, ne semblait pas s'être fait très mal. Malko ouvrit sa portière. Le vélo, lui, était en piteux état. La roue de la voiture était passée dessus. La fille se remit sur pied et l'apostropha violemment, des larmes plein les yeux. Elle avait un visage très pur et très slave, avec de grands yeux étirés, une bouche sensuelle, un nez minuscule. Une tête de cover-girl... Sa chemise d'homme nouée sur l'estomac moulait une poitrine sans soutien-gorge et son short coupé dans un jeans s'arrêtait au ras des fesses. Lorsqu'elle se pencha pour ramasser les débris de son vélo, Malko eut devant lui un spectacle presque indécent.

Swesda Damicilovic descendit à son tour, considérant la fille d'un œil critique.

– Cette conne n'avait qu'à faire attention... grommela-t-elle. Tirons-nous.

Des villageois commençaient à s'attrouper autour d'eux. La blonde apostrophait Malko, avec de plus en plus d'indignation.

– Qu'est-ce qu'elle veut? demanda-t-il.

– Elle dit que vous devez lui rembourser sa bicyclette, traduisit Swesda, et ensuite la ramener chez elle. Que les étrangers conduisent n'importe comment. Tout est de votre faute.

Malko n'avait pas vraiment envie de discuter, peu soucieux de laisser le Volvo tout seul trop longtemps.

– Combien?

– Cinq cents marks.

Cinq fois le prix du vélo! Mais il n'était pas en mesure de négocier. Tirant une liasse de sa poche, il tendit cinq billets bleus empochés immédiatement par la blonde qui ne lui adressa même pas un sourire... Ignorant délibérément Swesda, elle lança en mauvais allemand :

– Maintenant, moi venir avec toi...

Sans attendre la réponse de Malko, elle s'installa à l'arrière de la Mercedes, abandonnant les débris de sa bicyclette sur le talus. Malko n'avait d'autre solution que de reprendre le volant, outré par ce sans-gêne. Il se tourna vers Swesda.

– Dites-lui que nous sommes pressés, je ne ferai pas un détour pour elle.

Swesda traduisit. Sèchement.

– Elle demande où vous allez. Sa randonnée est fichue, elle veut rentrer chez elle.

– Sur la route de Ljubljana.

– Cela tombe très bien, traduisit Swesda, elle habite de ce côté. Comme ça, elle ne préviendra pas la Milicja de l'accident. Sinon, vous pourriez avoir des ennuis.

Il eut envie de lui dire qu'en Yougoslavie, avec des marks, on ne pouvait pas avoir d'ennuis sérieux mais se retint... Il conduisait le plus vite possible, se faufilant entre les tracteurs et les charrettes, trépignant derrière les vieilles Jugo qui se traînaient sur la route sinueuse.

Le Volvo n'était toujours pas en vue. Gunther ne s'était pas arrêté pour l'attendre, il avait sans doute préféré ne pas attirer l'attention. Après tout, il connaissait la destination finale... Malgré tout, Malko ne se sentirait tranquille que lorsqu'il aurait rattrapé le camion.

Gunther, le chauffeur du Volvo, freina brusquement. Une voiture bleu et blanc de la Milicja était embusquée dans un virage, juste après Breznica et un milicien posté sur le bord de la route lui faisait signe de s'arrêter en agitant son petit disque rouge. Un autre était resté près de la voiture à côté d'un civil. L'agent du BND obtempéra en maugréant, pas vraiment inquiet. En Yougoslavie, le racket des routiers étrangers était une tradition bien ancrée. Ce n'était pas bien grave... Il stoppa sur le bas-côté et laissa venir le milicien qui tendit la main.

– *Dokuments !*

Gunther lui remit les papiers avec un sourire. Le milicien les examina puis remarqua en allemand :

– Vous alliez trop vite en traversant Breznica, des collègues vous ont signalé...

– Ça m'étonnerait! protesta Gunther sans perdre son calme. Je ne peux pas aller bien vite avec mon gros bahut...

Le milicien semblait hésiter. Il héla son collègue qui s'approcha, en compagnie du civil, assez âgé, avec une bonne tête de paysan, sans cravate, un blouson, de grosses chaussures. Il salua respectueusement le chauffeur du Volvo. Ce dernier se dit qu'il ne fallait pas s'enliser.

Ostensiblement, il regarda sa montre.

– Je suis un peu pressé, dit-il, je dois être avant six heures aux entrepôts de la douane. Sinon, je perds un jour.

Le milicien se dérida d'un coup et lui tendit ses papiers.

– Bon, ça ira pour cette fois, mais est-ce que vous pourriez déposer notre ami à l'entrée de Komin? Il attend son bus depuis une heure. Il doit être en panne.

– *Kein problem!* affirma Gunther, heureux de s'en tirer à si bon compte...

Il reprit son volant et le vieux monta à côté de lui. Le temps de dire au revoir aux miliciens, il était sur la route. Etonné de ne pas voir Malko. Celui-ci aurait dû le dépasser. A moins qu'il ne se soit attardé à Varazdin ou qu'il soit passé tandis qu'il discutait avec les miliciens. Il se concentra sur sa conduite, tant la route était difficile. A côté de lui, le vieux était sage comme une image.

Soudain, il fit signe de la main alors qu'ils venaient de passer devant un panneau annonçant *Komin.*

– Je m'arrête ici! dit-il en allemand.

Docilement, Gunther appuya sur la droite et stoppa sur le bas-côté. Puis, il tourna la tête pour dire au revoir à son passager. Pendant une seconde, il se trouva en face d'un visage inconnu, impitoyable, crispé. Puis son regard descendit et il aperçut le long poignard tenu à l'horizontale.

– *Sie...*

Il n'eut pas le temps d'en dire plus. D'un mouvement de tout son corps, le vieux venait de lui enfoncer la lame mince dans le flanc droit. Si fort qu'elle pénétra pratiquement jusqu'à la poignée, traversant le foie, tranchant plusieurs artères. Gunther ouvrit la bouche, cherchant de l'air, suffoqué par la douleur atroce. Déjà, le vieux retirait le poignard et frappait un peu plus haut, puis encore et encore, avec une application démoniaque. Il s'arrêta seulement lorsque Gunther s'effondra sur son volant, le sang ruisselant sur la banquette de moleskine.

Le tout n'avait pas duré trente secondes.

Said Mustala ouvrit la portière de son côté et se laissa glisser à terre. La Zastava de Boza était arrêtée juste derrière.

Boza Dolac en sortit et courut vers Said Mustala.

– C'est fait?

– Bien sûr, fit le vieil Oustachi, vexé qu'on puisse douter de lui.

Boza Dolac gagna le camion et monta à bord. Poussant le cadavre qui glissa sur le plancher, il jeta dessus une couverture arrachée à la couchette et s'installa au volant. Said Mustala prit place à côté de lui et le lourd véhicule redémarra.

Presque aussitôt, la fausse voiture de la Milice, volée quelques semaines plus tôt, les doubla et s'enfonça dans un chemin transversal, afin de regagner sa planque.

Les quelques voitures qui avaient doublé le Volvo arrêté n'avaient rien pu remarquer d'anormal.

Boza Dolac conduisait le plus vite possible. Même en tenant compte de la diversion imaginée pour retarder le marchand d'armes, il ne disposait pas d'une grande marge de sécurité. Or, ce qui allait suivre était tout aussi important que la première partie de l'opération.

Il ne devait rester aucun témoin de la livraison d'armes.

**

Malko dut attendre qu'une rame de trams bleus s'ébranle lentement pour accéder à la rampe menant à l'entrée de l'*Esplanade*, le meilleur hôtel de Zagreb. Une superbe bâtisse rococo fin de siècle en face de la gare en bordure de l'avenue Mihanoviceva. Swesda se tourna vers lui, boudeuse.

— Qu'est-ce que je vais faire toute seule ?

— Prendre un bain, suggéra Malko, ou regarder la télévision. Je ne serai pas long.

Le chasseur prit sa valise et Malko repartit ventre à terre vers l'ouest de la ville, pestant contre la circulation. Il y avait autant de voitures qu'à Vienne et les innombrables trams gênaient le trafic, se traînant à vingt à l'heure !... La blonde, profitant du départ de Swesda, avait pris place à côté de lui et lui adressa un sourire engageant. Elle avait peut-être envie de changer son vélo contre une Mercedes.

Avec son physique, ce n'était pas impossible...

— Où allez-vous ? demanda Malko en allemand, une fois sur l'autoroute. Moi, je m'arrête bientôt.

S'il s'était débarrassé de Swesda, ce n'était pas pour arriver au motel *Hrvatska* avec une inconnue ramassée sur le bord de la route... Malgré lui, il admira ses longues cuisses bronzées. Une fille ravissante.

— *Immer gradaus* (1), dit-elle.

Ils filaient maintenant sur le freeway de Maribor, double bande d'asphalte rectiligne, bordant une banlieue de plus en plus clairsemée qui fit bientôt place à des champs. Malko guettait le côté droit, comptant les kilomètres. Les rails des trams avaient disparu. Ils se trouvaient en pleine campagne. Soudain Malko aperçut dans le lointain, sur sa droite, plusieurs bâtiments dont

(1) Toujours tout droit.

MANIP À ZAGREB

un d'une curieuse couleur rose, comme certains hôtels de Californie. Sûrement le motel *Hrvatska*.

Ils n'en étaient plus qu'à un kilomètre environ lorsque la blonde désigna un chemin de terre qui s'éloignait perpendiculairement à l'autoroute, filant vers un pâté de HLM tout neufs érigés en pleins champs.

— *Hier, bitte!*

Malko ralentit et stoppa à l'entrée du chemin. La blonde ne bougea pas, désignant à nouveau du doigt les bâtiments, distants environ de mille cinq cent mètres. Visiblement, elle n'avait pas envie de marcher... Malko, qui ne tenait pas à déclencher un incident désagréable, fit contre mauvaise fortune bon cœur et s'engagea dans le chemin semé de trous énormes et même pas asphalté. La blonde retrouva aussitôt son sourire... Arrivé à un rond-point rudimentaire juste avant les HLM, il stoppa et elle descendit enfin. Le temps de faire demi-tour, il filait de nouveau vers l'autoroute.

A peine eut-il pris de la vitesse qu'il aperçut un nuage de poussière derrière lui. Un véhicule surgi du rond-point était en train de le rattraper. Un taxi Mercedes bleu clair, qu'il surveilla dans son rétroviseur. Sans souci des trous dans le chemin, il fonçait à toute vitesse. Malko appuya sur sa droite, pas trop étonné : les Yougoslaves conduisaient comme des fous... C'est seulement lorsque la Mercedes ne fut plus qu'à quelques mètres derrière lui que son estomac se contracta brutalement. L'homme assis à côté du chauffeur qui portait un petit bouc était Boza, le Croate à la tête d'oiseau. Malko identifia facilement ce qu'il tenait dans ses mains : un « riot-gun » noir à plusieurs coups. Une arme capable à quelques mètres de déchiqueter n'importe quel être humain.

La Mercedes accéléra encore, commençant à le doubler et le canon du riot-gun pointa son museau par la glace ouverte de la voiture, visant la tête de Malko.

CHAPITRE VIII

Malko avait quelques fractions de seconde pour réagir. Il plongea sur le siège avant, tout en écrasant le frein. Un instant plus tard, la détonation du riot-gun l'assourdit, confondue avec un bruit sourd qu'il n'identifia pas tout de suite.

A tâtons, il saisit son pistolet extra-plat sous son siège et se releva. Son moteur avait calé. Il vit la voiture de ses agresseurs s'éloigner et remarqua qu'elle n'avait pas de plaque à l'arrière.

Il remit en route pour la poursuivre, mais une sensation anormale l'avertit d'un problème. La Mercedes 190 tanguait comme un bateau ivre... Il stoppa, descendit et inspecta les dégâts. La décharge du riot-gun avait scalpé la peinture du capot, criblant le pare-brise de petits éclats. L'aile avant gauche était transformée en dentelle ainsi que le pneu...

Furieux, il regarda le nuage de poussière soulevé par le taxi retomber. Jetant sa veste à l'intérieur, il se mit en devoir de changer la roue avant. Dix minutes plus tard, il repartait, fou d'angoisse. Ce qui venait de se passer n'augurait rien de bon pour la suite. Il était encore en nage lorsqu'il s'arrêta devant le *Hrvatska*.

Celui-ci ressemblait vaguement à un motel américain. Pas de Volvo en vue. Malko pénétra dans le motel. Plusieurs consommateurs, pas rasés, à mine patibulaire, discutaient dans un coin devant des bières. Il alla au bar et s'enquit auprès du barman de « Jozip ». Inconnu... Par acquit de conscience, il alla interroger l'employé de la réception, mais personne n'avait aperçu de camion Volvo ou de conducteur allemand.

Il commanda un café et s'assit face à une fenêtre, essayant de se répéter que le camion pouvait avoir du retard pour une cause inconnue. Sans y croire le moins du monde. Lorsqu'on eut renouvelé son café deux fois, il décida de lever le siège.

Les armes avaient disparu et ses acheteurs aussi.

La belle infiltration de la CIA se terminait en déroute. Non seulement on n'avait pas identifié les commanditaires de l'opération, mais en plus on leur avait fourni les moyens de procéder à leurs attentats.

Fou de rage, Malko reprit l'autoroute, direction Zagreb. Avant tout, il fallait téléphoner à Vienne pour annoncer la bonne nouvelle à l'instigateur de cette brillante manipulation.

*
**

— C'est une catastrophe!

Jack Ferguson ne dissimulait pas sa fureur et son angoisse. Enfoncée dans un fauteuil, un verre de Cointreau sur un lit de glaçons à la main, Swesda Damicilovic regardait CNN, indifférente. Malko l'avait retrouvée dans leur suite de l'*Esplanade*, complètement déconnectée. Aucune nouvelle de Gunther.

— Le mot est faible, remarqua Malko. Qu'est-ce que je fais?

— J'appelle tout de suite le chef de station de Zagreb, David Bruce, et je lui envoie un télex protégé. Il est plus au courant que moi de la situation locale. Il va falloir prévenir les Croates et il s'en chargera. Mais surtout retrouver les armes.

— La Company n'a pas de réseau ici? demanda Malko. Quelqu'un de sûr qui puisse nous guider?

— Je vais demander à David, fit le chef de station évasivement. Pour le moment, le plus urgent est de retrouver Gunther et le camion, je n'ai pas encore prévenu le BND. Ne bougez pas de l'hôtel. David Bruce va entrer en contact avec vous.

Le major Franjo Tuzla contemplait les caisses d'armes et de munitions entassées sous le petit hangar derrière de vieux réservoirs rouillés. Une camionnette venait de les apporter dans ce camp du train de l'armée yougoslave où personne ne viendrait les chercher.

Tout s'était déroulé sans anicroches, sauf l'élimination du marchand. On frappa à sa porte et Boza Dolac, qui avait mené le déchargement, pénétra dans le petit bureau. Il avait travaillé longtemps comme homme de main de la SDB avant d'être récupéré par le KOS. Branché sur des gangs d'Albanais sans scrupules, il pouvait être précieux... Ses petits yeux noirs enfoncés brillaient d'une satisfaction mêlée de crainte.

Pour la première fois de sa vie, il avait désobéi au Serpent, au major Tuzla, son « traitant ». Les ordres de ce dernier étaient clairs. Récupérer les armes, les payer et laisser partir le marchand d'armes dans la nature. Quitte à s'en resservir. Seulement, l'occasion était trop belle : Boza avait vu la possibilité de gagner plus d'argent qu'il n'en avait jamais eu. D'abord, en ne versant pas le solde des dollars remis par le major Tuzla, ensuite en récupérant la précieuse cargaison officielle du Volvo.

Le problème des armes avait été relativement simple : il avait fait croire à Miroslav Benkovac qu'au dernier moment, il n'avait pas reçu l'argent. Il fallait donc éliminer le marchand. C'est sur son conseil que le jeune activiste croate avait monté la diversion pour retarder la voiture de Malko et ensuite le guet-apens pour l'éliminer.

De la même façon, il avait recruté Said Mustala pour le meurtre du chauffeur, en lui faisant promettre de garder le secret. Le chauffeur de la Mercedes bleu pâle était également un de ses amis et son complice pour l'écoulement de la marchandise.

Le risque qu'il courait était minime : aucun des protagonistes de l'histoire n'avait accès au major Tuzla...

– Tout s'est bien passé? demanda ce dernier, sondant le regard sombre de sa créature.

– Tout à fait, affirma Boza.

La cargaison du Volvo avait été transférée dans un entrepôt sûr et le camion abandonné sur un parking. Quant au corps du chauffeur, il reposait, saucissonné dans une toile, au fond du lac Bundek, une grosse mare, boueuse à souhait, juste au nord de la Sava, qui servait depuis des années de décharge publique. Isolée dans un bois clairsemé, fréquenté seulement par les amoureux.

– Qu'est devenu l'associé de cet Andrez Pecs? interrogea le major. Il était satisfait?

– Oui, oui, répondit Boza, soudain pris de vertige. Très content.

Le major sentit le brusque affolement de Boza, sans en comprendre la cause. C'était une affaire relativement simple et Boza en avait traité de plus complexes et de plus dangereuses.

– Tu es certain de ne pas avoir fait de gaffes? demanda-t-il avec sévérité un peu au hasard.

– Certain, affirma Boza Dolac, un peu moins tendu.

– Bien, approuva le major Tuzla en se plongeant dans des documents. Maintenant nous allons préparer le stade suivant. Laisse-moi.

Boza ne bougea pas, se dandinant sur place, mal à l'aise.

Le major releva la tête.

– Qu'est-ce qu'il y a? demanda-t-il.

– Il y a quelque chose de bizarre avec les M.16, lâcha Boza Dolac, avide de montrer son dévouement.

Tuzla fronça les sourcils.

– Ils ne sont pas en bon état?

MANIP À ZAGREB 113

— Si, si, mais ce sont les derniers modèles, des A 2. Ils viennent juste d'être fabriqués et personne n'en a encore vu.

Cette fois, le major Tuzla comprit instantanément ce que son interlocuteur voulait dire. Si ces armes étaient introuvables sur le marché, cela signifiait que leur provenance n'était pas normale. Que derrière le vendeur apparent, il n'y avait non pas un marchand d'armes, mais un Service étranger. Cela changeait tout.

Comme pour l'angoisser encore plus, Boza Dolac ajouta :

— Ce Kurt, il était accompagné d'une femme. Une Américaine, soi-disant. Je l'ai vue en conversation avec des gens de chez nous. Je crois qu'elle est yougoslave.

Le major Tuzla sentit une coulée glaciale glisser le long de sa colonne vertébrale. Tout cela ressemblait furieusement à la pénétration de son affaire par un grand Service. Comme ce n'étaient pas les Soviétiques, il restait les Allemands ou les Américains.

— Ce Kurt ? demanda-t-il, il est encore à Zagreb ?

— Je ne sais pas, avoua Boza. Je vais essayer de le savoir.

— Fais vite, ordonna sèchement Tuzla et rends-moi compte.

Si le mystérieux Kurt appartenait à un Service, sa présence prolongée à Zagreb représentait un danger qu'il n'avait pas envie de courir.

*
**

L'avenue Tuskanac sinuait au milieu d'un parc somptueux, juste au nord de Zagreb, en plein quartier résidentiel, là où les apparatchiks du régime titiste avaient tous construit leurs datchas. Malko regardait sur sa droite avec attention, pour ne pas rater le *Savic*, restaurant de poissons où il devait retrouver le représentant de la CIA à Zagreb. Celui-ci l'avait appelé à l'hôtel, lui fixant rendez-vous à 15 h 30 pour déjeuner... Heure habituelle dans ce pays.

Malko qui avait laissé Swesda à l'*Esplanade* découvrit le restaurant presque par hasard. Quelques tables à l'extérieur blotties contre une colline boisée, avec une petite maison de conte de fées. Un décor pour amoureux. Au moment où il garait sa Mercedes en piteux état, un barbu en chemise mexicaine jaillit d'une Toyota et marcha vers lui, la main tendue, jovial comme une publicité.

— David Bruce! Enchanté.

Il tourna autour de la Mercedes et fit la grimace.

— Vous l'avez échappé belle...

— En effet, dit Malko. Y-a-t-il du nouveau au sujet de Gunther?

— Rien, avoua l'Américain rembruni subitement, mais on a retrouvé le Volvo tout à l'heure, sur un parking de Novi Zagreb. Vide. Avec des traces de sang sur la banquette. J'ai l'impression qu'on ne reverra pas Gunther... Ni les armes, bien sûr.

Ils s'installèrent à la première table et aussitôt un garçon amena un plat sur lequel reposait une douzaine de poissons aussi morts que le malheureux chauffeur du Volvo et beaucoup moins frais. Malko choisit une dorade qui avait l'œil un peu moins glauque que les autres et demanda à David Bruce :

— Vous êtes entré en contact avec les autorités croates?

L'Américain leva les yeux au ciel derrière ses grosses lunettes.

— Hélas! J'ai vu tout à l'heure le général Spegel, ministre de la Défense. Il est fou furieux. J'ai cru qu'il allait m'écraser comme une mouche. Il a convoqué notre consul pour lui transmettre ses protestations. Si nous ne retrouvons pas ces armes, c'est une catastrophe politique. Les Croates sont persuadés que nous avons partie liée avec les extrémistes de la Grande Croatie.

— Ils devraient être mieux armés que nous pour cela, objecta Malko. Ils sont chez eux.

David Bruce eut un geste découragé.

— Vous ne réalisez pas à quel point ils sont désorga-

MANIP À ZAGREB

nisés. Leur Service de renseignement en est aux balbutiements. Ils se méfient – à juste titre – de tout le monde, ils n'ont pas d'argent, pas de moyens d'investigations, pas de réseaux... Si nous ne les aidons pas, ils n'y arriveront jamais. Il faut retrouver coûte que coûte vos acheteurs. Ils sont sûrement basés à Zagreb.

– Je possède quelques éléments, remarqua Malko, mais c'est mince.

– Les Croates vont collaborer, affirma David Bruce. Un de leurs agents va nous rejoindre ici. Un bon. C'est lui qui a abattu le chauffeur de la Golf GTI. Il a enquêté auprès des miliciens qui avaient intercepté le vieux. Cela ressemble bien au tueur de Miami.

– On n'a aucune trace de lui?

– Aucune. J'ai décidé de réactiver le meilleur élément que nous possédions dans ce pays.

– Qui donc?

– Un père franciscain. Très politisé. Un peu trop à droite au gré de la Company. Je sais qu'il a des contacts avec les gens de la Grande Croatie. Ce sont ses idées. Si je vous présente comme un analyste désireux de faire une synthèse, il acceptera de nous les faire rencontrer. Mais il faut marcher sur des œufs. Je l'ai appelé ce matin et il va venir vous rendre visite à votre hôtel. Il s'appelle Jozo Kozari. Traitez-le avec égards.

– Est-ce que Jack Ferguson vous a dit ce que je devais faire de Swesda? demanda Malko. Elle risque de devenir encombrante.

– Il prétend qu'elle peut encore vous servir, dit l'Américain. Vous la gardez jusqu'à nouvel ordre.

Malko n'eut pas le temps de protester. Un homme jeune, athlétique, aux traits très découpés, venait de s'arrêter à côté de leur table. Ses sourcils étaient si épais qu'il avait dû les raser sur l'arête du nez afin qu'ils ne forment pas une ligne continue... David Bruce lui serra chaleureusement la main.

– Je vous présente Mladen Lazorov, l'étoile montante du *Slubze za Zastitu Ustavnog Poretka*.

Il avait réussi à prononcer le tout d'un seul trait et Malko en fut impressionné...

Le policier croate s'assit en relevant sa veste, ce qui permit à Malko d'admirer l'énorme pistolet accroché à sa hanche dans un holster. Il semblait ouvert et sympathique et comprenait assez bien l'anglais.

— David m'a mis au courant, dit-il, quels sont les indices dont vous disposez?

— D'abord, Miroslav Benkovac, si c'est son nom.

— C'est son nom. Nous le connaissons bien, c'est un des plus fanatiques partisans de la Grande Croatie, lié à l'extrême droite. Cela ne m'étonne pas qu'il ait acheté des armes. Il n'a jamais pardonné aux Serbes le meurtre de son frère.

— Vous ne savez pas où le trouver?

— Non, avoua Mladen Lazorov. On disait même qu'il était parti à l'étranger. Aujourd'hui, ces gens disposent de beaucoup de sympathisants ou de complicités. C'est très difficile de les coincer. Les policiers chargés de les rechercher sympathisent souvent avec eux.

— Zagreb est pourtant une petite ville, remarqua Malko.

Mladen sourit.

— C'est vrai, mais il y a quand même un million d'habitants. Miroslav Benkovac n'est pas d'ici. Il doit se cacher chez des amis. Et lorsqu'il montre les photos de son frère aux yeux arrachés par les Serbes, ils n'ont pas envie de le dénoncer à la police...

Exit Miroslav Benkovac.

Malko décrivit alors Boza, et là encore, le policier secoua la tête.

— Boza est un prénom très répandu. Je vais regarder les fichiers des extrémistes.

— Et cette blonde à bicyclette? Je suis certain qu'elle est dans le coup. Mais je n'ai même pas son nom.

— Là, il y a peut-être une chance, admit Mladen, en faisant du porte-à-porte. Et puis, vous pouvez la reconnaître. Nous pouvons commencer tout à l'heure.

MANIP À ZAGREB

— Et la Mercedes bleue?

Mladen eut cette fois un sourire encourageant.

— C'est notre meilleure chance, je vais demander à un copain de la Milice qui connaît tous les trafiquants de voitures. Il aura peut-être une idée.

Malko bouillait.

— Mais enfin, Gunther était un professionnel. On n'a pas pu le surprendre facilement.

Mladen Lazorov secoua la tête.

— Il y a une chose bizarre. J'ai procédé à une enquête rapide. Des gens prétendent avoir vu le Volvo arrêté par une voiture de la Milicja entre Varazdin et Zagreb. Or, les miliciens de la région affirment qu'ils n'ont jamais contrôlé ce camion. Il pourrait s'agir d'une voiture de la Milicja occupée par des extrémistes.

— On en a volé récemment? demanda Malko.

Le policier croate eut l'air embarrassé.

— Volée, non, pas vraiment, mais dans la Krahina, il y en a qui sont tombées aux mains des Serbes. On ne sait pas ce qu'ils en ont fait. Pourtant, je ne crois pas qu'ils les aient données à des Croates. Surtout à ceux que vous recherchez.

— Qu'est-ce que c'est que la Krahina? interrogea Malko.

Devant les explications embrouillées du Croate, David Bruce prit le relais.

— Une histoire de fou! fit-il. Plusieurs bourgades serbes en Croatie, sous la pression de Belgrade, ont proclamé leur « indépendance ». Ils se sont emparés du pouvoir, maltraitent les habitants croates et interdisent aux Croates ou aux étrangers de franchir les limites de leur village. Ils vous tirent dessus et vous rançonnent. Il y a déjà eu plusieurs incidents graves. Ce qui est ennuyeux, c'est que ces villages avec Knin au centre contrôlent la route de la Dalmatie où vont tous les touristes. Aujourd'hui, il n'y a plus personne et c'est la ruine.

— Ils sont armés?

— Il y a des Tchekniks, des extrémistes serbes. Ils se sont livrés déjà à pas mal d'atrocités.
— Mais que fait le gouvernement croate?
— Rien, avoua le policier. Nous n'avons pas de moyens militaires suffisants, à part la Garde nationale, et l'armée yougoslave veille sur ces villages. Ils nous interdisent de rétablir l'ordre. Les officiers sont serbes pour la plupart et ont pris le parti des Krahinais... Rien qu'en Croatie, il y a encore 50 000 hommes de l'armée avec des T.55 et des T.72. Nous n'avons rien à leur opposer...

Malko réfléchissait. Ce n'étaient pas les quelques dizaines de M.16 qui allaient retourner la situation. Le policier continua.

— Surtout, le gouvernement de Franjo Tudman ne veut pas faire le jeu des extrémistes. La police et la Milicja ont reçu pour consigne de ne pas répondre aux provocations. Sinon, les Serbes brandiraient à nouveau le spectre des Oustachis et ce serait très mauvais pour notre image de marque.

On y était. Le complot anti-croate prenait forme. La CIA avait raison : des éléments pro-communistes tentaient d'étouffer la sécession croate. Sous couleur d'ultra-nationalisme...

Mladen Lazorov allumait une cigarette à l'autre. Malko avait pris place dans sa BMW après avoir déposé sa voiture devant l'*Esplanade*. A l'arrière, se trouvait une carabine Kalach, chargeur engagé, même pas dissimulée. Tous les miliciens savaient que ce type de BMW grise appartenait au Service. Ils étaient arrivés là où Malko avait déposé la mystérieuse blonde. En compagnie du policier, ils commencèrent un fastidieux porte-à-porte.

MANIP À ZAGREB

*
**

Malko finissait même par comprendre le serbo-croate! A force d'entendre les mêmes phrases, indéfiniment répétées. Ils avaient passé au peigne fin tous les immeubles de cet îlot en pleins champs. Résultat nul. Personne ne semblait connaître la blonde. Découragé, Mladen Lazorov se tourna vers Malko.

— Elle vous a amené ici uniquement pour l'attentat. Elle habite ailleurs.

— Vous n'avez personne qui y ressemble dans vos fichiers?

— Il n'y a pas de vrai fichier, avoua laconiquement le Croate. Nous sommes une douzaine de gens sûrs et on travaille vingt-quatre heures sur vingt-quatre. Les types de l'UDBA sont partis avec leurs fichiers. Revenons à Zagreb, il faut tout reprendre à zéro.

— L'homme que vous avez abattu? demanda Malko tandis qu'ils roulaient sur l'autoroute de Ljubljana. On n'a rien trouvé sur lui?

— Babic? Il était fiché comme extrémiste de droite. Il faisait même partie du mouvement pour la Grande Croatie, mais c'est tout. Nous avons perquisitionné chez lui, sans succès. Pas un numéro de téléphone, rien.

— Son appartement est surveillé?

— Il y a les scellés dessus, mais nous n'avons pas assez de gens pour cela. De toute façon, il habitait dans une tour de Novi Zagreb, il ne connaissait même pas ses voisins.

Ils étaient arrivés à l'entrée de Zagreb. Le Croate prit la direction de l'*Esplanade* et s'arrêta sur la rampe.

Malko éprouvait un sentiment de frustration épouvantable. Cela semblait impossible que dans une ville aussi petite que Zagreb on ne puisse trouver la piste de ses adversaires.

Mladen Lazorov qui semblait découragé lui aussi demanda brusquement :

120   *MANIP À ZAGREB*

— Il y avait autre chose que des armes dans le
Volvo?

— Des magnétoscopes et des téléviseurs Akai et Samsung. Et quelques caisses de Johnnie Walker. Pourquoi?

— Tout a été volé. Cela va réapparaître. Si on pouvait
avoir des éléments précis sur ce chargement, cela serait
utile.

— Je vais m'en occuper, promit Malko.

Le hall rococo de l'*Esplanade* était désert, à part une
créature en pantalon flottant de soie orange. La clef
n'était pas là, donc Swesda Damicilovic ne s'était pas
sauvée. Quand il poussa la porte de la chambre, il la
trouva en effet. Vautrée sur le canapé, la jupe retroussée jusqu'aux hanches, en face d'un homme rondelet
assis sur une chaise. Une bonne tête avec des dents
écartées, les cheveux gris et une cravate. Il se leva
devant Malko et lui tendit la main, ayant visiblement
beaucoup de mal à détacher les yeux des cuisses de
Swesda généreusement exposées.

— Jozo Kozari, annonça-t-il d'une voix douce.
Mr. Bruce m'a demandé de vous contacter.

Le franciscain agent de la CIA!

Il se rassit avec un sourire patelin, se replongeant
dans la contemplation des jambes de Swesda Damicilovic, ses mains grassouillettes croisées sur son ventre,
plongé dans une méditation intérieure qui ne devait pas
être complètement éthérée.

Malko prit place en face de lui, furieux d'avoir à
parler en présence de Swesda, mais la jeune femme ne
manifestait aucun désir de quitter la pièce. Apparemment fascinée par le franciscain. Celui-ci leva sur Malko
un regard faussement endormi où flottait une lueur
aiguë.

— Mr. Bruce m'a dit que vous vous intéressiez à nos
amis de la Grande Croatie. Ce sont des gens très
sympathiques, très motivés, soutenus par l'Histoire,
n'est-ce pas? Au douzième siècle, la Croatie était un
état puissant et riche. Elle pourrait le redevenir.

Suffoqué par cette analyse sommaire, Malko ne put s'empêcher de demander :

– Vous y croyez, vous? Il faudrait demander leur avis aux Serbes, aux Bosniens, aux Macédoniens.

Le franciscain eut un geste onctueux signifiant que tout cela n'était que détail.

– Un référendum, peut-être, suggéra-t-il de sa voix douce.

Avec la peine de mort pour ceux qui diraient « non »...

Laissant le contact de la CIA à ses utopies, Malko entra dans le vif du sujet. Essayant de ne pas en dire trop. Swesda ignorait encore la mort probable de Gunther, le chauffeur du Volvo, et l'attaque dont Malko avait fait l'objet.

– Parmi ces Croates nationalistes, demanda-t-il, avez-vous entendu parler d'un certain Benkovac?

Jozo Kozari prit l'air concentré avant de laisser tomber :

– Benkovac... Oui, Miroslav Benkovac. Je le connais, je l'ai confessé à plusieurs reprises. Un très gentil garçon, très pieux. Pourquoi me parlez-vous de lui?

– Nous pensons qu'il est assez représentatif de ce groupe, plaida Malko. Est-il possible de le rencontrer?

Le franciscain frotta l'une contre l'autre les paumes de ses petites mains.

– Je ne suis pas certain qu'il soit toujours à Zagreb. Mais je confesse régulièrement quelqu'un qui le connaît très bien. Une jeune femme à qui il est arrivé une histoire terrible. Attirée dans un guet-apens par des Tchekniks, elle a été traitée d'une façon abominable...

Il s'arrêta et Swesda sauta à pieds joints dans la conversation.

– Qu'est-ce que c'est « une façon abominable »? interrogea-t-elle, gourmande.

Le franciscain lui expédia un regard qui manquait nettement de sainteté.

– Je n'ose même pas vous détailler ce que ces hommes lui ont fait, tellement c'est horrible. Toujours est-il que le frère de Miroslav a réussi à la sauver, mais a été lui-même massacré. Miroslav, me semble-t-il, est tombé très amoureux de cette jeune personne. Je me demande s'il n'a pas l'intention de l'épouser. Elle s'appelle Sonia.

Quelque chose fit tilt dans la tête de Malko.

— A quoi ressemble-t-elle? demanda-t-il.

Jozo Kozari eut un sourire onctueux.

— Elle fait honneur à notre race. Blonde, les yeux verts et, ma foi, appétissante.

La fille de la bicyclette... Malko dissimula son excitation sous une question sans passion.

— Pouvez-vous essayer de me la faire rencontrer? Par elle, il sera possible de retrouver Miroslav Benkovac. S'il se trouve à Zagreb. Vous savez où elle habite?

— Non, hélas, avoua le franciscain, mais je peux lui transmettre un message. Elle est toujours heureuse de bavarder avec moi, je suis un peu son guide spirituel, car elle a quitté sa famille qui vit toujours en Slavonie.

— Comment?

— Je laisse un message à la permanence du HSP, le Parti de la Grande Croatie.

— Pouvons-nous y aller maintenant?

Le franciscain consulta sa montre.

— Il est un peu tard, je dois regagner mon couvent qui se trouve tout à l'est de la ville, assez loin. Demain, peut-être?

Malko allait insister quand Swesda intervint de nouveau dans la conversation, minaudante.

— Allez, faites un effort. On vous raccompagnera.

Le regard du franciscain se reporta sur la jeune femme et il sembla soudain entrer dans une espèce de béatitude qui ne devait rien à la méditation transcendentale... De toute évidence, Swesda le fascinait comme une Sainte Icône. Il l'enveloppa d'un regard doux où flottait pourtant une flamme sulfureuse.

— Vous êtes croate, vous-même, mademoiselle?

— Non, serbe, corrigea Swesda.

— Ah, soupira-t-il, si je pouvais vous convertir!

— Bon, ne perdons pas de temps, dit Malko qui trépignait avec, enfin, un fil à tirer.

Il avait hâte de se retrouver en face de l'angélique blonde qui l'avait envoyé à la mort.

CHAPITRE IX

Le major Franjo Tuzla méditait dans la chaleur torride de son bureau. Le ventilateur était de nouveau tombé en panne et les nouvelles n'étaient pas fameuses. Grâce aux contacts qu'il possédait chez les Croates, il avait la certitude que c'était la CIA qui tentait d'infiltrer son opération. C'était extrêmement fâcheux et il devait réagir.

Grâce à son système de communications protégées, il avait pu s'entretenir avec Belgrade. La réponse de son chef, le général Mesic, avait été d'une clarté toute militaire : éliminer les obstacles et continuer... Le téléphone intérieur se mit à bourdonner. La ligne était tellement mauvaise que la sentinelle qui se trouvait à trente mètres semblait être au bout du monde.

— Un homme demande à voir le major. Il amène un ventilateur.

— Laissez-le passer, ordonna le major Tuzla.

C'était Boza Dolac, envoyé en mission d'information. Il entra dans le bureau avec un ventilateur japonais flambant neuf, qu'il brancha aussitôt. Le major se rafraîchit quelques instants avant de lui lancer :

— Tu avais raison pour les M. 16. Par Belgrade, j'ai pu retrouver leur provenance, grâce aux numéros que tu m'as donnés. Il s'agit d'un lot livré à une unité spéciale américaine en Allemagne. Vous auriez dû être plus prudents.

– Mais ce n'est pas ma faute, protesta Boza Dolac, outré. C'est Benkovac qui a pris tous les contacts. Pecs avait déjà livré des armes au gouvernement d'ici, on ne pouvait pas se méfier...

– Je sais, je sais, reconnut l'officier serbe. Le mal est fait, il faut limiter les dégâts.

Sous l'effet de la peur, les petits yeux noirs de Boza Dolac semblaient s'être encore plus enfoncés dans leurs orbites.

– J'ai retrouvé le marchand d'armes, Kurt, annonça-t-il.

– Bien, approuva le major Tuzla. Où est-il?

– D'abord, il ne s'appelle pas Kurt, récita Boza. Il est à l'hôtel *Esplanade* sous le nom de Malko Linge, sujet autrichien. La femme qui l'accompagne parle parfaitement notre langue, mais je n'ai pas son identité. Il a reçu une visite tout à l'heure. Une sorte de prêtre, la réception m'a donné son nom, Jozo Kozari.

– Tiens, tiens, fit Tuzla, tout à coup intéressé au plus haut point. Jozo Kozari... Tu as bien travaillé, Boza! Comment as-tu appris tout cela?

– Par une fille qui travaille à la réception, Dora, se rengorgea Boza Dolac. Elle m'aime bien.

Tuzla aimait bien savoir comment son réseau fonctionnait. Cela empêchait ses agents de lui raconter n'importe quoi...

– Ainsi Kurt s'appelle Malko Linge, répéta-t-il.

– Oui, oui.

Cela ne disait strictement rien à Boza Dolac, mais beaucoup au major. Il avait été assez lié avec le KGB pour avoir entendu parler de cet exceptionnel chef de mission de la CIA. S'il arrivait à éliminer cet agent, il gagnait assez de temps pour que son opération ne soit pas mise en péril.

Boza Dolac attendit, un peu anxieux. L'officier leva les yeux vers lui avec un bon sourire.

– Tu t'es bien débrouillé! dit-il, mais il y a encore une mesure importante à prendre. Pour cela, tu vas te faire aider par Said Mustala.

MANIP À ZAGREB

Il lui expliqua avec précision ce qu'il attendait de lui. Boza écouta attentivement, posant une seule question :

– Said, je le ramène ensuite à l'appartement ?

Le major le regarda bien en face.

– Non.

Boza Dolac comprenait vite. Si Said Mustala était compromis dans le meurtre d'un agent de la CIA, ce serait parfait. Dès qu'il serait mort, la SDB diffuserait son curriculum vitae aisément vérifiable, et cela achèverait de convaincre le monde que les sanguinaires Oustachis étaient revenus. Boza trépignait de joie intérieurement. L'ordre que lui donnait le major Tuzla lui permettait d'éliminer du même coup les deux principaux témoins de sa petite turpitude. Il salua respectueusement et quitta le bureau.

Lorsqu'il fut sorti, le major Tuzla se remit à fumer, profitant de la fraîcheur du ventilateur japonais. Dans quarante-huit heures, il ne resterait plus qu'à actionner le détonateur qui déchaînerait Miroslav Benkovac et ses amis. L'ingénieur croate était un pur dont les réactions étaient facilement prévisibles. La cible idéale pour les gens du KOS, experts en manipulation.

Une fois le « détonateur » actionné, le reste suivrait facilement. Le général Mesic tenait prêtes ses unités les plus sûres, composées exclusivement de Serbes, équipées de blindés T. 55 et T. 72. Dix mille morts plus tard, la sécession croate aurait vécu. Comme toujours, les nations civilisées pousseraient des cris d'orfraie puis finiraient par entériner la dure réalité.

**

Un immense poster représentant la Yougoslavie était épinglé au mur dans la pièce froide et vide. Le responsable du HSP désigna une zone rouge qui englobait pratiquement tout le pays et se lança dans des explications aussitôt traduites par Jozo Korazi.

— C'est la Grande Croatie telle qu'elle était au douzième siècle, expliqua-t-il. Ils veulent la faire revivre.

Cela revenait à mettre le pays à feu et à sang... Dans
le coin gauche du poster s'étalait la photo de Ante
Pavelic, éphémère Poglovnic de Croatie de 1941 à 1945.
Malko demanda :

— Vous honorez la mémoire de Pavelic ?

Son interlocuteur eut un sourire doux.

— Ce n'était pas un mauvais homme, seulement trop
nationaliste. Et puis, il a eu le tort de s'allier avec les
nazis qui ont perdu la guerre. Les Tchekniks serbes ont
commis beaucoup plus d'atrocités, mais eux étaient du
côté des communistes...

— Je comprends, dit Malko. Pouvez-vous lui demander, pour Miroslav Benkovac et son amie ?

Longue conversation en serbo-croate. Sagement, les
yeux baissés, Swesda écoutait tout. Avant même qu'on
lui traduise, Malko comprit aux réponses évasives du
responsable du HSP qu'il n'était pas chaud.

— Il dit qu'il ne l'a pas vu depuis longtemps,
confirma le franciscain. Il paraît qu'il va parfois dans
un bar d'intellectuels et de poètes de la vieille ville. Je
peux vous y mener.

— Et la fille ?

— J'ai laissé le message. Je confesse trois fois par
semaine à la cathédrale, entre 18 h et 20 h. Demain, par
exemple.

— Bien, fit Malko, dépité par cette lenteur, allons voir
ce bar.

Ils prirent congé du responsable de la Grande Croatie et filèrent vers la place de la République. Le bar se
trouvait dans une rue pentue montant vers la vieille
ville.

Jozo Kozari n'arrêtait pas de parler à Swesda, semblant beaucoup plus désireux d'arracher la jeune Serbe
aux démons de la religion orthodoxe que de retrouver
Miroslav Benkovac et sa mystérieuse compagne.

Le bar indiqué se révéla vide comme l'escarcelle d'un
Croate.

MANIP À ZAGREB

Le franciscain entama une longue discussion avec le barman.

– On ne l'a pas vu depuis plusieurs jours, traduisit-il. Ni lui ni sa fiancée.

Malko insista :

– Il ne peut pas nous aider plus? Il ne sait rien sur cette fille?

Nouveau dialogue répercuté par Jozo Kozari.

– Elle est étudiante et s'habille toujours avec des bottes, des jeans et de la dentelle en haut. Dès qu'il y a de la musique, elle se met à bouger... Il croit qu'elle va dans les discothèques.

– Il y en a beaucoup à Zagreb?

– Des dizaines, répondit le franciscain. C'est la seule distraction pour les jeunes.

Entendant le mot « discothèque », identique en croate, le barman se mêla à la conversation. Malko saisit « Best » et Jozo Korazi traduisit aussitôt.

– Il dit qu'elle va sûrement au *Best*, c'est une immense discothèque au milieu du campus universitaire, qui a coûté des millions de dinars. On ferait mieux de refaire des églises. Mais il doit se tromper.

– Pourquoi?

– C'était la discothèque des apparatchiks et depuis le nouveau régime, tous ceux qui gagnent de l'argent et les hommes politiques y emmènent leurs amies.

Malko décida d'y aller le soir même. Jozo Kozari ignorait qu'il pouvait identifier Benkovac et la blonde... Ils ressortirent au moment où les cloches de la capitale se déchaînaient, et le franciscain regarda ostensiblement sa montre.

– Je vais être obligé de vous quitter, dit-il, sinon, il sera trop tard pour dîner. Au couvent, nous nous mettons à table assez tôt. Mais je reviens demain, je serai à la cathédrale. J'espère que Sonia aura eu mon message. Dans ce cas, je vous appelle tout de suite à l'hôtel.

Sans vouloir accepter l'invitation à dîner de Malko, il

s'éloigna en trottinant vers l'arrêt de trams. Swesda le suivit des yeux avec un sourire salace.

— Celui-là m'a l'air d'un drôle de cochon, remarqua-t-elle. Pire qu'un pope. Il n'arrêtait pas de me reluquer. Il m'a demandé si je ne voulais pas venir le voir à la cathédrale, pour parler religion. A mon avis, il veut me sauter.

— Il veut peut-être seulement vous convaincre...

Swesda haussa les épaules.

— Moi, je connais les hommes. Ce type, il avait les yeux injectés de foutre en me regardant. Franciscain ou pas. D'ailleurs, les vrais, ils ne se mettent pas en civil.

Sur cet argument définitif, elle remonta dans la Mercedes... De retour à l'*Esplanade*, Malko téléphona à la station de Vienne, pour demander à Ferguson le manifeste du Volvo. Il ne fallait négliger aucune piste.

Il était encore au téléphone, lorsque Swesda lui fit signe.

— On a sonné.

— Vous pouvez aller ouvrir? demanda Malko.

Swesda disparut dans le long couloir intérieur qui séparait la chambre de la porte donnant sur l'extérieur.

Malko resta à l'appareil, attendant qu'on le transfère au domicile de Jack Ferguson.

Le hurlement de Swesda le prit par surprise.

Said Mustala n'avait eu aucun mal à se procurer une tenue verdâtre comme celle des employés de l'*Esplanade*. Boza Dolac en avait volé une, grâce à sa copine. Avec sa tête burinée et sérieuse, le vieil Oustachi avait vraiment l'air d'un maître d'hôtel en fin de carrière. Enveloppé dans un imperméable, il traversa le hall, empruntant ensuite l'escalier pour ne pas avoir à attendre l'ascenseur. Une fois dans le couloir du premier étage, il ôta son imperméable, le roula en boule, sortit de son sac un plateau et une bouteille d'eau minérale, ainsi que deux verres.

Arrivé devant la porte de la chambre 114, il vérifia que son poignard coulissait bien dans sa gaine, rabattit son gilet sur le manche et sonna.

Boza Dolac l'attendait dans le parking sur le côté gauche de l'hôtel, au volant d'une Zastava volée. Ensuite, il le reconduirait dans sa planque jusqu'à la prochaine action. Une seule chose manquait au bonheur de Said Mustala : pouvoir se promener librement dans cette ville couverte d'oriflammes croates. Il se croyait revenu en 1942.

Il entendit des pas derrière la porte et s'efforça de prendre une expression abrutie, un léger sourire aux lèvres. La porte s'ouvrit sur une jeune femme, au regard charbonneux et à l'allure sexy, avec ses cuisses découvertes et sa bouche trop gonflée. Une partie de sa cible. Il savait qu'il avait deux personnes à liquider, un homme et une femme.

— Je viens vérifier le mini-bar, annonça-t-il en serbo-croate.

Il s'attendait à ce que la femme le précède dans le couloir, ce qui lui aurait permis de lui plonger son poignard dans le dos pour s'occuper ensuite de l'homme. Mais la femme ne bougea pas, fixant sur lui un regard concentré. Il se dit qu'elle ne comprenait pas le serbo-croate et répéta en mauvais anglais :

— *I come...*

Tout à coup, il réalisa l'attitude étrange de la jeune femme.

Les prunelles agrandies, elle le dévisageait comme s'il était un extra-terrestre. Il eut beau se creuser la cervelle, il ne voyait pas où il l'avait déjà rencontrée... Elle ne lui laissa pas le temps de réfléchir. Sa bouche s'ouvrit sur un cri horrible, venant du fond de ses poumons. Puis, elle fit demi-tour et détala dans le long couloir, hurlant comme une sirène.

— C'est lui ! C'est lui !

*
**

Malko se dressa en sursaut, le pouls à 150. Les glapissements de Swesda avaient quelque chose d'atroce. Comme elle s'exprimait dans sa langue, il ne comprit absolument pas ce qu'elle voulait dire, mais elle semblait totalement terrifiée. Il lâcha le téléphone, sauta du lit d'un bond et fonça vers son attaché-case contenant son pistolet extra-plat.

Le temps de l'atteindre, Swesda Damicilovic avait fait irruption dans la pièce. Il eut à peine le temps de voir son visage convulsé par la terreur que Said Mustala pénétra à son tour dans la chambre. Malko ne l'avait jamais vu, mais devina immédiatement à qui il avait affaire...

Le vieil Oustachi s'arrêta net. D'un geste vif comme l'éclair, il tira son poignard de sa gaine. Juste au moment où le couvercle de l'attaché-case de Malko se rabattait. Ce dernier plongea la main dans les papiers et attrapa son pistolet extra-plat, sortant l'arme et se retournant du même geste. Malheureusement, il n'y avait pas de balle dans le canon et il ne put tirer immédiatement...

Said Mustala avait assez fait la guerre pour savoir qu'une arme blanche ne fait pas le poids devant une arme à feu... Le temps de pivoter, il fila à toutes jambes, poursuivi par le claquement de la culasse du pistolet. Instinctivement, il raidit les muscles de son dos, mais il entendit seulement un cri :

– *Stop!*

Malko, d'abord, n'avait jamais tiré dans le dos de personne, ensuite, il voulait prendre le meurtrier de Boris Miletic vivant... Brandissant son pistolet, il fonça à la poursuite de Said Mustala. Ce dernier dévalait déjà l'escalier comme un fou. Malko déboula sur ses talons. Les deux hommes traversèrent le hall de l'*Esplanade* sous les regards ébahis de quelques clients.

– *Stop!* cria encore Malko.

MANIP À ZAGREB

Il tira en l'air, mais Said Mustala ne se retourna même pas. Un seul problème l'obsédait : arriverait-il à prendre assez d'avance pour semer son poursuivant avant d'atteindre la voiture qui l'attendait sur le parking?

Volontairement, il avait pris à droite en sortant et faisait maintenant le tour de l'hôtel. Il se retourna : son poursuivant se rapprochait. Il voulut accélérer sa course, mais un brutal point de côté lui fit comprendre qu'il allait bientôt atteindre les limites de ses forces...

Il aperçut enfin la Zastava dans le parking, prête à démarrer, avec Boza au volant.

Encore une dizaine de mètres. Il regarda par-dessus son épaule et vit l'homme arrêté qui le visait, tenant son pistolet à deux mains. Il entendit la détonation en même temps qu'il recevait un choc violent dans le genou droit et que sa jambe se dérobait sous lui.

La douleur de son ménisque éclaté effaça tout le reste pendant quelques secondes. Il roula sur le sol, vit d'un côté son poursuivant qui se remettait à courir et de l'autre la Zastava qui s'approchait.

Elle stoppa tout à côté de lui et il vit le canon du riot-gun qui dépassait de la glace baissée.

— Tire! Tire! cria-t-il.

Il essaya de se soulever sur sa jambe valide pour monter dans la voiture. Comme dans un cauchemar, il vit alors le canon du riot-gun s'abaisser. Dans sa direction.

Il n'eut pas le temps d'avoir peur ni de regretter quoi que ce soit. Le riot-gun explosa dans un fracas assourdissant et le vieil Oustachi eut l'impression qu'une main de fer lui enserrait la poitrine. Tout se brouilla devant lui et la Zastava parut s'éloigner à toute vitesse... Il ne sentit même pas qu'il mourait. La décharge lui avait fait dans la poitrine un trou gros comme le poing... Il resta allongé sur le bitume, le visage tourné vers le ciel, comme tant de ses camarades du côté de la Bessarabie, quarante-cinq ans plus tôt, lorsqu'il reculait devant les divisions blindées soviétiques...

**
**

Malko n'eut le temps de tirer qu'une seule fois sur la Zastava qui franchit à l'orange le feu de l'avenue Mihanoviceva. La voiture fut aussitôt masquée par l'avancée majestueuse d'une rame de trams bleus... Il avait quand même eut le temps de reconnaître le tueur : Boza, le compagnon de Miroslav Benkovac. Fou de rage, il s'accroupit près du corps de Said Mustala. Le vieil Oustachi avait cessé de vivre et semblait regarder le ciel, les traits calmes. Le manche de son poignard recourbé émergeait de sa tenue de maître d'hôtel. Les badauds, déjà, s'attroupaient.

Une voiture de la Milicja surgit quelques instants plus tard, et Malko se dit que les problèmes commençaient. Les policiers se jetèrent sur lui et mirent un moment à réaliser que la blessure du vieux ne pouvait pas avoir été causée par son pistolet. En allemand, il demanda qu'on prévienne Mladen Lazorov, au ministère de la Défense, ce qui ne les empêcha pas de lui mettre les menottes et de l'embarquer dans leur voiture.

Il était dix heures du soir quand Malko émergea du ministère de l'Intérieur où il avait été transféré. Il avait fallu l'intervention du ministère de la Défense lui-même pour qu'il puisse conserver son pistolet extra-plat, mais il était lavé de toute accusation. Mladen Lazorov, qui l'avait assisté tout le temps, lui tapa dans le dos.

– Je vais vous raccompagner.

Said Mustala reposait à la morgue de Zagreb, non encore identifié. Il n'avait aucun papier sur lui. L'assassin de Boris Miletic avait été retrouvé, mais les commanditaires demeuraient inconnus. Malko avait relevé le numéro de la Zastava du tueur, mais, bien entendu, il était faux. La détermination avec laquelle Boza avait abattu le blessé pour qu'il ne tombe pas vivant entre les mains de la police en disait long sur la férocité de ses adversaires.

*
**

Jozo Kozari était au réfectoire du couvent, en train de terminer de dîner, lorsqu'un jeune franciscain vint se pencher à son oreille, le prévenant qu'on le demandait au téléphone.

L'appareil était décroché dans un appentis sous l'escalier, qui servait de cabine téléphonique.

– Allô! dit le franciscain de sa voix onctueuse, ici Jozo Kozari.

Il y eut quelques secondes de silence, puis une voix presque aussi douce que la sienne lança dans l'appareil :

– Jozo! C'est Zmiljar. Il y a longtemps que nous ne nous sommes pas parlé. Ça ne te manque pas?

Jozo Kozari dut s'asseoir, ses jambes se dérobaient sous lui. Il avait espéré ne plus jamais entendre cette voix.

CHAPITRE X

Mladen Lazorov arrêta sa BMW devant la porte de l'*Esplanade*, et tendit la main à Malko.

– A demain, faites quand même attention, mais je crois qu'ils ne recommenceront pas tout de suite. Dès que vous aurez reçu le manifeste du camion, prévenez-moi. En attendant, je vais faire mon possible pour identifier ce Boza. Il semble être la cheville ouvrière de toute l'affaire.

Dans l'ascenseur, Malko se demanda dans quel état il allait retrouver Swesda. Il l'avait appelée du ministère de la Défense afin de la rassurer et elle avait répondu avec une voix curieusement calme... A peine eut-il mis la clef dans la serrure qu'elle fut en face de lui. Tout de suite, il fut frappé par l'expression intense, presque égarée, de ses pupilles dilatées. On aurait dit une droguée. Sans un mot, elle se jeta sur Malko, se collant de tout son corps à lui.

– Sans toi, il me tuait, ce salaud d'Oustachi, dit-elle d'une voix de petite fille où flottait quand même un fort relent de sexualité. Tu as vu son couteau! Comment m'a-t-il retrouvée?

Malko, dont les nerfs se détendaient, ne put s'empêcher d'esquisser un sourire devant la question de Swesda, toujours accrochée à lui.

– Honnêtement, remarqua-t-il, je crois que c'est *moi* qu'il cherchait. N'oublie pas qu'il ne t'avait jamais vue, contrairement à toi. Tu ne l'aurais pas reconnu, il m'aurait probablement pris par surprise et tué, comme Boris Miletic...

C'est vrai que sans Swesda, il serait vraisemblablement revenu à Liezen dans un cercueil...

— Et l'autre, dans la voiture? demanda-t-elle, il voulait aussi te tuer. J'ai tout vu par le balcon.

— Peut-être, dit Malko, mais je crois qu'il était surtout là pour liquider ce vieux tueur.

Swesda buvait ses paroles, toujours collée à lui. Dans un état second. Son corps était secoué de petits tressautements sous l'empire de la peur rétrospective et d'autre chose aussi qu'il sentit poindre à d'imperceptibles mouvements de son bassin.

— Mais c'est horrible, murmura-t-elle, c'est comme les gangs des *narcos* à Miami qui n'arrêtent pas de s'entretuer. Un jour, un type a été abattu devant moi, il est resté à se vider de son sang sur le trottoir, et un jeune *latino* continuait à lui tirer dans la tête.

— Pour toi, c'est fini, assura Malko. Tu vas pouvoir regagner Miami et le *Fontainebleau*.

— Non! Je veux rester avec toi!

Brutalement, la terreur avait disparu de ses prunelles au regard noyé, comme si la peur avait ouvert les vannes de quelque chose qu'elle retenait depuis longtemps, d'un brasier qu'elle voulait absolument éteindre. Concentré au bas de son ventre, derrière l'os dur qui poussait contre Malko. Sa robe en stretch semblait avoir rétréci d'un coup, ses gros seins débordaient et l'ourlet du bas s'était retrouvé en haut des cuisses. Sans un mot, elle commença à se frotter contre Malko, à la façon d'un animal en chaleur, d'une chatte sevrée de sexe depuis longtemps.

Mais ce qu'il y avait de plus fort, c'étaient ses yeux, avec les prunelles immenses, fixes, hypnotiques, qui semblaient parler. Elle avança le visage, ses dents se refermèrent sur la lèvre inférieure de Malko et elle le mordit. Au sang.

Instinctivement, il la repoussa, mais elle revint

comme un élastique, la bouche entrouverte sur une sorte de feulement.

— Baise-moi!

Ses lèvres avaient dessiné le mot plus qu'elles ne l'avaient prononcé, une sorte de râle d'agonie, de SOS...

Malko s'embrasa à son tour. Chaque fois que sa vie avait été en danger, il éprouvait la même réaction viscérale, un désir féroce de se plonger dans une femme, de ne plus être que sensation, d'en avoir plein les mains d'une chair élastique, de faire crier de plaisir ou de douleur... Comme si l'instinct animal de Swesda avait deviné ce qui se passait en lui, elle se déchaîna encore plus, le long du couloir, défaisant ses vêtements, égrenant des obscénités en trois langues d'une voix de catéchumène douce et lisse, la lueur folle toujours tapie au fond des prunelles.

Ils se cognaient aux murs, aux placards. Lorsqu'ils atteignirent la chambre, Malko n'avait plus que ses chaussures.

Swesda l'entraîna jusqu'à la table, se retourna, se penchant dessus, lui tendant sa croupe sans la moindre pudeur. Il n'eut qu'à rouler le stretch vers le haut pour la découvrir jusqu'au creux des reins, là où elle avait deux profondes fossettes. Elle se retourna, lâcha :

— *Sock it to me!* (1)

Malko la prit d'un seul coup de toutes ses forces, et le sexe brûlant et inondé se referma comme un manchon de rêve. Il avait pris un tel élan que la tête de Swesda heurta le mur, mais elle ne sembla pas s'en apercevoir. Elle eut un râle d'accouchée et gronda d'une voix de possédée :

— Salaud! Bon Dieu, c'est si bon!

Malko continua, la martelant comme un fou, jusqu'à ce que la sueur lui coule dans les yeux. Swesda ressemblait à une poupée cassée, le torse affalé sur la table, les cheveux collés au visage par la transpiration et sa tête

(1) Rentre-moi bien dedans.

qui cognait le mur chaque fois que Malko se jetait au fond de son ventre. Il n'y avait plus de limite et il sentit confusément que plus jamais il ne vivrait un moment magique de cette intensité avec elle.

Quand il se retira complètement, Swesda gronda, comme un fauve à qui on arrache sa proie. Son grondement se mua en hurlement aigu lorsque Malko viola ses reins d'un seul élan, sans la moindre douceur, s'engloutissant jusqu'à la racine. Swesda se redressa comme un ressort, glapissant des injures dans sa langue maternelle, cherchant à lui échapper. Les doigts solidement crochés dans ses hanches, abuté tout au fond d'elle, Malko attendit que l'orage se passe. Les mouvements désordonnés de Swesda se calmèrent peu à peu. Elle resta en équilibre, haletante, pleurnichante, lui fiché toujours en elle, comme un pieu impitoyable.

Puis, elle se remit à gémir, avec son « autre » voix, son torse retomba sur la table, tandis que ses petites fesses rondes se soulevaient pour qu'il la viole encore mieux.

Ce brusque revirement acheva de déchaîner Malko. Il se mit à se démener entre les fesses charnues, comme s'il souhaitait les écraser, les aplatir, les faire exploser. De nouveau, la tête de Swesda cognait contre le mur, ses mains froissaient les prospectus de l'hôtel, elle se soulevait sur la pointe des pieds pour qu'il puisse la déchirer encore mieux. Le haut de sa robe était descendu jusqu'à sa taille, et ses seins libres frottaient contre la table, à chaque va-et-vient, ce qui semblait encore augmenter son plaisir. D'un ultime élan, Malko jeta tout son poids en avant, lançant sa semence au fond des reins offerts.

Quand elle fut certaine qu'il avait joui, elle se redressa comme une noyée, les cheveux dans les yeux, les pointes des seins rouges et irritées par le frottement contre la table, une lueur de folie traînant encore dans les yeux cernés.

Malko glissa hors d'elle qui se retourna, se collant de nouveau à lui, le léchant sur tout le corps.

— Putain, tu m'as estropiée ! dit-elle d'une voix cassée

MANIP À ZAGREB 141

et éblouie. J'avais jamais connu ça avec un mec. J'avais jamais eu aussi peur non plus. C'est comme à la télé, mais c'est en vrai. Je veux rester avec toi, faire d'autres trucs. Tu comprends, j'ai l'impression d'être vachement vivante.

Il commençait à comprendre pourquoi elle avait accepté la proposition de la CIA. Swesda Damicilovic était complètement allumée, complexée, passait son temps à jouer la comédie. Seules des émotions *vraiment* fortes parvenaient à lui faire retrouver son équilibre aussi précaire que provisoire. Une authentique salope, perverse et parfois même désintéressée.

— C'est le deuxième moment extra que j'ai depuis que ce Boris m'a abordée, dit-elle. Le premier, c'est quand j'ai pris l'avion à Miami pour venir ici. Tes copains m'avaient mis en première sur Air France. Moi qui n'avais jamais dépassé le charter... Tu peux pas savoir, j'ai eu du foie gras, du caviar, un type qui me servait en veste blanche et puis des vins... Rien que des grands crus français. On se serait cru chez *Maxim's*. J'ai gardé la carte en souvenir d'ailleurs. Tiens regarde.

Elle se leva pour fouiller dans son sac de voyage et revint en brandissant triomphalement la carte des vins de la Première d'Air France.

— Il y en a dix-neuf, lança-t-elle fièrement. Moi, j'ai pris ça et ça.

Elle désignait un Chateau Rieussac et un Pape Clément 87.

— Le premier, c'est avec le foie gras, remarqua Malko.

Swesda ouvrit de grands yeux.

— Comment tu as deviné?

Il sourit, amusé.

— Un Sauternes, en principe...

— Ils en servent dix millions de bouteilles par an, fit-elle. Tu te rends compte?

Laissant tomber la carte, elle se lova contre Malko.

— Qu'est-ce qu'on fait maintenant?

– Puisque tu veux rester, dit Malko, tu vas m'aider. On va essayer de retrouver Sonia.
– Super !
– Ça peut être dangereux, remarqua Malko, tu as vu ce soir.
– Je m'en fous. Dis, si on la trouve, tu me laisseras l'interroger ? Je te jure qu'elle dira tout. Moi, je sais ce qu'il faut faire à une femme pour lui faire *vraiment* mal.

De nouveau, la lueur inquiétante flottait dans les prunelles sombres. Il avait trouvé une recrue de choix...

– Ne vendons pas la peau de l'ours, conseilla-t-il.

Swesda s'était rembrunie d'un coup.

– Tu sais, fit-elle, je ne pourrai plus jamais retravailler au *Fontainebleau* avec tous ces vieux mecs qui me mettent la main aux fesses et me grimpent dessus ensuite.

– Il ne faut pas te laisser faire.

– Vu le prix des loyers à Miami Beach, fit-elle avec simplicité, ce n'est pas possible.

Sur cette remarque pleine de bon sens, elle fila vers le mini-bar, y prit une mini-bouteille de Cointreau dont elle versa le contenu sur de la glace et la but d'un coup.

– Woah ! fit-elle, ça râpe pas comme la Slibovizc.

Swesda tourbillonna devant Malko comme une débutante, lui faisant admirer sa robe noire pailletée de strass avec un décolleté d'enfer. Ses gros seins semblaient prêts à vous sauter à la figure. Elle se planta ensuite devant Malko, une mèche sur l'œil, juchée sur ses talons de quinze centimètres, avec un sourire canaille.

– Comment trouves-tu ma tenue de combat ?
– Superbe !

MANIP À ZAGREB 143

Elle souleva la corolle de sa robe, découvrant un minuscule slip noir, lui aussi hérissé de strass...

— C'est avec ça que je gagne mon loyer, commenta-t-elle. Mais ce soir, c'est seulement pour toi.

Délicate attention. Lui, se contenta de glisser son pistolet extra-plat avec un chargeur neuf sous sa chemise, dissimulé par sa veste d'alpaga noir. Swesda le regardait, fascinée.

— Je ne reviendrai pas à Miami, dit-elle. Je prends trop mon pied avec toi. Pourtant, je crois que j'aurais fait mon trou. Le *Fontainebleau*, c'est le rendez-vous de tous les mecs bourrés. Un jour, il y en a un qui m'a emmenée chez lui, c'était pas croyable : il avait un lit à baldaquin en perpex avec de l'or partout, et plein de trucs superbes en marbre avec des pierres précieuses. Il m'a dit qu'il avait tout commandé à Paris, chez un décorateur qui s'appelle Claude Dalle et que ce dernier était venu dans son jet privé lui installer tout.

« Evidemment, avec ce que cela lui avait coûté, il aurait pu m'acheter le Ko-I-Nor... Après, j'ai été voir le magasin d'exposition de Claude Dalle, à Miami, c'était somptueux. Je croyais que tout ça, ça n'existait qu'à la télévision...

— On verra, dit Malko, diplomate.

. Le centre de Zagreb était déjà presque désert, à part quelques tziganes qui rôdaient près de la gare et les rares putes autour de l'*Esplanade*.

— Tu sais où c'est le *Best*? demanda Swesda.

— A l'ouest, près du campus, dit Malko.

*
**

Malko remontait à petite vitesse une des innombrables allées sillonnant le campus de Zagreb. Après avoir demandé vingt fois leur chemin, ils avaient enfin trouvé. Des centaines d'étudiants rôdaient un peu partout, par groupes ou par couples. Les phares éclairèrent une fille assise sur les genoux de son compagnon, installé sur un banc, en train de flirter outrageusement. Mais toujours pas de *Best*.

Swesda descendit et alla trouver un barbu, qui, cette fois, les mit sur la bonne route. Ils durent ressortir du campus et aperçurent enfin ce qui ressemblait à un gigantesque blockhaus de béton sur lequel on aurait construit une superstructure de petits pavillons! A côté, des courts de tennis. Une foule animée longeait le bâtiment, allait et venait comme des colonnes de fourmis. Malko et Swesda s'y mêlèrent. Trouvant enfin des « videurs » en T-shirt gris marqués « Best ». La musique était si forte que le sol en tremblait. Pour quelques dinars, ils eurent accès au Saint des Saints. Les tympans de Malko se mirent à vibrer au tempo endiablé et rythmé d'un orchestre noir. Cela faisait « boum-boum-boum » dans les oreilles et l'ensemble ressemblait à n'importe quelle discothèque de l'Ouest.

Des centaines d'adolescents s'agitaient dans une sorte de fosse carrée, comme pour une cérémonie rituelle, entraînés par une sono diabolique dont le disc-jockey siégeait dans une cage vitrée à gauche. Tous très jeunes.

Les filles étaient habillées de toutes les façons, du short à la mini en passant par de longues robes de coton... Extatiques, elles ondulaient, les bras levés vers les projecteurs. Il fallait hurler pour échanger deux mots. Dans d'autres salles dominant la fosse, se pressaient des centaines de couples, entassés sur des banquettes, flirtant ou buvant.

Cela rappela à Malko la grande époque du *Palladium* à New York.

— On danse? suggéra Swesda. C'est formidable, je n'aurais jamais cru qu'un truc comme ça puisse exister à Zagreb...

Elle commença à onduler sur place, pour le plus grand plaisir des garçons assis sur les marches conduisant à la fosse. Sans façon, l'un d'eux fit signe à Swesda de venir le rejoindre sur la piste.

— Va danser, dit Malko. Je vais explorer. Pour l'instant, je n'ai pas besoin de toi.

MANIP À ZAGREB

Elle plongea au milieu des danseurs et Malko l'aperçut quelques secondes plus tard, enlacée au grand
escogriffe qui l'avait draguée. Il se glissa dans la foule
compacte, poursuivi par le « boum-boum » lancinant.

On s'agitait moins en haut... Debout dans un coin,
un garçon se frottait contre une grande brune en
dentelles, à mettre le feu à son jeans. Le regard noyé, sa
partenaire s'abandonnait, sans souci des spectateurs.
Une enfilade d'ivrognes sirotaient de la bière au bar,
indifférents à la musique. Malko revint ainsi vers l'autre
balcon dominant la fosse. Swesda avait disparu dans le
magma s'agitant à ses pieds.

Le « boum-boum » fit place à un slow et la fosse se
remplit brutalement, à déborder. Malko repéra enfin
dans un coin Swesda dont le cavalier caressait les seins
sous la robe endiamantée. Il n'y en avait pas beaucoup
comme elle dans la salle, c'était plutôt le style jeans et
chemise. Fatigué, il alla s'asseoir sur les marches et une
fille au visage aigu vint aussitôt le rejoindre, s'adressant
à lui en croate.

— Je ne parle pas votre langue, dit-il, seulement
allemand.

— Moi aussi, un peu, répondit-elle. Vous êtes dans la
politique?

— Pourquoi?

— Les membres du HSP viennent ici recruter des
sympathisants. Ils sont très drôles.

— Pourquoi?

— Vous verrez quand ils viendront. Vous m'offrez
une bière?

Il se fraya un chemin jusqu'au bar et obtint deux
« pivo » qu'il ramena à sa « conquête » qui le remercia
aussitôt d'un baiser sur la bouche. Mousseux à souhait.
Au *Best*, les filles draguaient ouvertement.

La musique changea, revenant au « boum-boum ».
Soudain, des marches d'en face, Malko vit s'élever de la
foule un immense drapeau croate, applaudi aussitôt par
tous les danseurs qui en oublièrent de se trémousser! Il
était tenu par un grand garçon athlétique et barbu

visiblement très fier, qui entreprit de se promener au milieu des danseurs.

La musique s'arrêta presque aussitôt et une voix de femme un peu aiguë se mit à haranguer la foule, saluée de sifflets et de cris divers. La voisine de Malko traduisit tant bien que mal.

– C'est la porte-parole du HSP. Ils réclament la Grande Croatie. Ça fait plaisir à tout le monde bien sûr, mais ils préfèrent la danse aux discours politiques...

D'ailleurs, la musique « normale » recommença, tandis que le drapeau croate continuait à flotter sur la fosse. Malko repéra une fille dont le chemisier était confectionné dans une oriflamme. On était en pleine hystérie nationaliste...

– Vous ne dansez pas ? demanda la fille à Malko.

Il s'apprêtait à refuser lorsque, soudain, il aperçut un nouveau groupe de danseurs qui venaient de monter sur une petite estrade à ses pieds. Ils se démenaient avec la vigueur des troupes fraîches. Au centre, se trouvait une fille aux longs cheveux blonds et raides. Malko ne la voyait que de dos : un jeans bien rempli et un chemisier de dentelle blanche. Son pouls s'accéléra. La silhouette ressemblait furieusement à la cycliste qu'il avait « renversée »... La complice de Miroslav Benkovac et de Boza. Il se tourna vers sa conquête et lui prit la main :

– Allons danser.

Trente secondes plus tard, ils se secouaient face à face au milieu de la piste. Sournoisement, Malko l'entraîna de l'autre côté de l'estrade. Jusqu'à ce qu'il se trouve en face de la blonde.

C'était bien Sonia, la fiancée de Miroslav Benkovac.

CHAPITRE XI

La jeune blonde ondulait sur place, ses longs cheveux flottant sur ses épaules, son chemisier en dentelle blanche ouvert jusqu'à l'estomac, extatique, les bras levés au-dessus de la tête, entourée d'une cour de jeunes gens en pâmoison. Malko n'arrivait pas à la quitter des yeux, n'en croyant pas sa chance. Il n'y avait plus qu'à la suivre pour découvrir où elle habitait.

— C'est une belle fille, hein? lui cria sa cavalière, elle est là presque tous les soirs, avec ses copains. C'est la bande des ultra-nationalistes.

Cela correspondait parfaitement.

— Tiens, continua la fille, en voilà un autre.

Malko leva les yeux vers la rambarde dominant la fosse, éprouvant un second choc. Miroslav Benkovac regardait les danseurs. Son regard croisa celui de Malko au moment même où ce dernier s'apercevait de sa présence.

Pendant quelques instants, Miroslav Benkovac demeura figé sur place, de toute évidence stupéfait. Puis, sa tête barbue disparut de la rambarde brutalement. Aucun doute : il allait avertir Sonia qui continuait à danser sans souci.

Malko n'hésita pas : lâchant sa cavalière, il se lança vers l'estrade, fendant la foule de son mieux.

Il ne fut cependant pas assez rapide. Miroslav Benkovac ressurgit dans les escaliers, enjambant les gens, se frayant un chemin à coups de coude, semblant voler sur le magma des danseurs. Il avait beaucoup moins de distance à parcourir que Malko et rejoignit l'estrade alors que ce dernier en était encore loin. Le jeune Croate attrapa Sonia par la ceinture de son jeans et la jeta littéralement en bas du podium. Trente secondes plus tard, l'un suivant l'autre, ils fonçaient vers les escaliers menant à la salle du haut.

Malko fit demi-tour : il avait plus vite fait de passer de l'autre côté, afin de leur couper toute retraite. Nouvelle épreuve au milieu des danseurs. Le couple avait disparu. Et tout à coup, la musique s'arrêta, sous les sifflets et les protestations des clients. Presque aussitôt, une voix de femme essoufflée la remplaça, parlant à toute vitesse en serbo-croate. Malko ne saisit qu'un mot : UDBA. La foule des danseurs fut parcourue d'une sorte de grondement, des cris fusèrent et soudain, il se trouva face à des regards haineux! Un jeune boutonneux lui montra le poing, tandis que les gens s'écartaient de lui comme d'un pestiféré... Au même moment, il aperçut Sonia, tenant Miroslav Benkovac par la main, tous deux courant le long de la coursive menant à la sortie.

Il voulut se précipiter pour les intercepter, mais aussitôt un mur humain se dressa devant lui! Le grand escogriffe brandissant le drapeau croate fonçait dans sa direction avec l'intention évidente de l'embrocher avec sa hampe...

Des injures et des sifflets fusaient de tous les côtés, dans un tumulte indescriptible; la voix de femme hystérique continuait à haranguer les danseurs. Soudain, Swesda surgit de la foule, échevelée, hagarde, et fonça sur Malko.

— Elle dit que tu es un agent de l'UDBA, cria-t-elle, que tu es venu ici pour espionner des nationalistes et les livrer aux Serbes.

Au même moment, une brute au crâne rasé saisit Malko par l'épaule et lui porta un coup de poing qu'il réussit à éviter. Une fraction de seconde, il fut tenté de sortir son pistolet, mais c'était se faire lyncher à coup sûr... Courageusement, Swesda apostrophait les danseurs les plus proches, essayant de rétablir la vérité.

Visiblement en vain.

Le cercle de haine se refermait peu à peu. Ivre de rage, Malko vit le couple des fugitifs disparaître vers la sortie.

A nouveau, il voulut les poursuivre, mais cette fois, ce furent quatre malabars en T-shirt gris – les videurs de l'établissement – qui lui barrèrent le chemin. Ceux-là étaient dangereux... Ils n'attendaient visiblement qu'une chose : le réduire en charpie. Le plus grand lança une phrase menaçante à Malko, immédiatement traduite par Swesda.

– Il dit que si tu ne laisses pas partir leurs deux camarades, ils te tuent. Ici, ils sont chez eux, ils n'ont rien à faire des salauds comme toi.

– Tu ne peux pas leur dire la vérité?

– Ils ne me croient pas.

La rage au cœur, il dut piétiner d'interminables minutes au milieu des jeunes qui le bousculaient, le houspillaient, cherchant à lui faire perdre son sang-froid. Les filles injuriaient Swesda, stoïque, les yeux luisant de mépris. Enfin, quelqu'un eut la bonne idée de remettre la musique, ce qui détendit un peu l'atmosphère. Peu à peu, les gens recommençaient à danser et Malko, escorté de Swesda, répétant inlassablement qu'il n'appartenait pas à l'UDBA, purent se rapprocher de la sortie, escortés par les videurs.

Il y eut encore un moment difficile. Les malabars s'alignèrent en une sorte de couloir, et c'est sous une grêle de coups que Malko et Swesda durent gagner l'air libre. Bien entendu, Miroslav Benkovac et Sonia avaient disparu depuis longtemps... Swesda tourna un visage ravagé vers Malko.

– J'ai vraiment eu peur, tu sais, ils avaient tous bu... Ils voulaient nous arroser d'essence et nous faire flamber...

– Je crois que tu devrais repartir pour Miami, dit

Malko. Ce que je fais ne ressemble pas toujours à une série télé.

Swesda se serra aussitôt contre lui.

— Tu as été formidable. Je voudrais revenir avec une mitrailleuse et liquider tous ces salauds de Croates... Je suis serbe, moi, n'oublie pas.

Décidément, la Yougoslavie était un pays plein de douceur. Malko regagna sa voiture, frustré et furieux. Il fallait tout recommencer à zéro et, cette fois, Sonia savait qu'il la recherchait.

**

Malko se gara sur le trottoir de la rue Boskovica, juste en face de la modeste entrée du consulat américain. Un policier en gris veillait paisiblement sur les vitrines du rez-de-chaussée de l'USIS (1). Il gagna le bureau de David Bruce au deuxième étage.

Le chef de station de la CIA, la barbe soigneusement lissée, mais qui avait troqué sa chemise hawaïenne pour un costume de tergal, lui tendit une enveloppe marron.

— Voilà le manifeste détaillé du Volvo. J'espère que cela va vous servir... J'ai su par Mladen ce qui était arrivé hier. On n'a toujours pas identifié l'homme qui a tenté de vous tuer, ni retrouvé son domicile à Zagreb. Pourtant, ils ont passé les hôtels au crible.

— Vous ne savez pas tout, dit Malko.

Il avait l'impression d'être passé dans une essoreuse, avec des bleus et des contusions partout; il pouvait à peine bouger le bras gauche et Swesda ne valait guère mieux. David Bruce écouta avec gravité le récit de ses mésaventures, puis hocha la tête.

— C'est un foutu merdier! Les gens sont devenus complètement hystériques ici, au sujet de l'UDBA. Ils voient ses agents partout : il faut dire qu'ils en ont tellement bavé pendant quarante-cinq ans de commu-

(1) United States Information Service

nisme... Mais cela ne facilite rien. A propos, je suis convoqué au ministère de l'Intérieur tout à l'heure. Ils vont encore me demander si je n'ai pas retrouvé ces foutues armes. Jack Ferguson a eu une drôle d'idée...

C'était aussi l'opinion de Malko. Celui-ci ne put que se borner à dire :

– Je vais aller porter ces documents à Mladen Lazorov. Nous ne pouvons rien négliger.

– Et le bon père Jozo Kozari ?

– Je dois le revoir aujourd'hui, dit Malko, mais maintenant que cette Sonia est alertée...

– Faites tout ce que vous pouvez, supplia le chef de station. Nous sommes vis-à-vis du gouvernement croate dans une position très très délicate. Pour ne pas dire plus...

Malko se retrouva dans la fournaise de Zagreb. Swesda avait préféré demeurer à l'hôtel où, hélas, il n'y avait pas de piscine. En tout cas, pour la seconde fois, elle s'était révélée d'une grande utilité.

La place du ministère de la Défense, au cœur de la vieille ville, ressemblait à un décor d'opérette des années trente, avec les deux gardes chamarrés de rouge gardant l'entrée de la résidence du Premier ministre croate. Partout des oriflammes à damiers blancs et rouges. Le parking, en face de l'immeuble massif du ministère de la Défense, était bondé de BMW et de Mercedes. L'Etat était pauvre, mais savait ménager ses serviteurs. Un jeune homme en blazer bleu et cravate aux couleurs nationales conduisit Malko à travers un dédale de couloirs solennels, qui lui rappelèrent le château de Liezen, jusqu'à un petit bureau du quatrième étage donnant sur une cour intérieure.

Mladen Lazorov était en train de jouer à un jeu électronique sur le clavier d'un ordinateur, son beau visage plissé par la concentration...

— Quelle bonne surprise! s'exclama-t-il, en remettant sa veste.

— Vous ne travaillez pas? s'étonna Malko.

— Je n'ai rien à faire aujourd'hui, je suis de permanence. Vous avez pu vous reposer?

— Pas vraiment! dit Malko.

Lorsqu'il fit au policier croate le récit de son expédition au *Best*, celui-ci se rembrunit.

— Vous auriez dû me prévenir, je serais allé avec vous! Ils auraient pu vous tuer. Mais comment aviez-vous eu cette piste?

— Vous connaissez Jozo Kozari? demanda Malko.

Le policier sourit.

— Qui ne le connaît pas! Vous savez, l'Eglise catholique a toujours joué un grand rôle en Croatie, comme en Pologne. Le père Kozari est un homme érudit, très proche des milieux d'extrême droite, des descendants moraux des Oustachis. Mais il ne prône pas la violence. Il a toujours été respecté, même du temps du régime titiste qui l'autorisait à se rendre fréquemment à des conférences à l'étranger. Il va peut-être nous aider dans cette affaire...

— On verra, fit Malko, sans trop d'illusions.

Depuis son arrivée à Zagreb, il n'avait guère progressé et les catastrophes s'accumulaient. Maintenant, il lui restait à tuer le temps jusqu'à la fin de l'après-midi, où il retrouverait Jozo Kozari à la cathédrale. Au moment où il allait partir, Mladen Lazorov qui avait commencé à examiner le manifeste du Volvo, le rappela.

— Tout ce que contenait ce camion est du matériel très recherché dans notre pays. Comme il y en a une quantité importante, les seuls qui puissent l'écouler rapidement, c'est la Mafia albanaise. C'est eux qu'il faut contacter pour essayer de remonter la piste.

— La Mafia albanaise n'a quand même pas pignon sur rue, objecta Malko.

Le policier eut un sourire ironique.

— Non, mais je sais où les trouver. Soit dans le

secteur de Remuza, à l'ouest de la ville, soit au marché aux puces de Jakusevec. Justement, il se tient demain matin. Je viendrai vous chercher à l'hôtel vers huit heures.

Il raccompagna Malko le long des couloirs déserts du ministère de la Défense et Malko se retrouva sur la place inondée de soleil, redescendant à pied vers l'endroit où il avait garé sa voiture, passant sous le porche où se dressait jadis l'entrée de la vieille ville, transformée en chapelle en plein air, aux murs recouverts d'ex-voto. Un quarteron de vieilles femmes étaient abîmées en prières, agenouillées sur des bancs de bois. La Croatie n'était pas la fille aînée de l'Eglise, mais ça n'en était pas loin...

*
**

Le père Jozo Kozari méditait dans son confessional en attendant ses habitués lorsque des grincements lui indiquèrent que quelqu'un désireux de se confesser venait de s'installer dans le box de gauche. Il fit alors coulisser le panneau de bois, découvrant le quadrillage à travers lequel il devina une tête.

— Je suis à vous, murmura-t-il.

— C'est moi, Jozo, fit la voix qu'il haïssait.

Brutalement, il eut l'impression de se trouver en face du diable et faillit refermer le volet, tout en sachant que ça ne servirait à rien. Muet, il attendit la suite, recroquevillé dans la pénombre.

— Que voulez-vous? demanda-t-il.

— Tu as été très imprudent, Jozo, fit la voix. Cela aurait pu avoir des conséquences graves. Pour toi aussi. Je suis venu te dire de faire attention désormais. Tu as des fréquentations dangereuses en ce moment. Pourquoi ne restes-tu pas dans ton couvent, à étudier et à lire?

Jozo Kozari avala sa salive.

— Tu as un rendez-vous ici, n'est-ce pas? continua l'interlocuteur du franciscain.

— Oui, admit le franciscain dans un souffle.

En réalité, il avait deux rendez-vous, mais il ne savait celui auquel son interlocuteur faisait allusion.

— Désormais, continua la voix avec un ton inflexible, tu me tiendras au courant de tout. Je te téléphonerai tous les jours.

— Oui.

Il se haïssait. La voix enchaîna :

— A bientôt, Jozo. Si tu vois Sonia, dis-lui de te fuir.

De nouveau, les planches craquèrent. Le confessionnal était vide. Jozo Kozari s'appuya au vieux bois et ferma les yeux, invoquant le Seigneur. Il ne craignait pas l'enfer, sachant déjà de quoi il était fait.

Malko était installé depuis une heure à la terrasse d'un café situé dans Kaptol, juste en face de la cathédrale, lorsqu'il vit une femme émerger des escaliers menant au marché. Ses cheveux blonds étaient noués en queue de cheval, elle était vêtue du même jeans que la veille avec un haut plus décent et se dirigeait à pas pressés vers la cathédrale.

Sonia se rendait au rendez-vous fixé par le père Jozo Kozari. Les transmissions fonctionnaient bien. Cette fois, il n'allait pas la laisser échapper.

Il allait lui rendre la monnaie de sa pièce.

CHAPITRE XII

Jozo Kozari sursauta, entendant de nouveau les planches du confessional craquer. La visite précédente l'avait traumatisé et il n'arrivait pas à retrouver son calme intérieur. Il se força à faire coulisser le panneau de bois et tout de suite distingua une tache claire : de l'autre côté, il y avait une femme blonde.

— Jozo! fit à voix basse Sonia, tu me cherches? Que se passe-t-il?

Le franciscain respira profondément. Il était sur un volcan. Si l'homme de la CIA arrivait pendant que Sonia se trouvait là, il en porterait la responsabilité. Mais il y avait des choses qu'il ne pouvait pas avouer, même à Sonia. Il s'efforça donc d'adopter un ton léger pour répondre :

— Non, je ne te cherche pas, j'avais seulement demandé de tes nouvelles. Il y a longtemps que je ne t'ai pas vue. Tu viens te confesser?

— Oui, répondit Sonia avec une hésitation imperceptible.

Jozo Kozari se mit à l'écouter, regrettant aussitôt sa proposition. D'une oreille, il guettait son murmure, de l'autre, il surveillait les bruits de l'extérieur. Chaque seconde passée dans ce confessional avec Sonia accroissait les risques d'une catastrophe.

Il ne fut vraiment soulagé qu'en lui donnant l'absolution et en l'entendant quitter le confessional.

***

Lorsque Sonia émergea de la cathédrale, elle semblait moins pressée. Malko attendit qu'elle ait commencé à descendre vers le marché pour quitter sa place. Heureusement, il y avait pas mal de monde et il se fondit dans la foule déambulant au milieu de l'ex-place de la République. La jeune femme avait gagné l'arrêt des trams et venait de monter dans l'un d'eux. Malko n'avait pas le temps d'aller chercher sa voiture et, vu le nombre de rues autorisées aux trams et non aux voitures, ce n'était pas un moyen sûr de la suivre.

Il n'y avait plus qu'à espérer qu'elle ne l'aperçoive pas...

Lorsqu'elle changea, il manqua se faire semer et rattrapa en catastrophe la rame sur laquelle elle venait d'embarquer. Ils filaient vers le sud, passant devant l'hôtel *Intercontinental*. A chaque arrêt, Malko guettait les voyageurs qui descendaient.

Sonia quitta le tram en face d'un immeuble moderne, au coin de Savska Cesta et Proleterskih Brigada. S'éloignant, heureusement sans se retourner, en direction d'un bloc de HLM un peu en retrait de l'avenue. Grâce à la tache blonde de ses cheveux, il était relativement facile de ne pas la perdre de vue.

Quand Malko la vit disparaître dans une des portes, il hâta le pas et réussit à noter le numéro de l'immeuble et la porte D, repérable à cause d'une carcasse de voiture rouillée juste devant. Il fit demi-tour : c'eût été de la folie de s'aventurer à l'intérieur. Grâce à Mladen Lazorov, il arriverait assez vite à identifier la jeune femme.

Il trouva un taxi et se fit reconduire à la cathédrale. Peut-être Jozo Kozari avait-il recueilli des informations auprès de Sonia.

La grande nef était quasi-déserte et d'une fraîcheur délicieuse. Malko remonta par la gauche jusqu'à ce qu'il trouve un confessional fermé. C'était le troisième, comme le franciscain le lui avait indiqué. Les deux box étaient libres et il s'installa dans celui de gauche. Aussitôt, un panneau coulissa et il devina une présence de l'autre côté.

– Père Kozari?
– C'est moi. Je vous reconnais.
– Vous avez...

Le franciscain ne le laissa pas terminer : dans un chuchotement, il lança :

– Elle n'est pas venue et maintenant, je dois retourner à mon couvent. Je suis désolé.

Malko essaya de ne pas prolonger trop son silence, pris à contre-pied. Pourquoi le franciscain lui mentait-il? Ou alors, se pouvait-il que Sonia soit entrée dans la cathédrale sans aller le voir? Peu vraisemblable... Donc, Jozo Kozari mentait.

– Tant pis, dit-il d'un ton faussement indifférent. Vous revenez quand?
– Mardi.
– Alors à mardi. Si vous savez quelque chose d'ici là, téléphonez-moi.
– Je n'y manquerai pas, promit Jozo Kozari avant de refermer son volet de bois.

Malko quitta le confessional, perturbé. Si les Stringers de la CIA commençaient à jouer contre lui, les choses allaient se compliquer encore. Pourvu que Mladen Lazorov soit sûr, lui.

Boza Dolac tournait en ville depuis un bon moment dans sa petite Zastava, examinant tous les parkings de la périphérie. Le major Tuzla lui avait donné des ordres précis et, cette fois, il avait intérêt à les exécuter après la série d'erreurs commises.

Il fit demi-tour dans Dubrovacka Aleja, revenant vers le motel *Zagreb* tapi au bord de la Sava, le long d'une allée parallèle à la rivière. Plusieurs poids lourds étaient stationnés en face ainsi qu'une grosse Volga grise immatriculée en Pologne, traînant une caravane. La famille – un gros homme en casquette blanche, sa femme et deux enfants – pique-niquait sur le capot de la Volga, allant prendre leurs boissons au motel. Boza Dolac les avait déjà repérés. C'était exactement ce qu'il lui fallait.

Lorsqu'il vint s'arrêter près d'eux et descendit de voiture avec un sourire engageant, le Polonais lui jeta un regard aigu. Trafiquant de tout dans un pays où il n'y avait rien, les Polonais étaient à l'affût de toutes les combines possibles.

– Vous allez en Dalmatie? demanda aimablement Boza, après avoir dit bonjour.

Heureusement, il parlait à peu près polonais.

– Non, on a été refoulés à Knin, dit le Polonais, alors on va aller plus au nord.

– Vous ne seriez pas intéressé par des magnétoscopes? demanda Boza, sans avoir l'air d'y toucher.

Sachant pertinemment qu'en Pologne, ils valaient cinq fois le prix de la Yougoslavie... L'œil du Polonais brilla.

– J'ai presque pas d'argent, se plaignit-il, ici, tout coûte cher.

– Les miens, y sont pas chers, affirma Boza. Evidemment, il ne faut pas les déclarer à la douane.

Comme si les Polonais déclaraient quoi que ce soit...

L'homme à la casquette blanche, méfiant, demanda :

– C'est des vieux trucs?

– Comment, des vieux?

Indigné, Boza Dolac le prit par le bras, l'amenant devant la Zastava. A l'arrière se trouvait un magnétoscope Samsung encore dans son carton d'origine...

– Voilà, fit-il. Et j'en veux seulement cent marks!

Le Polonais sentit son sang se mettre à bouillir. Dans son pays, cela valait cinq cents marks, facile.

– C'est cher, fit-il, et je n'ai pas beaucoup d'argent.

MANIP À ZAGREB

Boza, le sentant accroché, se fit carrément câlin, passant un bras autour de ses épaules tombantes.

— Ecoute, plaida-t-il. J'ai besoin de fric. Si tu m'en prends cinq, je te les laisse à 80 marks! Un cadeau.

Le Polonais, silencieux, calculait dans sa tête comme un fou, mélangeant les dinars, les zlotys, les marks. Avec une affaire pareille, il pourrait changer de voiture. Tant pis pour les vacances. C'était évidemment de la marchandise volée, mais il s'en moquait comme de sa première casquette.

— Ça va, fit-il en tendant la main, paume levée, va les chercher.

Boza Dolac se rembrunit.

— Je préfère ne pas transporter ça dans ma voiture, à cause de la Milicja. On pourrait pas prendre la tienne? Comme ça, vous pourrez choisir, il y a plein de trucs. Vous pouvez même emmener votre femme et vos gosses, ça les amusera. C'est la caverne d'Ali Baba.

Le Polonais lui jeta un regard intrigué.

— Qui vous êtes au juste?

— Un petit commerçant, fit Boza, modeste. Des copains à moi ont récupéré le chargement d'un camion tombé dans le fossé. Comme on avait un hangar...

Le Polonais souleva sa casquette blanche et lança une phrase à sa femme qui commença à replier les restes du repas...

— Vous pouvez détacher la caravane? demanda Boza Dolac. C'est plus discret là où on va.

L'autre s'exécuta docilement. Cinq minutes plus tard, la Zastava quittait le parking du motel, suivie de la Volga où avait pris place toute la famille de touristes polonais.

*
**

Quinze kilomètres après la sortie de Zagreb, la Zastava s'engagea dans un chemin étroit perpendiculaire à la route. Au bout, à un kilomètre environ, se trouvait un énorme hangar entouré d'un enclos grillagé de trois mètres de haut perdu au milieu des bois. Boza Dolac stoppa devant le portail fermé par une chaîne condamnée par un énorme cadenas.

Une minute plus tard, les deux véhicules étaient garés à l'intérieur. Boza fit coulisser une des portes du hangar devant les Polonais émerveillés.

– Bon Dieu, qu'il fait chaud, soupira le futur acheteur en s'éventant avec sa casquette.

Il devait faire plus de 40° à l'intérieur... Très vite, il ne sentait plus la température infernale, fasciné par des empilements de cartons montant presque jusqu'au plafond. Des télévisions, des magnétoscopes, des chaînes hi-fi Akai ou Samsung. Le tout flambant neuf. Il en avait l'eau à la bouche...

– Choisissez! lança Boza Dolac en se dirigeant vers un bureau vitré, je vais chercher à boire.

Les deux gosses montaient déjà à l'assaut des cartons avec des piaillements aigus.

Lorsque Boza Dolac ressortit du bureau, le couple de Polonais était penché sur les cartons, essayant de déchiffrer les inscriptions. L'homme se retourna, lançant :

– Ils sont bien « tous systèmes »?

C'est à ce moment qu'il aperçut le riot-gun Beretta braqué sur lui. Les petits yeux noirs de son « vendeur » avaient presque disparu au fond de leurs orbites.

Le Polonais jeta les mains en avant, comprenant instantanément.

– Non! Non! je vais vous donner tout ce qu'on a! cria-t-il.

Boza Dolac se fichait royalement de leurs quelques centaines de marks. Il fit deux pas en avant et appuya sur la détente du riot-gun. Rejeté contre une pile de cartons, le Polonais tomba, la bouche ouverte, la poitrine et l'estomac déchiquetés. Comme il avait huit cartouches dans son magasin, Boza prit quand même la précaution de lui tirer une seconde décharge dans la tête... La femme hurlait, tétanisée, incapable de bouger.

C'est presque à bout touchant que Boza lui lâcha sa décharge dans le ventre. Les deux garçons s'étaient éparpillés dans le hangar, terrorisés, cherchant une sortie.

Boza cueillit le plus grand au sommet d'une pile de cartons et la décharge du Beretta le coupa presque en deux, à la hauteur des cuisses. Pour le plus petit, ce fut plus difficile : il s'était blotti dans un espace vide entre deux rangées de cartons. Boza Dolac dut les escalader en maugréant et viser de haut en bas; la tête en bouillie, l'enfant cessa de hurler. Celui-là n'avait pas besoin de coup de grâce.

Boza Dolac regagna le bureau vitré, la sueur lui coulait dans les yeux. Sa sensibilité étant celle d'un bloc de béton, il n'éprouvait rien d'autre que la satisfaction d'une affaire bien menée.

Il restait une corvée. Après être allé chercher un grand sac en plastique, il fouilla les cadavres, y mettant tout ce qu'il trouvait dans leurs poches. Des mouches venues on ne sait d'où commençaient à tournoyer au-dessus du sang frais. Son sac rempli, Boza ressortit, laissant les corps là où ils étaient et prit le volant de la Volga dont les clefs étaient restées sur le tableau de bord.

Toutes glaces baissées pour respirer un peu, il reprit la direction de Zagreb. Avant tout, il fallait récupérer la caravane avant de se la faire piquer par des Albanais.

Ensuite, il reviendrait faire le ménage et les corps de la famille polonaise rejoindraient celui du chauffeur du Volvo.

Cette fois, le major Tuzla ne lui reprocherait pas d'avoir saboté son travail.

*
**

Impossible de mettre la main sur Mladen Lazorov. Le « bip » étant inconnu en Yougoslavie et son bureau ne répondant pas, il n'y avait plus qu'à attendre leur rendez-vous du lendemain matin pour localiser l'appartement de Sonia.

— Si on dînait en bas? Ça a l'air sympa, proposa Swesda Damicilovic, de nouveau sur son trente et un.

En trois jours, la furie teigneuse et allumée s'était métamorphosée en créature douce et docile, l'œil humide en permanence.

— Pourquoi pas? acquiesça Malko.

La plupart des restaurants de Zagreb se trouvaient dans des sous-sols sinistres. Au moins, de celui de l'*Esplanade*, en terrasse, on pouvait voir passer les trams.

**
*

Une file ininterrompue d'hommes, de femmes et d'enfants avançaient lentement sur le sentier au sommet de la digue dominant la Sava, comme une procession de fourmis. En direction de Jakuçevac, le marché aux puces du dimanche, distant encore de trois bons kilomètres.

Un véritable exode, stoppé tous les dix mètres par un Polonais offrant sur une toile à même le sol les objets les plus hétéroclites : quelques hardes, une vieille Bible, des engrenages, des disques tordus, des pièces de voitures. Ils arrivaient par le train, espérant glaner quelques marks qui leur permettraient de ramener en Pologne des choses introuvables là-bas.

En contrebas de la digue, les voitures avançaient au pas, sous la chaleur accablante.

Malko bâilla. Mladen Lazorov était venu le chercher à huit heures pile, s'excusant pour son absence de la veille au soir : il était dans sa famille. Concernant Sonia, il avait rassuré Malko : « Dès lundi, je me procurerai la liste des locataires de cet immeuble. Nous procéderons par élimination. »

— On arrive bientôt! annonça enfin le policier.

La chaleur était déjà écrasante. Malko aperçut sur sa droite des milliers de voitures garées dans l'herbe, sur

MANIP À ZAGREB   163

des kilomètres. Avant tout, c'était le marché aux véhicules d'occasion. Grâce à son badge, Mladen Lazorov échappa aux 150 dinars du parking, somme exorbitante, explicable par le caractère vénal du lieu. Nombreux étaient ceux qui repartaient à pied, sans leur voiture, un chèque dans la poche. Le policier se gara et ils gagnèrent les éventaires.

La plupart des vendeurs étalaient leurs trésors sur le capot de leur véhicule. Cela allait des pièces de voitures aux fripes en passant par les statues religieuses, les objets de culte, les livres, les disques, n'importe quoi. Un grand gaillard coiffé d'une toque ronde aiguisait un énorme poignard recourbé et coupait avec, ensuite, des feuilles de papier, pour vanter sa pierre à affûter.

Malko et son guide arrivèrent dans une zone calme où on ne voyait rien d'apparent à vendre. Des jeunes gens à la mine patibulaire, pas rasés, hirsutes, étaient accroupis devant des fourgons, se connaissant tous visiblement, s'interpellant d'un « stand » à l'autre.

– Voilà le coin des Albanais, annonça Mladen Lazorov. C'est là qu'on trouve des choses intéressantes : des armes, des bijoux et tout le matériel volé.

Il engagea une conversation à voix basse avec un des vendeurs qui finit par lui indiquer une Zastava bleue au capot surchargé de statuettes religieuses.

– Celui-là vend des télévisions et des magnétoscopes, annonça le policier.

L'Albanais n'était pas rasé, en haillons, l'air méfiant. Ce n'est qu'au bout de dix minutes de palabres qu'il consentit à soulever la bâche de sa camionnette, découvrant des cartons Akai et Samsung portant des inscriptions en allemand. Le pouls de Malko s'accéléra. Cela ressemblait furieusement au matériel transporté dans le Volvo... Tandis que le policier discutait prix, Malko parvint à décoller discrètement l'étiquette d'un magnétoscope comportant tous les codes d'expédition.

Puis, à la déception visible de l'Albanais, ils s'éloignèrent. A l'abri d'un stand de saucisses, il fut facile de comparer l'étiquette à la liste. Les numéros correspondaient.

– Ce matériel était dans le camion, annonça Malko.

– Bien, dit Mladen Lazorov, laissez-moi faire.

Cinq minutes plus tard, il était plongé dans une discussion sordide avec l'Albanais. Cela dura un bon moment. Finalement, il fit signe à Malko.

– Je lui ai dit que je lui achetais tout le stock, annonça-t-il. Nous partons avec lui.

– Pourquoi?

– Ici, si je dis qui je suis, nous risquons tous les deux un coup de couteau. Les Albanais sont des violents et n'aiment pas les flics. Il faut y aller en douceur.

L'Albanais avait déjà rangé ses statuettes religieuses et attendait, au volant de sa voiture. Ils le retrouvèrent à la sortie de l'immense parking et Mladen prit la tête. Ils parcoururent quelques kilomètres jusqu'à un chemin désert en contrebas de la E 94, l'autoroute contournant Zagreb par le sud.

Puis, Mladen stoppa sa BMW, bloquant l'Albanais.

– Attendez-moi, dit-il à Malko en sortant de la voiture.

Malko le vit monter à bord de la camionnette et rien ne se passa pendant dix bonnes minutes. Inquiet, il décida alors d'aller voir et ouvrit la portière de la camionnette. Mladen Lazorov appuyait son SZ sur le flanc de l'Albanais qui avait viré livide. Son regard allait de Malko à Mladen Lazorov avec une haine indicible. Il leur aurait bien arraché les yeux pour en faire du yoghourt.

– Je lui fais une offre, expliqua le policier. Ou il me dit où il a trouvé ce matériel ou il vient avec moi à la Milicja.

L'Albanais cracha par la portière, lança un regard noir à Mladen Lazorov et jeta une longue phrase au policier croate qui lui en fit répéter une partie, notant un numéro de téléphone. Il y eut encore un peu de dialogue, pas vraiment aimable à voir la tête des protagonistes, puis Mladen Lazorov remisa son SZ dans son holster et sortit de la camionnette. Aussitôt, l'Albanais démarra comme une fusée, abandonnant sur la chaussée le peu de caoutchouc qui restait encore sur ses pneus archi-usés.

– Alors? demanda Malko.

– C'est un chauffeur de taxi qui lui a procuré le matériel, dit le policier. Un type qui fait la nuit et a une Mercedes bleue. Il lui a dit qu'il pouvait en avoir beaucoup d'autres. Il le rencontre dans un restaurant de Remuza. Il m'a donné le numéro de son taxi.

Une Mercedes bleue...

– Je me demande si ce n'est pas lui qui a participé à la tentative de meurtre contre moi, objecta Malko.

– C'est vrai, dans ce cas, cela change tout, reconnut Mladen Lazorov. Il ne faut pas risquer de l'alerter. Est-ce qu'il connaît votre amie?

– Non.

– Bon. Ce type m'a dit que le taxi ne travaillait pas le dimanche, nous ne pouvons rien faire avant demain soir. Il prend son travail à dix heures. D'ici là, nous allons essayer de trouver quelque chose sur ce taxi.

Il était presque midi quand Mladen Lazorov déposa Malko devant l'*Esplanade*. Il devait faire 35°.

Malko se sentait mieux. Enfin il avait deux pistes : Sonia et le chauffeur de taxi. L'une d'elles le mènerait bien au mystérieux Boza. Sans parler de l'attitude étrange du père Jozo Kozari.

Swesda l'attendait dans le hall, en bustier noir et pantalon de soie orange, la taille serrée dans une large ceinture bleue. Ses traits se détendirent en voyant Malko.

– J'avais peur qu'il soit encore arrivé quelque chose, dit-elle. On m'a indiqué un restaurant à Tuscanac, c'est presque à la campagne et ils ont paraît-il un agneau rôti délicieux.

– Va pour Tuscanac, dit Malko.

***

La pelouse bordant le lac de Maksimir disparaissait sous les couples vautrés autour de paniers de pique-nique. Il n'y avait pas beaucoup de distractions à Zagreb durant le week-end, et, dès les beaux jours, toute la ville se retrouvait là.

Le major Tuzla, en civil, assis sur un petit rocher, ressemblait à n'importe quel fonctionnaire en fin de carrière, bavardant avec un vieux copain. Boza Dolac, accroupi sur ses talons, ne semblait pas à l'aise sous le regard perçant de l'officier du KOS. Ce dernier le remit sur le gril pour la vingtième fois. Agaçé de rencontrer un grain de sable dans sa belle mécanique.

— Tu es sûr qu'il n'y a pas moyen de le convaincre? insista-t-il.

Boza Dolac secoua lentement la tête.

— Il est buté, affirma-t-il. Quand je lui ai dit que j'avais une occasion de frapper les Serbes, il a refusé de me suivre. Disant qu'il fallait attendre que les Tchekniks se déchaînent vraiment. Sinon, nous allions faire du tort à notre cause. En plus, il veut récupérer les armes pour les distribuer dans certains villages de Slavonie pour y former des milices d'auto-défense.

Le major Tuzla écoutait tout cela, ivre de rage. Finalement, Miroslav Benkovac n'était pas si idiot que cela... Seulement, lui ne s'était pas donné tout ce mal pour échouer au dernier moment.

— Bien, dit-il, nous allons donc mettre en route notre plan de secours. Est-ce que tout est prêt?

— Oui, oui, affirma Boza Dolac. Il suffit de deux coups de téléphone. Aujourd'hui, ce serait bien, parce que Miroslav ne se trouve pas à Zagreb.

L'officier serbe lui jeta un regard perçant sans distinguer la moindre faille dans son expression.

— Tu es certain que le délai n'est pas trop court?

— Certain.

MANIP À ZAGREB

De satisfaction, le major lui donna une petite tape sur l'épaule.

— Alors, vas-y et j'espère que tu ne t'es pas trompé sur les réactions de notre ami. C'est un coup que nous ne pourrons pas jouer deux fois... Si tout se passe bien, tu pars à Belgrade définitivement et je te donne là-bas un travail facile et bien payé. Tu l'as bien mérité.

De toute façon, il n'était pas prudent de laisser Boza Dolac traîner en Croatie. Il savait trop de choses. En cas de capture, cela pouvait se révéler dévastateur... Il se leva, épousseta quelques brins d'herbe et tendit la main à Boza Dolac :

— Mets tout en place et rejoins-moi ce soir au bureau. La sentinelle sera prévenue.

Il s'éloigna en direction de sa voiture pour regagner son petit appartement de la résidence SOPOT I, dans Novi Zagreb. Il y avait un match de foot intéressant à regarder à la télé. Maintenant, les dés étaient jetés, il ne restait qu'à attendre.

CHAPITRE XIII

Allongé sur le lit, Malko réfléchissait, n'arrivant pas à se déconnecter de sa mission. Après le déjeuner bucolique, ils étaient revenus à l'*Esplanade* et Swesda lui avait donné une nouvelle preuve de ses talents érotiques, tenant à ce qu'il lui fasse l'amour à peu près sur tous les meubles et même sur le balcon, face à la gare...

Maintenant, elle se détendait en prenant un bain tandis qu'il essayait de trouver un sens logique à tout ce qui s'était passé. Une chose était certaine : les armes volées étaient destinées à une utilisation bien précise. Ceux qui s'en étaient emparés n'allaient pas les garder indéfiniment. Or, à ce jour, il ne voyait pas clairement à quoi elles allaient servir. Que les extrémistes croates, nostalgiques des Oustachis, veuillent former une armée secrète, cela tenait debout. Mais dans ce cas, quel était le rôle des agents de Belgrade présents dans le circuit?

Il y avait quelque chose de plus grave sous roche... Qui pouvait lui exploser à la figure à chaque instant.

Soudain, il se leva, éteignit CNN et entrouvrit la porte de la salle de bains.

— Je vais faire un tour, dit-il à Swesda.

La piste du chauffeur de taxi n'était pas exploitable immédiatement, mais il savait où habitait Sonia. Quelques heures de planque ne pouvaient pas lui faire de mal. Si les Croates avaient disposé de gens, c'est ce qu'ils auraient dû faire.

Il retrouva facilement l'avenue Prolerterskih Brigada et finit par repérer, non loin de l'entrée de l'immeuble où avait disparu Sonia, un endroit d'où il pouvait l'observer sans être trop visible. Quelques enfants jouaient dans les débris de la voiture détruite, en face, mais, à part eux, il n'y avait pas âme qui vive.

Plus d'une heure s'était écoulée lorsqu'il vit Sonia émerger de l'immeuble. Elle avait troqué son jeans pour une jupe à mi-mollets et portait un petit havresac. Elle gagna l'arrêt du tram un peu plus loin, ce qui donna largement à Malko le temps de prendre position pour la suivre. Apparemment, elle partait en voyage.

Où ?

Lorsque la jeune femme monta dans le tram, Malko suivit sans difficulté. Sonia descendit au coin de l'avenue Marina Drzica et partit à pied en direction du nord, vers le centre. Pour s'engouffrer un peu plus loin dans un énorme bâtiment portant l'inscription *Autobusni Kolodvor* (1). Cela ressemblait à une aérogare avec les pistes en moins.

Malko perdit quelques précieuses secondes à trouver une place. Il monta quatre à quatre les escaliers du hall central et s'arrêta.

Les cheveux blonds de Sonia attirèrent son regard. Elle se trouvait sous le panneau d'affichage des départs, en conversation avec un homme qui portait une valise à la main. Il se retourna et Malko reconnut Boza, le tueur au regard d'oiseau. Ils s'embrassèrent, il lui donna la valise et Sonia s'éloigna vers la salle de départ avec la valise qui semblait très lourde. Boza traversa le hall d'un pas vif. Ce fut une course de vitesse perdue par Malko : lorsqu'il arriva en bas des marches, Boza

---

(1) Gare des autobus.

montait déjà dans une vieille Zastava garée sur le
trottoir et qui démarra aussitôt, prenant la direction du
sud. En plus, Malko était garé sur l'autre voie à
30 mètres de là...

Furieux et déçu, il releva le numéro et rentra dans la
gare des autobus, fonçant vers le hall de départ. Juste
pour voir le dernier des passagers s'engouffrer dans un
des bus en partance. Il y en avait au moins cinq déjà
pleins. Impossible de savoir lequel Sonia avait pris. Il
eut beau regarder partout, il ne distingua pas ses
cheveux blonds.

Cette fois, le manège de Sonia semblait clair. Elle
allait bien livrer des armes. Les bus n'étaient pas
fouillés comme les voitures particulières aux barrages
routiers...

De nouveau, une piste s'évanouissait. Il restait encore
le chauffeur de taxi...

**
*

Sonia Bolcek dormait lorsque le bus s'arrêta à l'entrée de Vukovar, sa destination finale. Il était près de
onze heures du soir et les passagers se dispersèrent
rapidement.

La petite ville au bord du Danube dormait déjà et
personne ne remarqua la jeune femme qui s'éloignait
avec sa valise. Sonia était sportive et marcher deux
kilomètres ne lui faisait pas peur. Elle s'engagea sur la
route de Trpnja, une voie poussiéreuse bordée de
champs de maïs et totalement déserte. De temps en
temps, elle s'arrêtait pour changer de bras, car la valise
était lourde.

Elle avait le cœur léger, soulagée de faire enfin
quelque chose pour la cause en laquelle elle croyait de
toutes ses forces. Comme Miroslav Benkovac qui l'avait
entraînée dans l'action politique. Maintenant, cela
devenait de l'action tout court et c'était mieux ainsi. Les
peuples n'ont jamais gagné leur liberté dans la douceur.

Une grande ombre surgit sur sa droite : le calvaire au pied duquel elle avait rendez-vous avec des partisans croates qui attendaient sa livraison. Des amis de Boza Dolac.

Sonia s'arrêta, soulagée de pouvoir poser sa lourde valise. Le silence et la route déserte ne l'impressionnaient pas : depuis son viol, plus rien ne pouvait lui faire peur. Et puis, elle avait une confiance totale en Miroslav et en Boza. S'ils lui avaient demandé d'accomplir cette livraison, c'est qu'il n'y avait aucun danger. Elle regarda autour d'elle sans rien distinguer. Assise sur la valise, elle attendit.

Quelques minutes plus tard, il y eut un froissement de feuilles et le faisceau d'une lampe électrique perça les buissons. Un homme descendit jusqu'à la route et l'éclaira. Sans un mot. Elle se leva et demanda simplement :

– Marko?

– *Da,* répondit l'homme. Tu es Sonia?

– *Da, da.*

Ne sachant que faire, elle avança et l'étreignit comme un frère. D'ailleurs, elle avait toujours aimé le contact d'un homme. Peut-être parce que son père, assassiné lui aussi par les Serbes, ne lui ménageait pas les câlineries lorsqu'elle n'était encore qu'une petite fille.

Deux autres hommes dégringolèrent le talus, hirsutes, et la soulagèrent de sa valise.

– Suis-nous, dit Marko.

Ils quittèrent la route pour un sentier sinuant à travers champs. Au loin, Sonia distingua quelques lumières : sûrement celles de l'enclave serbe de Borovo, juste au bord du Danube. Ils se dirigeaient droit dessus. Sonia en fut un peu étonnée : Borovo était tenu par les Tchekniks, les voyous serbes qui terrorisaient les Croates des alentours... Comme elle marchait en queue, elle hâta le pas pour rattraper Marko.

– Ce n'est pas dangereux par ici? demanda-t-elle.

Depuis les événements, la nuit, la campagne était

livrée aux bandes croates et serbes, se tendant mutuellement des embuscades.

— Non, répondit Marko sans se retourner.

Rassurée, Sonia reprit sa marche. Un kilomètre plus loin, ils atteignirent une maison isolée devant laquelle se trouvait une vieille Jugo immatriculée à Belgrade. Marko y pénétra le premier, puis referma la porte derrière ses trois compagnons. Un de ses hommes alluma une grosse lampe à pétrole. La pièce était meublée rustiquement. Avec une grande table au milieu, des bancs et dans un coin quelque chose qui ressemblait à un lit.

Marko ôta sa veste, apparaissant en chemise bleue ouverte sur un poitrail velu. Etrangement silencieux.

Ses deux compagnons s'étaient appuyés à la porte et l'observaient, sans rien dire. Brutalement, l'ambiance se modifia et l'angoisse saisit Sonia. Qu'étaient-ils venus faire là? Ils n'allaient quand même pas coucher à quatre dans cette unique pièce? Le silence lui sembla soudain pesant, comme le regard fuyant de Marko. D'habitude, quand elle retrouvait des nationalistes croates, c'était une explosion de joie, de plaisanteries. On lui offrait à boire, à manger. On lui demandait les dernières nouvelles de Zagreb.

Ce silence oppressant lui nouait la gorge. Elle se força à le rompre, d'une voix volontairement légère.

— On ne mange rien? J'ai faim!

Marko ne répondit pas. Il avança simplement sur Sonia et elle recula instinctivement jusqu'à la table. Leurs regards se croisèrent et ce qu'elle y lut la glaça. Ses jambes se dérobèrent sous elle... De sa grosse patte, Marko arracha la croix qui pendait à son cou, la jeta à terre et la piétina.

— *Zasto?* (1) balbutia Sonia.

— Saleté de catholique, lança Marko.

Sonia sentit une énorme boule envahir sa gorge. Il n'y avait qu'un Serbe pour parler ainsi. Que s'était-il

---

(1) Pourquoi?

passé? Boza lui avait pourtant garanti que des Croates l'accueilleraient. Elle ne comprenait plus, c'était horrible. Elle leva un regard embué de larmes vers le menton mal rasé de Marko.

— Qui es-tu?

Au lieu de lui répondre, Marko lui arracha son chemisier en denim. Résignée, elle se laissa faire, partie ailleurs. Elle avait déjà vécu cela. Maintenant, elle savait que sa seule chance de ne pas devenir folle, c'était de se dédoubler, de faire comme si son esprit s'évadait très loin. De toutes ses forces, elle se mit à penser à Miroslav, tandis que Marko, toujours sans un mot, arrachait son soutien-gorge, la dépouillait comme un lapin... ne lui laissant qu'un slip et ses sandales.

Il sortit un poignard de sa botte et le glissa entre le slip et la peau, déchirant proprement le nylon, découvrant le triangle blond. Il recula un peu, défit sa ceinture, farfouilla dans son jeans et sortit un sexe épais à demi-érigé qu'il frotta contre le ventre plat de Sonia. Comme elle ne réagissait pas, il réunit ses cheveux en queue de cheval et lui abaissa la tête. Ses dents heurtèrent le morceau de chair rougeâtre. Comme elle gardait la bouche obstinément fermée, elle sentit le froid de la lame s'introduire entre ses lèvres pour écarter ses dents de force. Craignant d'être blessée ou mutilée, elle se résolut à écarter les mâchoires. Aussitôt, quelque chose d'épais et de mou envahit sa bouche, heurtant sa luette, grossissant à toute vitesse. La main qui tenait ses cheveux commença à faire monter et descendre sa tête. Heureusement, cela ne dura pas longtemps. Un flot épais et âcre envahit sa gorge. Marko poussa un grognement rauque, donna des coups de reins pour achever de vider sa sève... Puis il s'écarta. Sonia n'eut pas de répit. Déjà un des deux autres s'approchait. Depuis un moment, il se masturbait lentement, la regardant. Comme elle esquissait le geste de fuir, il la prit brutalement aux hanches, la retournant, et la projetant violemment sur la table. De la main gauche, il ploya sa nuque, lui écrasant le visage contre le bois. De la droite, il farfouilla entre ses cuisses, s'enfonçant d'abord dans son sexe desséché puis plus haut avec une brutalité qui lui arracha un hurlement. Le troisième s'était rapproché et contemplait la scène avec un ricanement mauvais.

— Marko! cria Sonia idiotement, comme s'il allait lui venir en aide.

Marko, en train de se rajuster, vint vers elle.

— On sait qui tu es, fit-il. Et tu vas le payer.

La suite fut couverte par le hurlement de Sonia, les reins déchirés par le Serbe. Elle se cabra, mais de nouveau, il lui rabaissa brutalement la tête, lui cognant le nez contre le bois. Lâchant sa nuque, il se mit à la besogner de tout son poids, avec des « han » de bûcheron. Jusqu'à ce qu'à son tour, il éjacule. Il la lâcha enfin avec une claque sur les fesses. Le troisième se précipita, précédé d'une érection longue et rigide comme un tuyau d'acier. Il retourna Sonia comme une crêpe, lui leva les jambes à l'horizontale et s'enfonça dans son ventre d'une seule poussée. Elle cria quand il cogna le fond et cela le fit rire.

Pendant plusieurs minutes, il se délecta. Marko tenta bien de fourrer son sexe à nouveau rigide dans la bouche de la jeune femme, mais elle réussit à tourner la tête.

Celui qui opérait se retira, tira les jambes vers le haut et s'enfonça là où son ami avait déjà sévi : ce fut assez rapide et il se vida à son tour. Marko avait sorti une bouteille de Slibovizc qu'il passait à la ronde. Presque sans parler, les trois hommes se relayèrent, jouissant de la jeune femme de toutes les façons possibles. Le niveau de la bouteille baissait et Sonia était presque inconsciente. En dépit de leur vigueur, ses trois bourreaux commençaient à faiblir. Le tournant fut pris quand Marko fourra son sexe mou dans la bouche de la jeune femme sans obtenir le moindre résultat. Il se retira et la jeta à terre d'une bourrade.

— Quelqu'un en veut encore? demanda-t-il.

Aucun des deux ne répondit. C'étaient des gens

frustes qui se contentaient d'une étreinte rapide avec une paysanne. Aucun n'avait jamais eu une femme aussi belle que Sonia. Le troisième regarda d'un air plein de vague à l'âme la croupe ronde, lunaire et blanche de Sonia, regrettant de n'avoir plus la force d'en profiter. Devant leur silence, Marko se baissa et prit dans sa botte un poignard un peu recourbé à la lame effilée comme un rasoir. Relevant Sonia par les cheveux, il la força à tenir le torse droit.

Son regard croisa le sien et elle sut qu'elle allait mourir.

Le major Tuzla n'avait pas touché à sa bière, rafraîchi par le ventilateur japonais. Quant à Boza Dolac, il avait la gorge trop nouée pour pouvoir avaler quoi que ce soit. S'il y avait encore un problème, cette fois-ci, il était cuit. Les deux hommes n'échangeaient pas une parole, plongés dans la contemplation d'un programme de la télé italienne reçu grâce à une antenne bricolée. L'officier du KOS ne regardait que d'un œil. La soirée était décisive. A partir de maintenant, le train était lancé et tout devait fonctionner comme un mécanisme d'horlogerie. Sinon, ses efforts n'auraient servi à rien.

– Qu'est-ce qu'ils foutent ? grommela-t-il. Tu leur as bien donné le numéro ?

– *Da, da,* affirma Boza Dolac.

Liquéfié par l'angoisse.

La lame recourbée du poignard de Marko s'enfonça dans le flanc de Sonia Bolcek, découpant un morceau de chair, comme on coupe un morceau de motte de beurre. Gros comme la moitié du poing... Il tomba à terre et le sang jaillit avec la force d'un geyser. Sonia hurlait, se tordant sur le sol, essayant d'arrêter l'hémor-

MANIP À ZAGREB

ragie. Les deux autres contemplaient la scène, indifférents, comme dans un abattoir.

Marko reprit la jeune femme par ses cheveux blonds et d'un seul geste lui trancha la gorge d'une oreille à l'autre. Le sang des deux carotides balaya la table comme deux jets de tuyau d'arrosage. Personne ne pouvait survivre plus de quelques secondes à une telle blessure. Sonia tressauta un peu dans la main de son bourreau puis les jets se firent moins violents et se transformèrent en filets... Pour plus de sûreté, Marko taillada encore un peu le cou, puis passa à la partie la plus désagréable.

Avec son couteau, ce n'était pas très facile d'arracher les yeux. Il y parvint quand même, balayant les globes oculaires sous la table. Le visage de Sonia n'était plus qu'un masque de sang. Il essuya la lame à ses cheveux blonds et remit le poignard dans sa botte.

— On y va! lança-t-il aux deux autres.

Lui avait terminé son travail.

Ses acolytes saisirent une vieille couverture et enroulèrent le corps dedans, puis un des deux le chargea sur son épaule. Ils parcoururent ainsi deux kilomètres sans voir personne, puis débouchèrent au croisement de deux petits chemins à cent mètres de l'entrée du village de Borovo. Dès que le jour se levait, une voiture de la Milice croate s'embusquait à cet endroit pour détourner les possibles voyageurs de la visite du village occupé par les Serbes.

La couverture cracha le corps sur la chaussée. Marko prit alors dans son blouson un drapeau croate avec une courte hampe, le déroula, et, grâce à sa lampe électrique, le planta dans l'anus de la morte. Ce serait la première chose que les miliciens apercevraient en arrivant prendre leur faction.

Les trois hommes se séparèrent alors. Les deux aides de Marko partant vers le village, Marko, lui, fila dans la direction opposée, jusqu'à une cabine téléphonique.

Le major Tuzla sursauta quand la sonnerie stridente se déclencha. Ses traits se détendirent en entendant la voix de son correspondant et ils n'échangèrent que quelques mots.

Après avoir raccroché, il adressa un regard satisfait à Boza Dolac.

— Tout s'est bien passé, dit-il, mais le plus délicat reste à faire.

CHAPITRE XIV

— Le numéro de la Zastava conduite par Boza correspond à celui d'un camion, annonça Mladen Lazorov. Il fallait s'en douter.

Encore une piste qui s'évanouissait. Et cela avait pris deux heures pour découvrir cela! En plus, il régnait une chaleur inhumaine dans le petit bureau sous les combles du ministère de la Défense. Malko avait largement eu le temps de raconter ce qu'il avait vu la veille au soir du départ de Sonia et de sa rencontre avec le mystérieux Boza. Là non plus, il n'y avait rien à faire : le bus emprunté par la jeune femme était arrivé depuis longtemps.

Le téléphone sonna et Mladen Lazorov répondit immédiatement. Malko vit son visage se rembrunir tandis qu'il prenait des notes rapidement sur un bout de papier.

— Je crois qu'on a retrouvé Sonia, annonça le policier croate. La Milicja a relevé ce matin le cadavre d'une jeune femme qui correspond au signalement que vous m'avez donné, à l'entrée du village serbe de Borovo, en Slavonie. Elle avait été horriblement mutilée, torturée et finalement égorgée. On va me monter les photos prises sur place, elles viennent d'arriver. Cette personne avait sur elle des papiers au nom de Sonia Bolcek, domiciliée à Novi Zagreb, 6 Prilaz Poljanama.

— C'est bien elle! fit Malko consterné.

180   *MANIP À ZAGREB*

On frappa à la porte et une sentinelle déposa une enveloppe sur le bureau. Mladen Lazorov l'ouvrit et regarda les documents qu'il tendit à Malko. Celui-ci faillit vomir.

Le spectacle était insoutenable. Le visage surtout avec les poches de sang séché à la place des yeux, le nez écrasé, la bouche ouverte en deux et l'abominable entaille dans le cou délicat, avec la chair rougeâtre à l'intérieur. A côté, la blessure du flanc faisait presque propre.

— Ils lui ont fait tout cela alors qu'elle était encore vivante, précisa Mladen Lazorov d'une voix blanche. C'est l'habitude des Tchekniks.

Les autres photos avec le drapeau étaient encore plus ignobles. Il reposa le tout.

— On sait ce qui est arrivé?

— Pas exactement. On suppose qu'elle a été attaquée par une des bandes de Tchekniks qui rôdent dans le coin. Elle a peut-être pris des risques pour sa livraison d'armes.

Malko se dit que c'était vraisemblablement un épisode de cette atroce guerre civile qui n'osait pas encore dire son nom... Mladen Lazorov était au téléphone, il raccrocha presque aussitôt.

— J'ai localisé son appartement, annonça-t-il. Nous allons là-bas, un milicien nous y rejoint avec un serrurier.

*
*

La porte s'ouvrit au premier essai du serrurier. Malko et Mladen Lazorov pénétrèrent les premiers dans le minuscule appartement et en eurent vite fait le tour. Dans une chambre, ils découvrirent des bagages abandonnés dont une valise portant un macaron des Aerolineas Argentinas.

— Voilà où se planquait Said Mustala, conclut Mladen Lazorov.

Ils eurent beau tout retourner à l'aide du milicien, ils

MANIP À ZAGREB · 181

ne trouvèrent aucun document permettant de faire avancer l'enquête, ni aucun signe du mystérieux Boza. Ils allaient se retirer lorsque le téléphone sonna. Malko était le plus proche de l'appareil. Instinctivement, il décrocha. Aussitôt, une voix d'homme anxieuse demanda :

— Sonia! C'est moi.

En un clin d'œil, Malko identifia le très léger zézaiement de Miroslav Benkovac.

— Sonia! répéta le jeune Croate, d'une voix nouée par l'angoisse. C'est toi?

— Ce n'est pas Sonia, répondit Malko en allemand. C'est Kurt. Sonia est morte.

Il crut que son interlocuteur avait raccroché, n'entendant aucune réponse, mais plusieurs secondes plus tard, Miroslav Benkovac demanda d'une voix blanche et cassée :

— Comment le savez-vous? Que faites-vous là? Vous bluffez!

— Hélas, je ne bluffe pas. Je suis avec un membre des Services de renseignements croates. Nous avons eu la confirmation de l'assassinat de Sonia tout à l'heure. Elle a été massacrée à l'entrée du village de Borovo.

Il y eut comme un sanglot à l'autre bout du fil.

— Je sais, gémit Benkovac. Elle apportait des armes à des amis et ces salauds de Tchekniks lui ont tendu une embuscade. Je ne voulais pas qu'elle y aille, c'était trop dangereux. Boza aussi a essayé de la dissuader, mais elle n'a même pas voulu le voir.

Le pouls de Malko monta d'un coup à 120.

Pourquoi Boza mentait-il à Miroslav Benkovac? C'est lui qui avait remis les armes à Sonia. Il savait très bien où elle se rendait.

— Ecoutez, fit Malko, il faut absolument que je vous parle. Où êtes-vous?

— Ça ne vous regarde pas, cracha Miroslav, je n'ai pas de temps à perdre avec vous. Je vais retrouver ces salauds et les punir. Leur faire ce qu'ils ont fait à Sonia.

Nous avons assez enduré de ces sauvages. Ils ne connaissent que la force.

La haine l'empêchait de raccrocher, il se grisait de ses propres paroles. De nouveau Malko l'interrompit.

— Miroslav, supplia-t-il, ne raccrochez pas, j'ai quelque chose d'important à vous dire.

— Quoi?

Il sanglotait, prononçait des mots sans suite.

— Boza, avança Malko avec précaution, vous êtes certain qu'il est de votre côté?

— Quoi! Qu'est-ce que vous essayez de faire, espèce de salaud!

Il hurlait tellement que Malko dut éloigner le récepteur de son oreille.

— Boza a failli être fusillé! continua-t-il. Il a commis des tas d'attentats à Belgrade. Il a été condamné à mort, mais il a réussi à s'évader. C'est un authentique résistant.

Le parfait profil de l'activiste « retourné », se dit Malko. Il profita d'une pause pour lancer :

— Miroslav, il faut que je vous rencontre. Dites-moi où vous êtes, je viendrai seul. J'ai des choses importantes à vous dire.

— Moi, je n'ai rien à vous dire, glapit Miroslav Benkovac.

Et crac, il avait raccroché.

Malko était glacé, il venait de mettre le doigt sur le ressort secret de la manip. C'était abominable, mais efficace. Il ne lui manquait que le nom de celui qui tirait les ficelles. Boza n'était qu'un exécutant, qu'un manipulateur de second ordre. Il dansait sur une musique qu'il n'avait pas écrite...

Sonia Bolcek avait été sacrifiée de sang-froid, entraînée dans un guet-apens abominable par ceux en qui elle avait le plus confiance.

C'était Boza qu'il fallait retrouver coûte que coûte, le lien entre les manipulateurs et les gens comme Miroslav Benkovac, utopiques, fanatiques, mais de bonne foi.

— Je crois qu'il ne faut pas finasser avec ce chauffeur

MANIP À ZAGREB

de taxi, dit-il à Mladen Lazorov. Il est le seul à pouvoir nous conduire rapidement à Boza. Etes-vous d'accord pour prendre certains risques... administratifs?

Le visage du policier s'éclaira d'un sourire décidé.

— Absolument. D'ici ce soir, nous avons le temps de penser à quelque chose.

*
* *

Boza Dolac jeta un regard inquisiteur à Miroslav Benkovac dont l'émotion était visible. Il avait les yeux rouges, les traits tirés et jouait nerveusement avec sa barbe, sans avoir touché à la *ljuta* (1) qu'il avait commandée pour lui.

Autour d'eux, la terrasse du *Graski Podrum,* le plus grand café de l'ex-place de la République, était pratiquement déserte : à cause des événements, il n'y avait presque pas de touristes. Dès le matin, Boza Dolac avait téléphoné à Miroslav Benkovac, lui annonçant la mort de Sonia Bolcek, apprise, avait-il prétendu, par des amis. D'abord, Miroslav n'avait pas voulu le croire, puis avait dû se rendre à la réalité. Et il s'était effondré.

— Tu vois que j'avais raison, lança d'une voix douce-reuse Boza Dolac, quand je te disais qu'il fallait frapper les Serbes sans attendre. Nous aurions peut-être tué ceux qui l'ont massacrée...

Miroslav Benkovac leva la tête, une lueur folle dans ses prunelles sombres.

— On va la venger, gronda-t-il d'une voix tremblante de haine. Mais je ne peux même pas aller chez elle prendre quelques affaires en souvenir.

— Pourquoi? demanda Boza, surpris.

— La police s'y trouve.

— Comment le sais-tu?

Il avait du mal à dissimuler l'affolement dans sa voix.

_____

(1) Alcool encore plus fort que la Slibovizc.

184   MANIP À ZAGREB

— J'ai appelé, répliqua Miroslav, je suis tombé sur
Kurt. Il était avec des flics. Il a essayé de me faire dire
où je me trouvais et m'a posé des questions sur toi.

Boza Dolac eut l'impression qu'une coulée glaciale
descendait le long de sa colonne vertébrale. Depuis ce
jour lointain, la veille de son exécution, où le major
Tuzla qui n'était encore que lieutenant avait pénétré
dans sa cellule, pour lui demander s'il avait envie de
vivre, il avait toujours une épée de Damoclès au-dessus
de la tête.

— Qu'est-ce qu'il voulait? croassa-t-il.

— Des conneries, laissa tomber Miroslav Benkovac
d'une voix lasse.

Boza Dolac se hâta de changer de sujet, rassuré par
le ton sincère de Miroslav. Il se pencha à travers la
table et se mit à parler à voix basse.

— Il ne faut pas perdre de temps pour venger Sonia,
commença-t-il.

**
*

Mladen Lazorov raccrocha son téléphone pour la
vingtième fois. La chaleur avait encore augmenté dans
son petit bureau du ministère de la Défense où lui et
Malko étaient retournés. Essayant de retrouver la trace
de Boza.

— J'ai appelé partout! dit-il. Personne ne le connaît,
pourtant, nous avons quelques informateurs dans les
milieux Oustachis. Ce Boza peut habiter n'importe où,
même chez un agent du KOS, si vous avez raison. Des
dizaines sont encore à Zagreb. Ce soir, il va falloir
secouer ce chauffeur de taxi.

— Comment faire? demanda Malko.

— J'ai réfléchi, fit le policier. On va l'appeler par
radio. Ensuite, le prendre de front.

— Nous n'avons pas de preuves.

— Si, vous allez prétendre le reconnaître. Ensuite,
vous me laisserez faire...

Malko eut soudain une idée.

— Si nous allions à Borovo? proposa-t-il.
— Pour quoi faire? demanda Mladen Lazorov, étonné.
— Je ne sais pas exactement, avoua Malko, fouiller le coin, parler avec vos collègues... on pourra peut-être recueillir des indices sur place.
— Si vous voulez, avec la BMW, mais on a au moins deux heures de route et il est déjà plus de dix heures. Et cela risque d'être un voyage inutile.
— Faire ça ou tourner en rond dans Zagreb... remarqua Malko.

Swesda était partie explorer les boutiques chics de la rue Ilica après avoir repéré dans un magazine de décoration la photo pleine page d'un superbe bar en cuir blanc capitonné, rehaussé de miroirs, le tout dans un style gréco-romain, ultime création de Claude Dalle.

— Ils n'ont pas ça ici, avait-elle remarqué, il faudrait trouver un importateur maintenant qu'ils ne sont plus communistes.

Malko et le policier croate étaient sur l'autoroute de Belgrade fonçant à près de 200 à l'heure. Direction Borovo. La Croatie se présentait un peu comme une molaire dont la base aurait été adossée à la Slovénie, la pointe sud constituant la Dalmatie et la pointe nord, la Slavonie, délimitée par le Danube. Borovo se trouvait là, à une trentaine de kilomètres au nord de l'axe Zagreb-Belgrade.

Marko ouvrit avidement l'enveloppe marron que venait de passer sous la table Boza Dolac. Ce dernier avait parcouru ventre à terre les 250 kilomètres séparant Zagreb de Nustar, petit village situé entre Vinkovci et Vukovar, au bord du Danube. Afin de rétribuer dignement l'équipe qui s'était occupée de Sonia. C'est le major Tuzla qui lui avait remis l'argent dans une enveloppe cachetée.

186 MANIP À ZAGREB

– Il y a dix mille marks, commenta Boza Dolac, cinq mille pour toi, deux mille cinq cents pour chacun des deux autres.

Ceux-ci attendaient dehors dans leur Jugo.

Marko regarda les billets sous la table et leva soudain vers Boza Dolac un visage convulsé de fureur, les yeux injectés de sang.

– Tu te fous de moi! Qu'est-ce que c'est que cette saloperie?

Il brandissait une poignée de billets sous le nez de Boza, sans se soucier des autres clients de l'établissement. Boza Dolac sentit le sang se retirer de son visage. Ce que l'autre lui montrait, c'étaient bien des marks. Seulement, des marks est-allemands, retirés de la circulation depuis la réunification, et qui valaient tout juste leur poids de papier...

Voilà pourquoi le major Tuzla lui avait conseillé de ne pas s'attarder avec ses hommes de main.

Toujours la pingrerie des administratifs du KOS... Tuzla avait dû penser que ces ploucs du fin fond de la Slavonie ne feraient pas la différence. Apparemment, ils la faisaient...

Marko attrapa Boza au collet, le secouant comme un prunier. Les yeux de ce dernier semblaient avoir disparu au fond de leurs orbites...

– C'est sûrement une erreur, bredouilla-t-il. On m'a remis l'enveloppe fermée. J'ai des magnétoscopes dans ma voiture, je peux vous en donner. Je vous réglerai le reste plus tard.

Marko secoua la tête.

– Non! tu vas retourner à Zagreb chercher le reste. Tu laisses ta voiture, on t'attend ici.

Boza Dolac ne discuta pas. Marko était capable de le poignarder en plein café. Il fit mine de se résigner et se leva.

– Bon, allons-y!

Il avait garé sa voiture dans une cour, pas loin. Marko sortit avec lui et fit signe à ses deux copains de le rejoindre. Les quatre hommes s'éloignèrent dans la rue principale de Nustar, Boza Dolac en tête. Celui-ci, arrivé à la Zastava, se dirigea vers le coffre, observé par les trois hommes. Il ouvrit et se pencha à l'intérieur. Même Marko, qui pourtant se méfiait, n'eut pas le temps de réagir. A la vitesse de l'éclair, Boza Dolac se redressa, un riot-gun Beretta à huit coups coincé contre la hanche.

Marko tirait un pistolet caché dans sa ceinture lorsqu'il reçut la première décharge qui le projeta contre le mur, un trou comme une assiette dans la poitrine. Déjà, Boza tournait son arme contre son voisin. Lui prit tout dans la tête : une bouillie. Le troisième avait déjà pris ses jambes à son cou. Les chevrotines de Boza le rattrapèrent au moment où il franchissait le porche, lui déchiquetant le dos. Il tomba en avant, pas tout à fait mort, et commença à ramper pour gagner la rue... Boza Dolac sauta dans sa Zastava, jetant son riot-gun à côté de lui. Les détonations allaient sûrement alerter la Milice.

D'un coup de volant brutal, il modifia sa trajectoire de façon à ce que sa roue avant gauche passe sur le survivant du massacre... Ce dernier poussa un hurlement atroce quand ses deux jambes se brisèrent. Boza Dolac tournait déjà à droite, fonçant en direction de Vinkovci et de Zagreb.

Un Milicien avec son petit disque rouge fit signe à Mladen Lazorov de stopper à l'entrée du village de Nustar. Malko aperçut un attroupement un peu plus loin, avec deux voitures de la Milicja dont les gyrophares tournaient. Des gens gesticulaient, luttant avec des policiers en béret et tenue grise qui les repoussaient mollement. Mladen Lazorov exhiba sa carte et demanda ce qui se passait. Malko vit son expression changer.

– Il vient d'y avoir un incident grave, expliqua-t-il. Un inconnu a tiré sur trois Serbes et s'est enfui. Deux sont morts et le troisième est grièvement atteint, en train d'agoniser. Mais les habitants veulent le lyncher.

— Pourquoi?

— Ils pensent qu'il s'agit du commando qui a assassiné la jeune Croate, hier.

— *Himmel!* fit Malko, allons voir.

Laissant la BMW, ils continuèrent à pied, parvinrent à l'endroit où les badauds étaient rassemblés et se retrouvèrent à côté du blessé. On l'avait assis et de toute évidence, il était en train de mourir; ses yeux étaient déjà vitreux... Une femme s'avança et cracha dans sa direction. Le milicien fit semblant de ne rien voir; le blessé essayait de parler, mais personne ne l'écoutait.

Malko poussa Mladen Lazorov en avant.

— Essayez de savoir ce qu'il dit.

Le policier lança quelques mots au milicien, puis aux badauds qui entouraient le blessé, hurlant leur haine. Ils se calmèrent un peu et il put s'accroupir près du blessé. Une voix cria dans la foule :

— Laissez-le, c'est un Serbe... Qu'il crève.

Un mouvement de foule : deux hommes arrivaient, un jerrican d'essence à la main. Passant outre la molle résistance du milicien, ils en aspergèrent le blessé qui se mit à râler. L'essence sur ses blessures à vif le crucifiait...

De justesse, Mladen Lazorov empêcha un homme d'enflammer une torche d'étoupe. Indifférents, les miliciens regardaient de l'autre côté...

— Laissez-moi lui parler! cria le policier.

Il s'approcha de l'oreille du blessé et murmura :

— Je vais essayer de te sauver, mais il faut que tu me dises la vérité.

— Oui, supplia le Serbe dans un râle. Ne les laissez pas me tuer.

Ses yeux sortaient des orbites, il était presque pitoyable. De sa main valide, il s'accrocha au policier comme un enfant à sa mère.

MANIP À ZAGREB

– C'est vrai, demanda Lazorov, tu as participé à cette abomination la nuit dernière?

– Oui, avoua l'autre dans un souffle.

– Pourquoi?

– On nous a payés.

– Qui?

– Un certain Boza, un type de Zagreb. C'est lui qui a tiré sur nous. Il nous a recrutés à la gare, nous venions d'arriver d'Allemagne, où on avait travaillé avec mes deux copains. On voulait s'engager dans les Tchekniks. Il nous a dit qu'il y avait mieux à faire et nous a promis 2 500 marks...

– 2 500 marks pour torturer et tuer une jeune fille...

Le blessé adressa un geste suppliant à la foule qui grondait autour et s'impatientait. Comme pour se dédouanner, il lança d'une voix geignarde :

– Moi, j'ai seulement obéi aux ordres. C'est Marko qui a tout organisé, pour quelqu'un à Zagreb. Il devait téléphoner pour dire que c'était fait ensuite.

– Téléphoner à qui?

– Je ne sais pas. C'est Marko qui avait le numéro dans sa poche.

– Où est Marko?

– Dans la cour, là-bas, je crois qu'il est mort. Ce salaud de Boza nous avait payés avec des marks est-allemands qui ne valaient rien. On lui a réclamé et il nous a tués.

Il poussa brusquement un hurlement.

– Attention, protégez-moi, je vous en supplie.

L'homme venait de rallumer sa torche. Malko perçut un grondement sourd dans le lointain. Une femme cria :

– Les chars arrivent! Les chars arrivent!

Toute la région de Vukovar était le théâtre d'incidents violents inter-ethniques depuis quelques semaines. Des chars de l'armée fédérale yougoslave patrouillaient la zone, sous prétexte de calmer le jeu, mais en réalité prenant fait et cause pour les Serbes.

Mladen eut tout juste le temps de s'écarter. L'homme à la torche venait de la jeter sur le blessé... Celui-ci s'embrasa avec un « plouf » sinistre, et, immédiatement une flamme noire et jaune monta vers le ciel. Le cri du blessé s'acheva dans une sorte de ronflement. Les badauds s'égaillaient dans toutes les directions, imités par les miliciens. Mladen prit Malko par le bras.

— Vite, si les militaires nous trouvent là, ils vont nous tuer.

Ils traversèrent la rue en courant, se réfugiant dans la cour où gisaient les deux autres cadavres. Mladen se mit à les fouiller rapidement. Dans une des poches du deuxième, il trouva un papier avec un numéro de téléphone qu'il tendit à Malko.

Le grondement des chars se faisait plus sourd. Lorsqu'ils sortirent, le long canon d'un T.55 pointait son museau au bout de la rue. Ils purent néanmoins regagner leur voiture. Malko déplia le papier et le regarda pensivement. Il tenait peut-être enfin le vrai responsable de la manip.

CHAPITRE XV

Les derricks plantés dans les champs tout le long de l'autoroute Belgrade-Zagreb défilaient à toute vitesse. Malko jeta un coup d'œil au compteur de la BMW : 190. Mladen Lazorov conduisait pied au plancher, une cigarette éteinte aux lèvres. Son visage régulier aux traits acérés avait une expression de concentration presque comique. Les panneaux annonçant Zagreb apparurent enfin et il bifurqua, plongeant dans le dédale des sens interdits pour venir s'arrêter devant le ministère de la Défense. Enfin, ils allaient savoir à quoi correspondait le numéro communiqué aux assassins de Sonia Bolcek.

Mladen ouvrit l'unique fenêtre de son minuscule bureau, ce qui fit passer la température de 37° à 34°, puis se mit au téléphone. Quelques instants plus tard, il relevait la tête, déçu.

— C'est un numéro de l'armée fédérale.

— Où se trouve-t-il?

— Impossible de le savoir. N'importe où dans le pays. Il faudrait avoir l'annuaire des Forces Armées. Mais je peux appeler.

— Surtout pas, fit Malko, cela risquerait d'alerter celui qui a donné ce numéro. Comment peut-on se procurer cet annuaire?

— Je pense que le ministre de la Défense en possède un. Il commandait la Cinquième Région, auparavant.

– Il faut le lui demander.

Mladen fit la grimace.

– Ce n'est pas facile.

Visiblement intimidé par la hiérarchie, il n'osait pas prendre cette responsabilité... Malko empoigna le téléphone et appela le consulat américain. Dès qu'il eut David Bruce en ligne, il lui expliqua le problème.

– Faites intervenir le consul ou qui vous voudrez, dit-il, mais j'ai absolument besoin de savoir à quoi correspond ce numéro.

Un quart d'heure plus tard, alors qu'ils étaient tous les deux en nage, le chef de station de la CIA à Zagreb rappela.

– Le Ministre est dans son bureau. Il va vous recevoir immédiatement.

**
*

Martin Spegel, le ministre de la Défense du nouvel Etat croate, petit et trapu, avait l'air d'un Russe avec ses yeux gris presque en amande pétillant d'intelligence et son air de paysan slave madré. Malko prit place en face de lui, de l'autre côté d'une grande table de conférence en bois clair, comme les boiseries des murs. Le ministre écouta les explications de Mladen Lazorov, les mains posées à plat sur la table.

– Vous avez bien fait de venir me voir, dit-il en allemand à Malko. Nous apprécions beaucoup les efforts que vous faites pour nous aider. Tout est encore désorganisé et nous manquons d'argent, de gens sûrs et de temps. Par mes amis qui servent encore dans l'armée fédérale, je sais que le groupe de l'état-major, dominé par des Serbes doctrinaires, prépare des actions pour briser notre mouvement d'émancipation. Nous sommes encore très faibles et nous ne résisterions pas à un choc frontal avec le noyau dur de l'armée fédérale.

Malko le remercia et après quelques considérations aimables poussa vers le ministre le morceau de papier trouvé sur le mort.

MANIP À ZAGREB 193

— Pouvez-vous identifier ce numéro?

Martin Spegel alla jusqu'à un grand coffre au fond de la pièce, et l'ouvrit. Il en sortit une brochure qu'il consulta quelques instants avant de la refermer et, après l'avoir remise dans le coffre, il revint s'asseoir.

— Si les numéros n'ont pas changé depuis le début de l'année, dit-il, ce numéro correspond à un dépôt du Train, le 24ème bataillon. Il comporte une centaine d'hommes et assure le ravitaillement en carburant des blindés stationnés à la caserne Maréchal Tito, à Novi Zagreb.

— Où est-il?

— A Zaprude, le long de la Sava, au sud de l'avenue Marina Drzica.

— L'organisateur d'une importante manipulation anti-croate y a vraisemblablement son QG, remarqua Malko.

Martin Spegel eut un geste découragé.

— C'est très possible. Les officiers du KOS se dissimulent sous toutes sortes de paravents. Seulement, selon les accords que nous avons avec Belgrade, les zones militaires sont interdites aux autorités croates, y compris la Milice et la police. Si nous tentions d'y pénétrer, les soldats fédéraux seraient en droit de se défendre les armes à la main, ce qui provoquerait un incident très grave. Vous devez donc continuer votre enquête par d'autres moyens, ajouta-t-il.

Malko sauta sur l'occasion.

— Je peux être amené, et Mr. Mladen Lazorov avec moi, à commettre des actes, disons, sortant un peu de la légalité...

Martin Spegel balaya l'objection.

— Si c'est pour le bien de notre pays... Je donnerai les ordres nécessaires pour qu'on ne vous cause pas de problèmes. Cependant je ne peux pas vous garantir une impunité totale.

C'est tout ce que Malko demandait.

Il se leva, signifiant la fin de l'entretien.

Dans le couloir, Mladen Lazorov sautait presque de

joie, sa conscience administrative en paix. Une secrétaire, installée dans le couloir faute de place, lui glissa un mot : quelqu'un l'avait appelé pendant son absence. Il rappela aussitôt et eut une longue conversation dans sa langue. Lorsqu'il raccrocha, il était visiblement perplexe.

– C'est l'Albanais de l'autre jour, dit-il, je lui avais laissé mon numéro. Il m'appelait pour me dire que, vers sept heures, un groupe d'Albanais va prendre livraison d'un lot important de magnétoscopes et de télévisions, de la même origine que celles qu'il voulait nous vendre. Ils seraient dans un entrepôt appartenant à la douane fédérale, à l'écart de la ville.

– C'est bizarre, remarqua Malko. Pourquoi vous donne-t-il cette information? Vous ne vous étiez pas quittés en excellents termes.

Mladen Lazorov eut un mince sourire.

– D'après ce qu'il me dit, il était sur le coup et a été évincé au profit d'un autre Albanais. Il se venge et se dit que si la Milicja saisit ce stock, il pourra, lui, le racheter dans de bonnes conditions, grâce à mon intervention...

Cela tenait la route. Les deux hommes se regardèrent, avec la même pensée. C'était une chance inespérée d'identifier le conducteur de la Mercedes bleue, et peut-être, de coincer enfin Boza.

Mladen Lazorov regarda sa montre : cinq heures et demie.

– Je crois qu'on ne va pas prévenir la Milicja, dit-il. Il m'a expliqué où cela se trouvait.

– Les voilà! annonça Mladen Lazorov, vibrant d'excitation.

Depuis une heure, ils tournaient autour de l'entrepôt de la douane isolé en pleine forêt, au bout d'un chemin partant de l'autoroute de Maribor. Un grand bâtiment au toit de tôle, entouré d'un haut grillage.

Un nuage de poussière venait d'apparaître sur le chemin venant de l'autoroute : une voiture suivie de deux camions.

Le policier croate passa ses jumelles à Malko. Ils avaient laissé leur voiture assez loin dans un chemin forestier. Le chargement devant durer un certain temps, si Boza se manifestait, ils auraient le temps de réagir, d'autant que, par radio, Mladen Lazorov pouvait alerter la milice et faire bloquer l'autoroute.

Malko avait pris la voiture dans ses jumelles. C'était une Mercedes bleue. Un taxi. Le tuyau de l'Albanais était exact. Le véhicule stoppa devant la grille et un homme en blouson de toile en descendit. Costaud, un petit bouc et des cheveux très noirs. Il ouvrit le cadenas de la grille et le petit convoi se gara devant le hangar.

— Je crois que c'est l'homme qui conduisait la voiture quand Boza a tiré sur moi, fit Malko.

Là-bas, une dizaine d'hommes sortis des camions s'affairaient après que le conducteur de la Mercedes bleue avait ouvert les portes de l'entrepôt. Comme des fourmis, ils commencèrent à transporter les cartons de magnétoscopes et de téléviseurs Akai, en remplissant les deux camions, sous la surveillance de l'homme au bouc.

Une demi-heure plus tard, ils avaient presque fini.

— Boza ne va pas venir, dit Malko, déçu.

Le chauffeur de la Mercedes était en train de refermer les portes du hangar, désormais vide. Il s'isola avec trois des Albanais et Malko vit distinctement dans ses jumelles des liasses de billets changer de main, entassées dans un attaché-case marron par le chauffeur de la Mercedes qui le mit ensuite dans son coffre.

Ensuite, le petit convoi repartit comme il était venu.

— J'ai relevé le numéro, indiqua Mladen Lazorov. Cette fois, nous tenons le bon bout.

Par l'homme au bouc, ils ne pouvaient manquer

d'arriver jusqu'à Boza. La configuration était plus claire, maintenant, dans la tête de Malko.

*
**

Les serveurs du restaurant *Kordic,* un sous-sol décoré avec élégance au fond d'une cour, juste à côté de la cathédrale, se disputaient l'honneur de servir la table où se trouvaient Malko, Mladen Lazorov et Swesda Damicilovic. Il faut dire que la jeune Serbe avait fait fort. Ses gros seins ronds, aux trois quarts découverts par un haut moulant, attiraient l'œil comme des lingots d'or.

L'œil charbonneux, la bouche agrandie par le rouge à lèvres, la taille serrée dans une large ceinture guère moins haute que la jupe constituaient un spectacle auquel les Zagrebois n'étaient plus habitués depuis des lustres de rigueur morale communiste.

Le garçon qui présentait une dorade grillée demeura planté à côté d'elle, le regard glué dans son décolleté, tétanisé. Il fallut que Mladen Lazorov lui envoie un léger coup de coude pour qu'il reprenne vie...

Swesda était ravie d'être de nouveau utilisée, louchant sur les larges épaules de Mladen et sur ses traits virils. En plein fantasme, elle n'avait plus du tout envie de revenir à son ancien univers. Même si celui où elle se trouvait comportait certains risques... Les chandelles posées sur la table donnaient à ses traits sensuels une coloration romantique... Malgré la lueur un peu folle qui dansait dans ses yeux noirs.

Le dessert avalé, Malko regarda sa montre : dix heures dix.

— Il faut y aller, annonça-t-il.

Pour se donner du courage, Swesda termina son Cointreau *on ice,* croquant même un glaçon et soupira :

— C'est quand même autre chose que la Slibovizc.

Au contact de Malko, elle apprenait la vie... Elle se leva, tira sur sa jupe, enveloppant Mladen et Malko du même regard .

Grâce au numéro de la Mercedes, Mladen Lazorov avait recueilli un certain nombre d'informations. Le nom de son propriétaire d'abord, Ivan Dracko, son adresse, et ses habitudes. Pas d'histoires avec la police. Il passait plusieurs fois dans la nuit prendre un verre à un café-restaurant de l'ouest de Zagreb, le *Dubrovnik*.

L'air était délicieusement tiède dans la cour. Swesda se serra contre Malko. Mladen était resté en bas en train d'appeler le 970, le numéro des taxis. Réclamant le taxi N° 2250. La jeune femme commençait à émouvoir Malko, lorsque le policier croate émergea du sous-sol.

– Il arrive, annonça-t-il.

Ils se séparèrent à la porte, Swesda demeurant sur place et eux filant vers la BMW garée un peu plus haut.

Il avait à peine fallu un quart d'heure à Ivan Dracko pour gagner le haut de la ville. A Zagreb, les taxis pouvaient emprunter des voies interdites aux usagers ordinaires. Il sentit sa gorge s'assécher quand ses phares éclairèrent la silhouette qui attendait en face du restaurant *Kordic*. Une brune, juchée sur des escarpins, avec des seins énormes, une mini et des lunettes noires! Sûrement une étrangère. Sa surprise fut totale lorsqu'elle demanda en serbo-croate en ouvrant la portière :

– C'est toi, le 2250?

Ivan Dracko acquiesça, stupéfait. Sa cliente s'installa à l'arrière, juste dans son angle de vision et croisa les jambes d'une façon si provocante qu'il se demanda si ce n'était pas une pute.

– Où allez-vous? demanda-t-il.

– A Cmzok. Juste après le restaurant *Kaptolska Klet*. Je te montrerai.

Sa voix était bizarre et il réalisa qu'elle avait bu. Lorsqu'elle retira ses lunettes noires, il vit la lueur dans ses yeux noirs. Intrigué, il demanda :

— Vous m'avez déjà utilisé? Vous avez demandé mon taxi au standard?

L'inconnue eut un rire de gorge aussi vulgaire qu'excitant.

— Non, moi, je ne te connais pas, mais une amie m'a dit que tu traitais bien tes clientes.

Il y avait un tel sous-entendu dans sa voix qu'il eut l'impression de s'embraser d'un coup. Cherchant mentalement qui avait pu lui faire cette bonne pub. Il avait culbuté sur sa banquette arrière tant de femmes que c'était difficile de deviner. Sa passagère chantonnait toute seule. Croisant et décroisant sans arrêt les jambes. Du coup, il commençait à regarder un peu moins la route. Ce qui provoqua une embardée.

— Hé, fais attention! lança sa passagère, je ne veux pas mourir ce soir.

Ils montaient une route sinueuse, serpentant dans une zone boisée. A gauche, une pelouse en pente qui aurait pu être un golf, si les golfs existaient en Yougoslavie, à droite un bois assez touffu. Tout à coup, sa passagère eut un hoquet et se pencha vers lui.

— Arrête-toi, j'ai besoin d'un peu d'air.

Impossible de stopper sur le bas-côté, la route était trop étroite. Trente mètres plus loin, un chemin s'enfonçait dans les bois. Ivan Dracko s'y engagea et stoppa. Aussitôt, sa passagère sauta à terre. Il en fit autant et, comme elle titubait, il la prit par la taille. Elle se fit toute molle contre lui, écrasant un de ses seins contre sa chemise.

Au bout de quelques instants, elle sembla aller mieux et caressa son bouc d'un geste amusé, en disant d'une voix rêveuse :

— Il paraît que les barbus en ont des grosses...

Joignant le geste à la parole, elle lui empoigna l'entrejambes, serrant à lui faire mal. Ivan Dracko crut défaillir. C'était l'occasion de la nuit... Il l'attira contre lui et une bouche chaude se colla contre la sienne, lui laissant un goût de Cointreau.

Sans perdre de temps, il voulut fourrager sous la mini, mais elle le repoussa violemment.

– Pas ici, on va nous voir de la route. Va plus loin.

Ivan Dracko ne fit qu'un bond jusqu'à son volant, tandis qu'elle se laissait tomber sur la banquette arrière. Le chemin se terminait cent mètres plus loin en cul-de-sac. Ivan Dracko éteignit ses phares, sauta de son siège et ouvrit la portière arrière.

Sa passagère était vautrée sur le siège, les jambes ouvertes, la jupe relevée si haut qu'il lui sembla apercevoir son ventre.

Quelquefois, la nuit, il avait des occasions semblables. Des filles travaillant dans des restaurants qui se faisaient sauter sur la banquette pour ne pas payer la course. Une fois, il s'était même offert une petite Tzigane de quatorze ans. Il en avait retiré la peur de sa vie quand son grand frère était venu lui réclamer son pucelage avec un très grand couteau... Celle qui se trouvait là appartenait à une autre catégorie. Une femme de trafiquant ou d'apparatchik qui avait envie d'un sexe prolétaire.

Une vraie salope.

Il se déboutonna, faisant jaillir un membre déjà raide et se jeta sur la fille.

Aussitôt, celle-ci referma la main sur lui, le tirant en avant en riant. S'accrochant à son sexe comme à une bouée de sauvetage. Il commençait, penché en avant, les pieds encore sur le sol, à farfouiller entre ses cuisses, quand il sentit quelque chose de rond et de froid se poser sur sa nuque. Une voix lança calmement :

– Sors de là, Ivan, et ne joue pas au con.

Le cerveau en capilotade, Ivan Dracko obéit. Se trouvant en face de deux hommes dont il distinguait mal les visages dans la pénombre. Par contre, le gros automatique noir était, lui, parfaitement visible.

Sa passagère émergea à son tour de la Mercedes, et se planta devant lui, mauvaise comme une teigne.

– Alors, espèce de porc, tu en as une grosse, hein?

Ivan n'eut pas le temps de répliquer. D'un violent coup de genou, elle le transforma en soprano. Ebloui de douleur, il tomba à genoux et aussitôt, les deux hommes le saisirent sous les aisselles, le traînant vers l'avant. Pendant que l'un le maintenait, l'autre baissait la glace. Puis, à deux, ils lui engagèrent la tête dans l'ouverture avant de remonter la glace. Jusqu'à ce qu'il sente le bord rond s'enfoncer dans la chair de son cou.

Il était pris comme dans un carcan, à demi étranglé. Pour plus de sûreté, un de ses deux agresseurs arracha la poignée et la jeta hors de la voiture. Ivan continua à vomir, avec l'impression qu'on s'acharnait avec un marteau sur ses parties vitales.

Se demandant ce que ces deux-là lui voulaient.

CHAPITRE XVI

— Qu'est-ce que c'est què tout ce bel argent?

Ivan Dracko avala sa salive, encore sonné. La douleur aiguë de son bas-ventre commençait à s'atténuer, mais il lui restait une lourdeur dans tout le bas du corps qui faisait de chaque mouvement une souffrance. Désespérément, il cherchait une réponse à la question posée par son adversaire. Il y en avait pour cent mille marks. Une fortune qu'il devait remettre à Boza à onze heures au restaurant *Dubrovnik*. Sa part de la vente du matériel hi-fi aux Albanais.

Comme il ne répondait pas, son interlocuteur, un grand brun au visage acéré, demanda ironiquement :

— Ce ne serait pas l'argent que tes copains albanais t'ont donné cet après-midi?

Le chauffeur de taxi demeura muet. C'était plus grave qu'il ne l'avait pensé. Mais à qui avait-il affaire? La Milice ne procédait pas de cette façon. Ou alors, ils cherchaient un arrangement discret... Il releva la tête coincée dans la glace et dit humblement :

— Si vous voulez, on peut s'arranger.

— Il n'y a rien à arranger, coupa le brun. Tu connais ce monsieur?

Le second personnage se plaça dans la lueur des phares. Ivan se tordit le cou, mais son visage ne lui disait absolument rien.

— *Ne*.

– C'est bizarre, fit le brun, tu ne l'as pas regardé quand ton copain Boza a tiré sur lui? Toi, tu étais au volant.

Ivan Dracko sentit ses jambes se dérober sous lui et souffla comme un phoque. Cette fois, c'était *vraiment* mauvais. Il était lié depuis longtemps avec Boza Dolac et c'est dans le coffre de son taxi que le corps du routier assassiné avait été transporté. Contre la promesse de 50 % de la cargaison. Il avait pensé que Boza faisait un gros coup et n'avait pas voulu rester à l'écart.

Ivan, connaissant tous les voyous de la mafia albanaise, était sûr de pouvoir écouler son stock.

– Je ne sais pas de quoi vous parlez, dit-il sans conviction.

Pour se donner un peu de courage, il regarda la fille qui fumait à l'écart, les jambes découpées par le faisceau des phares. Le brun revint à la charge, penché sur lui.

– Ivan, dit-il, tu es foutu. Tu as participé à un meurtre et à une tentative. Je vais te coller deux balles dans la tête.

« Et ton fric, on ira le dépenser au casino.

L'homme brun leva le bras au bout duquel se trouvait le gros SZ automatique et posa l'extrémité du canon juste entre les deux yeux d'Ivan Dracko, sur l'arête du nez. Le froid du métal se répandit dans ses os à la vitesse de l'éclair. Le cliquetis du chien qu'on relevait acheva de le liquéfier. L'autre avait une tête de tueur. Calme et glacial.

– Salut, Ivan, fit-il, tu n'aurais pas dû te mêler des affaires de Boza.

Ivan Dracko vit l'index se crisper sur la détente. Il était à quelques millimètres de l'éternité. La terreur envoya une formidable décharge d'adrénaline dans ses artères. Il ne voulait pas mourir.

– Attendez! Attendez! bégaya-t-il. Qu'est-ce que vous voulez?

La pression du pistolet se relâcha imperceptiblement.

Ivan louchait à cause du long canon entre ses deux yeux.

— On veut Boza, dit l'homme brun. Si tu peux nous aider, tu as une petite chance. Une toute petite chance de ne pas terminer ici.

Ivan Dracko était broyé entre deux paniques. On ne trahissait pas un type comme Boza Dolac sans risque. Mais ceux-là allaient le tuer tout de suite.

Il essaya quand même de biaiser.

— Je le connais très mal, Boza, plaida-t-il. On se voit comme ça dans des cafés. Je ne sais même pas où il habite.

— Vous mentez!

C'était le second homme qui avait parlé, en allemand. Il ajouta aussitôt :

— Vous conduisiez la voiture quand Boza a voulu me tuer! D'abord, comment s'appelle-t-il Boza?

Là, c'était difficile de ne pas répondre.

— Boza Dolac, murmura-t-il.

— Il habite où?

— Je ne sais pas, je vous le jure, je le vois toujours au *Dubrovnik.*

Dans la Mercedes, la radio grésillait sans cesse, égrenant les appels du standard. Avec angoisse, Ivan réalisa qu'il devait maintenant être onze heures. Boza Dolac l'attendait au *Dubrovnik,* pour récupérer sa part de l'argent de la vente du matériel volé dans le camion.

Il eut soudain une idée. A manier avec précaution.

— Vous ne pouvez pas un peu baisser la glace? demanda-t-il humblement, j'étouffe.

Avec ses mains accrochées aux montants de la portière et sa tête prise dedans, il ressemblait aux gravures anciennes représentant des suppliciés chinois au XIXe siècle.

— On la baissera quand tu auras parlé, reprit le brun. Si tu ne nous dis pas très vite où est Boza Dolac, ça ne sera pas la peine.

– Mais enfin, qu'est-ce que vous lui voulez, à Boza? gémit le chauffeur de taxi.

– C'est notre problème.

Il comprit qu'il n'en sortirait rien de plus. L'heure de la négociation avait sonné.

– Ecoutez, fit-il d'un ton soudain changé, moi, Boza, je m'en fous. Si je vous dis où il est en ce moment, vous me laissez tranquille?

Le grand brun eut un sourire froid.

– Peut-être que si on le trouve, on te laissera tranquille. Ne nous prends pas pour des cons. Où est-il?

Ivan Dracko en avait trop dit et s'en rendit compte. Le sentant prêt à basculer, l'homme blond proposa :

– Si nous le trouvons, nous donnons un coup de fil à la Milicja et ils viennent vous délivrer.

– Et l'argent?

Il n'avait pas pu s'empêcher de dire ça...

– On vous le laisse.

Coûte que coûte, il fallait le décider. La vie n'était pas toujours morale...

Ivan Dracko craqua d'un coup.

– J'ai rendez-vous avec lui, avoua-t-il. Maintenant. Au *Dubrovnik*. Il doit être en train de m'attendre.

– Pourquoi?

De nouveau, il s'était fait piéger.

– Pour lui remettre l'argent, avoua-t-il faiblement.

L'homme brun eut un sourire satisfait.

– On va savoir très vite si tu dis la vérité. Si Boza est là-bas, pas de problème, on envoie quelqu'un te délivrer. Sinon, c'est nous qui revenons.

Sans un mot de plus, les deux hommes s'éloignèrent, rejoints par la jeune femme. Soudain, Ivan Dracko réalisa qu'ils emportaient la mallette contenant les marks!

– Hé, l'argent! hurla-t-il.

Le brun se retourna.

– On a changé d'avis...

Ce serait un excellent argument pour débloquer Boza et lui éviter de trop mentir.

Ses interlocuteurs disparurent dans la pénombre.

Déchaîné, Ivan Dracko se mit à donner des coups de pied furieux dans la portière, dans *sa* portière. Même avec sa force hors du commun, il ne pouvait l'arracher. De toutes ses forces, il pesa sur la glace. Sans résultat. Et personne ne viendrait le secourir au fond de ces bois, à cette heure-ci. Une pensée s'insinua tout à coup dans sa tête, le glaçant de panique. Et si Boza leur échappait? Il comprendrait immédiatement qu'Ivan l'avait balancé. Lui seul connaissait le lieu et l'heure du rendez-vous. Sa vengeance serait terrible. Ivan Dracko parvint à voir le cadran lumineux de sa montre : 11 h 15. Ne sachant s'il fallait prier pour que Boza l'ait attendu. Ou l'inverse.

Boza Dolac n'écoutait pas le juke-box à côté de lui et n'avait même pas touché à sa bière, perdu dans ses pensées. Son agacement était en train de se transformer en anxiété. Ivan Dracko avait vingt minutes de retard et ce n'était pas dans ses habitudes... La faune habituelle du *Dubrovnik,* chauffeurs de taxis, putes, étudiants prolongés, marginaux, faisait un vacarme infernal. Lui guettait toutes les voitures qui stoppaient devant l'établissement.

Pas de Mercedes bleue.

Des craintes informulées s'entrechoquaient dans sa tête. Et si le major Tuzla avait décidé de se débarrasser de lui, au lieu de le renvoyer à Belgrade? Normalement, il ne connaissait pas Ivan Dracko, mais « Le Serpent » avait le bras long...

Boza Dolac avait appris qu'un des membres de l'équipe qui avait massacré Sonia Bolcek avait eu le temps de parler à un policier. La Croatie allait devenir malsaine pour lui.

Il ne pouvait pas continuer à se promener dans Zagreb au risque de se faire reconnaître. Pour l'instant, la police était désorganisée, mais cela ne durerait pas éternellement. C'est la raison pour laquelle il avait houspillé Ivan Dracko pour que ce dernier brade rapidement le contenu du Volvo. Son viatique pour une vie normale.

Si le major Tuzla avait appris qu'il n'avait pas respecté ses ordres à la lettre, il l'aurait tué. Mais, c'était un risque à courir. Avec cet argent, il s'achèterait un commerce et pourrait enfin se reposer. Il en avait assez des dangers et de la trahison. Parfois, il repensait à ceux qui pourrissaient encore en prison à cause de lui. Ceux-là ne l'avaient pas oublié. Avec tous les changements politiques, le pire était à craindre.

En plus, « Le Serpent » était parfaitement capable de le trahir, en le livrant à ses ennemis.

Il regarda sa montre. Onze heures vingt-cinq. Que faisait ce salaud d'Ivan? Pourvu qu'il ne se soit pas tiré avec le fric... La musique l'énervait. Le restaurant appartenait à des Serbes, et, par défi, ceux-ci mettaient sans arrêt des chansons qui ressemblaient à des chants arabes. Boza Dolac en avait par-dessus la tête... Il se leva et fila vers le téléphone. Il composa le numéro du standard radio des taxis et attendit.

— Le taxi 2250, demanda-t-il.

— Je vais voir s'il est libre, répondit la voix indifférente de la standardiste.

Elle le mit en attente, tandis qu'il rongeait son frein, pour le reprendre quelques minutes plus tard.

— Il ne répond pas, annonça-t-elle, il doit être en train de manger. Je vous envoie le 2032.

— Non, cria Boza, je veux le 2250.

— Il n'est pas disponible, répéta la standardiste agacée.

Boza Dolac, l'appareil collé à l'oreille, écumait de rage intérieure. Dracko s'était tiré avec les cent mille marks! Il était peut-être déjà dans un avion. Il raccrocha, puis quelques instants plus tard rappela le 970.

— Vous voulez encore essayer le taxi 2250? demanda-t-il. Il est peut-être disponible maintenant.

MANIP À ZAGREB

***

Ivan Dracko égrenait des jurons à faire tomber le ciel sur sa tête. Le piège où l'avaient enfermé ses adversaires était diabolique. Sa tête était toujours coincée entre le montant et la glace, comme dans un carcan.

Impossible de s'en dégager sans se priver de la moitié de son menton. Son coude était enflé et douloureux, seul résultat de ses tentatives de briser la glace Sécurit.

Il avait longuement appelé à l'aide, mais avait fini par renoncer.

Seule distraction, sa radio ouverte diffusant les appels du standard aux différents taxis. Deux fois déjà, on l'avait demandé, sans qu'il puisse répondre. La voix de la standardiste le fit sursauter à nouveau.

– Le 2250, vous pouvez prendre une course? Au restaurant *Dubrovnik*.

C'était la seconde fois en quelques minutes. Boza Dolac devait être fou de rage.

Ivan Dracko allongea le bras droit pour attraper le combiné, à se désarticuler l'épaule, comme il l'avait fait auparavant et sans plus de résultat. Il en sanglotait de rage.

Le désespoir lui donna une idée. A force de se contorsionner, il parvint à effleurer le combiné du bout de sa chaussure. Un ultime effort et il arriva à le faire tomber sur la banquette, mettant la radio en circuit. Encore trop loin pour qu'il puisse le saisir, mais s'il parlait assez fort, on devait l'entendre. Au même moment, une voix sortit du haut-parleur.

– Ivan! Ivan! C'est Boza! Où es-tu?

La standardiste avait branché Boza Dolac directement dans le circuit.

– Boza, hurla aussitôt Ivan Dracko. Je suis là!

– Qu'est-ce que tu fous! fit la voix exaspérée de Boza Dolac. Où es-tu?

Ivan Dracko se mit à brailler, précisant l'endroit où il

se trouvait, disant qu'il ne pouvait pas bouger, donnant d'humiliantes précisions. Sans être sûr que Boza l'entende.

Aphone, il se tut, la bave aux lèvres; et tendit l'oreille. Le silence. Boza n'était plus en ligne. Ivan jouait sur les deux tableaux. Si les autres attrapaient Boza, ils le délivreraient. Si Boza leur échappait, c'est lui qui viendrait.

Il n'y avait plus qu'à compter les étoiles.

***

Ivan Dracko hurlait tellement que Boza fut obligé d'éloigner l'appareil de son oreille. Affolé. Que signifiait toute cette histoire? Il ne comprenait pas bien qui avait attaqué Ivan Dracko. Ni pourquoi. Mais au moins, l'autre lui avait expliqué clairement où il se trouvait. Avec son argent...

L'estomac noué, il raccrocha et regagna la salle du *Dubrovnik*. Il crut vomir. Une BMW 316 S grise était arrêtée devant le restaurant avec deux hommes à bord. Or, ce type de voiture n'était utilisé que par les barbouzes de la Présidence. Ça sentait de plus en plus mauvais. Il posa un billet de 20 dinars sur la table et glissa la bandoulière de sa sacoche à son épaule. Elle contenait deux pistolets : un Makarov et un Herstall 14 coups, avec plusieurs chargeurs. Le problème était maintenant de gagner sa voiture et de semer les autres s'ils le suivaient.

D'un pas faussement assuré, il prit le volant de sa Jugo. C'était sa voiture personnelle avec un moteur gonflé qui lui permettait d'atteindre le 160... Il tourna autour du rond-point et franchit une des grilles du campus voisin. Il connaissait le dédale des allées par cœur, allant souvent y draguer des étudiantes. Du coin de l'œil, il vérifia que la BMW suivait. Alors, il se déchaîna... Manquant plusieurs fois écraser des étudiants, il zigzagua dans les avenues étroites, effectuant de brusques changements de direction, empruntant des

MANIP À ZAGREB

sens interdits et finalement jaillissant par une porte qui donnait sur une avenue se terminant en impasse.

Peu de gens savaient qu'un chemin presque invisible permettait de se faufiler parallèlement à elle et de regagner une grande voie un peu plus loin.

Cette fois, la BMW n'était plus là. Il s'arrêta, éteignit ses phares et se força à attendre plusieurs minutes. Rien. Trente secondes plus tard, il fonçait à tombeau ouvert sur l'avenue Proleterskih Brigada... Tout en conduisant, il sortit le Herstall et le posa à côté de lui. La gorge nouée. C'étaient ses affaires privées. « Le Serpent » ne lui viendrait pas en aide. Il ne pouvait compter que sur lui-même.

*

Quand il entendit le ronflement d'un moteur, Ivan Dracko sentit son cœur se mettre à battre follement dans sa poitrine... Mais le véhicule dépassa le chemin où il se trouvait et le bruit décrut.

Vingt minutes s'étaient écoulées depuis son appel. Or, à cette heure tardive, il fallait moins d'un quart d'heure pour traverser Zagreb... Cinq minutes passèrent encore et des phares apparurent de nouveau, montant la côte. La voiture ralentit et tourna dans sa direction. Bien qu'elle soit encore à cent mètres, Ivan se mit à hurler comme un fou. Enfin, il allait être délivré! Il fit pivoter la portière pour voir qui arrivait. Les épaules larges et tombantes de Boza Dolac étaient facilement reconnaissables, même dans la pénombre. Il s'immobilisa devant Ivan Dracko, pistolet au poing, et lui jeta un regard méfiant, tournant autour de la voiture, comme un chien de chasse. Il aperçut la manivelle de la glace à terre et la ramassa. Puis il consentit enfin à s'intéresser à Ivan.

— Qu'est-ce que c'est que cette histoire?

Le chauffeur de taxi s'étrangla de rage.

— Putain! Baisse cette saloperie de vitre, j'étouffe.

Boza Dolac ne bougea pas, ses petits yeux vrillés dans ceux du chauffeur. Demandant simplement :

— Où est mon argent?

— Ils l'ont pris, avoua Ivan Dracko.

— Qui? « Ils »?

— Deux types. Armés! Je ne les connais pas, mais ils te cherchaient, toi. J'ai rien compris. Il y avait celui que tu as voulu flinguer.

Boza Dolac arriva à demeurer impassible, en dépit de sa panique.

Le visage fermé, il remit la manivelle en place.

— Tourne vers l'avant, dit Ivan soulagé. Dépêche...

Sa phrase se termina en gargouillement. Boza Dolac avait tourné vers l'arrière. L'arête de la glace lui coupait presque le souffle. Il réussit à lancer :

— Tu es fou! Qu'est-ce que...?

— Calme-toi. Je n'aime pas ton histoire, fit Boza Dolac. Raconte-moi tout ce que tu sais... D'abord, comment tu t'es retrouvé ici.

Ivan s'étrangla de fureur, mais comprit que l'autre ne céderait pas. Boza Dolac l'écoutait, impassible, jouant avec son Herstall. Quand le chauffeur eut fini, il remarqua d'une voix douce :

— Tu ne me dis pas tout. Je me demande si tu n'es pas en train de me trahir.

Tranquillement, il s'assit sur le siège avant et saisit la poignée commandant la glace.

— Tu vas me dire la vérité, dit-il, toute la vérité. Sinon, tu vas crever.

Avec une lenteur sadique, il se mit à pousser la poignée vers l'arrière, faisant monter la glace... Qui écrasa un peu plus le larynx du chauffeur. Ivan Dolac poussa un cri étranglé et devint cramoisi, ses yeux lui sortaient de la tête. Boza l'observait attentivement. Quand il le vit devenir violet, il relâcha brutalement la pression. Il voulait deux choses : son argent et savoir ce que Ivan avait vraiment fait... Mort, il ne lui serait d'aucune utilité. Brutalement, il relâcha la glace de deux centimètres et le chauffeur se mit à gronder comme un soufflet de forge!

MANIP À ZAGREB

– Salaud! lança-t-il quand il eut retrouvé la voix.
Ton pognon, tu ne le reverras jamais...

Boza Dolac, de rage, remonta la glace si violemment
qu'Ivan Dracko faillit suffoquer pour de bon.

– Connard! Tu vas crever. Tu vas voir tes tripes
descendre sur tes genoux.

Il tira un court poignard de sa ceinture, avec une
lame très fine et terriblement aiguisée. Pour s'amuser, il
traça une longue estafilade sur le flanc d'Ivan Dracko,
puis s'arrêta, coupant du même coup sa chemise à la
hauteur du foie.

– Tiens, je vais t'ouvrir là!

Il commença à peser et la pointe pénétra dans
l'épiderme. Ivan Dracko poussa un grognement horrifié. Mais la pression cessa. Comme elle avait commencé. Il se dit que l'autre bluffait.

*
**

Boza Dolac contemplait le canon d'un gros pistolet
automatique à quelques centimètres de sa tête. Un SZ
9 mm. Le bras qui le tenait passait par la glace opposée,
ouverte. Le chien de l'arme était relevé et le petit trou
noir du canon lui semblait énorme...

– Boza, ne bouge pas, fit une voix calme. Laisse
tomber ton couteau.

Il obéit et le couteau tomba dans l'herbe. Ivan
Dracko avait entendu la voix, mais ne pouvait voir la
scène. Une seconde silhouette jaillit de l'obscurité,
s'empara des deux armes de Boza Dolac et descendit la
glace, libérant le chauffeur qui se redressa, les yeux hors
de la tête, cramoisi, tremblant de rage.

Sans un mot, il se jeta sur Boza Dolac, le bascula sur
la banquette et noua ses mains autour de sa gorge avec
l'intention évidente de l'étrangler. Ils roulèrent tous les
deux en une masse indistincte sur le plancher de la
voiture, jurant et s'injuriant.

– Arrête! cria Mladen Lazorov. Arrête, Ivan!

Ivan Dracko n'écoutait que sa haine. Non content

d'étrangler son adversaire, il lui bourrait le visage de coups de tête... Boza essaya de lui arracher son bouc, ce qui le déchaîna encore plus. Malko et Mladen réussirent quand même en s'y mettant à deux à le traîner hors de la voiture. Une manchette sur la nuque l'étourdit assez pour qu'il lâche prise.

Aussitôt, Mladen Lazorov lui passa des menottes, immobilisant ses bras derrière son dos.

Malko le fouilla tandis que le policier tenait sous la menace de son pistolet Ivan Dracko en train de se relever.

Boza Dolac, le regard fixe, avait plus que jamais l'air d'un oiseau de proie... Il baissa la tête pour ne pas affronter le regard de Malko. Ce dernier se tourna vers Mladen.

— Dites-lui que je veux savoir où sont les armes. Et qui est au-dessus de lui.

Le policier croate traduisit la question et la réponse de Boza Dolac.

— Il veut être emmené à la police. Il ne dira rien. Il ne comprend pas ce que nous lui voulons. C'était un différend privé entre ce chauffeur de taxi qui l'avait volé et lui.

Boza Dolac faisait la part du feu.

Une nouvelle épreuve de force s'engageait.

— Dites-lui que nous savons qu'il a livré à ce chauffeur de taxi un chargement de téléviseurs et de magnétoscopes contenus dans un camion dont le chauffeur a été assassiné et qui contenait des armes. Il sait très bien qui je suis.

Boza ne répondit pas. Ivan Dracko s'approcha, un peu calmé, le cou encore rouge et dit entre deux quintes de toux :

— Laissez-moi interroger ce salaud. J'ai une idée. Il va vous dire tout ce qu'il sait. A une condition.

— Laquelle ? demanda Mladen Lazarov.

— Vous me rendez mon argent quand vous êtes satisfaits. Je vais déjà vous dire quelque chose. Le chauffeur de votre camion, je sais où il se trouve. C'est moi qui l'ai transporté. Ce salaud de Boza m'a dit qu'il l'avait tué dans une discussion d'affaires... Il est...

Boza Dolac se rua en avant et seul un violent coup de crosse de Mladen le stoppa.

— Vous êtes d'accord? demanda le policier croate à Malko, après lui avoir résumé l'offre du chauffeur de taxi.

— On peut essayer, dit Malko.

Coûte que coûte, il fallait faire parler Boza Dolac et ça n'allait pas être facile. Visiblement, Ivan Dracko avait un sérieux compte à régler avec lui. Il allait mettre du cœur à l'ouvrage.

CHAPITRE XVII

Dans l'obscurité, les rames de tramways immobiles prenaient des allures fantomatiques, alignées les unes contre les autres, à perte de vue : le plus grand dépôt de Belgrade, à Zapresic, dans l'ouest de la ville. A cette heure, seules quelques rames circulaient encore en ville. Le trafic régulier reprenait vers six heures du matin. Apparemment, Ivan Dracko connaissait bien les lieux... Il avait guidé Mladen au volant de la BMW vers une grille de service, pas fermée à clef, destinée aux passages des équipes d'entretien. L'endroit, entouré de terrains vagues, était particulièrement sinistre. En descendant, Ivan Dracko précisa :

– Ce sont les Albanais qui m'ont fait connaître le coin. Ils viennent y régler leurs comptes. Un jour, j'ai ramassé un type vachement amoché.

Il les guida à travers le dédale des rames à l'arrêt, vers le coin le plus éloigné de l'entrée principale. Boza Dolac ne disait pas un mot. Ils arrivèrent à la dernière rame et s'arrêtèrent. Mladen adossa le prisonnier à un wagon bleu.

– Tu vas parler ?

Boza Dolac ne répondit même pas. Malko s'approcha à son tour et précisa :

– Je sais que les Services serbes ont en cours une opération destinée à provoquer un incident grave. Je veux tout savoir là-dessus.

Pas de réponse. Ivan Dracko, dont l'estafilade au flanc le brûlait encore, s'interposa.

— Laissez-moi faire comme les Albanais. Il va dire tout ce qu'il sait.

Malko allait refuser quand il se remémora les photos horribles du cadavre de Sonia Bolcek. Sonia que Boza Dolac avait froidement expédiée à la mort et à la torture en se servant d'elle comme d'un pantin. Boza l'observait par en-dessous, pas trop inquiet, persuadé qu'ils bluffaient, que les gens normaux n'avaient pas facilement recours à la violence. Il avait compté sans Ivan Dracko.

— Allez-y, dit Malko à regret.

C'étaient des procédés qui lui faisaient horreur. Seulement, dans ce pays violent, un incident pouvait tout simplement dégénérer en guerre civile avec des milliers de morts, comme en 1941 et 1945.

Boza Dolac poussa un grognement sourd quand le chauffeur l'attrapa par l'épaule, le poussant le long du wagon. D'un croche-pied, il le fit tomber à terre puis rouler en partie sous l'avant du premier tram. Toujours de la même façon, il le disposa perpendiculairement à la voie, le cou posé sur un des rails.

— Arrête! cria Boza Dolac d'une voix étranglée.

Ivan Dracko, en le bourrant de coups de pied, forçait son cou contre la roue d'acier, puis il releva la tête, hélant Mladen.

— Viens m'aider.

Le jeune policier, l'air dégoûté, s'approcha et posa son pied sur le cou du prisonnier, le maintenant contre l'arête brillante de la roue du tram.

— Très bien! exulta Ivan. Ne bougez plus.

D'un bond, il sauta dans le tram, se glissant au poste de conduite. Il y trifouilla quelques instants et soudain, on entendit un ronronnement et tout le tram s'illumina. Ivan Dracko se pencha à l'extérieur.

— Maintenant, vous n'avez qu'à lui poser les questions. Je suis sûr qu'il va répondre... Sinon, il partira d'ici avec sa tête sous le bras. Ces trams ont beau être vieux, ils marchent encore...

Malko se tourna vers Mladen.

— C'est abominable. Je ne peux pas laisser faire cela !

— Il bluffe, assura le jeune policier à mi-voix. Il me l'a dit. Si vous voulez briser Dolac, il faut en passer par là.

Boza Dolac n'avait plus figure humaine.

— Tu ferais mieux de parler, conseilla le policier. Sinon, il va te tuer.

Boza Dolac leva vers lui un regard affolé.

— Comment je peux savoir que vous ne me tuerez pas de toute façon ?

Il commençait à être sur la bonne voie... Mladen Lazorov l'encouragea.

— Mon ami n'est pas un sauvage, il travaille pour les Américains, tu connais les Américains...

Boza Dolac ne connaissait pas les Américains, mais il savait que ce n'étaient pas les Serbes. Il avala sa salive, comptant sur une dernière chance.

— Enlève-moi de là et je parlerai...

Mladen n'eut pas le temps de répondre. Le ronflement du moteur du tram s'amplifia et soudain, les roues avancèrent de quelques millimètres en patinant, pinçant la chair de Boza Dolac qui poussa un hurlement inhumain. Cette guillotine lente était un supplice abominable... Ivan Dracko se pencha par la fenêtre du tram.

— On ne va pas rester ici toute la nuit !

— Arrêtez-le, supplia Boza Dolac, le cou coincé par la roue. Il est fou.

Dracko, un sourire féroce aux lèvres, gardait la main sur la poignée verticale réglant la puissance du moteur.

— Dis-nous ce que tu sais, conseilla Mladen Lazorov, sinon, il va te tuer.

— Qu'est-ce que vous voulez savoir ?

— A quoi doivent servir les armes que tu as ache-
tées?

— Nous allons attaquer un village serbe.

— Qui, nous?

— Des nationalistes croates, des gens qui veulent
venger Sonia...

Malko intervint, indigné, entendant le nom de
Sonia :

— C'est lui qui a fait assassiner Sonia! J'en ai eu la
preuve.

Mladen Lazorov traduisit et Boza protesta énergi-
quement.

— C'est faux.

— A quel village voulez-vous vous attaquer?

— A Borovo.

Là où Sonia avait été massacrée.

— Et ensuite?

— Nous tuerons tous les Serbes. Pendant l'action, je
dois m'arranger pour exécuter un ou deux attaquants
croates connus pour leurs opinions pro-oustachis.

— Qui t'a donné l'ordre de faire cela?

Boza Dolac hésita, pris de vertige. « Le Serpent »
avait survécu à tout. Il s'en tirerait encore une fois. Et
s'il remettait la main sur Boza après sa trahison...

Le bourdonnement du moteur électrique qui s'ampli-
fiait le fit basculer dans une panique incoercible. Il lui
sembla que les roues s'ébranlaient, mordaient sur sa
chair.

— C'est « Le Serpent », glapit-il. Il m'a forcé depuis
le début.

Mladen Lazorov, accroupi à côté de lui, entreprit de
le confesser à voix basse. Boza Dolac se mit à tout
raconter. On ne pouvait plus l'arrêter : ses multiples
trahisons passées, les gens qu'il avait menés à la
mort...

Le policier croate le remit alors sur l'affaire qui les
intéressait.

— Où sont les armes?

— Dans le dépôt du tram où « Le Serpent » se trouve. Près de la Sava.

— Qui est « Le Serpent »? demanda Mladen Lazorov.

— Je ne sais pas, prétendit Boza. Je l'ai connu sous beaucoup de noms différents. C'est un Serbe, un officier du KOS. Depuis des années, il gère les extrémistes croates à partir de Belgrade. Il est venu ici spécialement pour cette opération. Il se fait passer pour un officier du train. On l'appelle le major Tuzla, mais je crois que ce n'est pas son vrai nom.

— Il vit là?

— Non, je ne sais pas où il vit.

— Qu'est-ce qu'il vous a dit?

— Qu'il fallait faire monter la pression, forcer l'armée fédérale à intervenir en Croatie pour écraser le pouvoir sécessionniste. Les officiers sont serbes pour la plupart. S'ils voient des Serbes se faire massacrer, ils deviendront fous et même l'état-major de Belgrade ne pourra pas les retenir. Si cela ne suffit pas, nous avons assez d'armes pour mener d'autres actions similaires.

Et personne ne serait responsable... Mladen Lazorov leva la tête. Ivan Dracko ne perdait pas un mot de la confession.

— Comment contactez-vous « Le Serpent »? Quand va avoir lieu l'attaque? Qui va amener ces armes pour ce coup? demanda le policier croate, catastrophé par ce qu'il apprenait.

— Il m'appelle, c'est pour demain matin, avoua Boza Dolac dans un souffle. J'amène les armes et les uniformes.

— Quels uniformes?

— Des tenues de la Garde nationale croate. Ce sont les Albanais qui nous les ont procurées.

Mladen Lazorov s'arrêta pour traduire l'essentiel de la confession à Malko. Le ronronnement du tram continuait, lancinant, rappelant à Boza Dolac qu'il n'était qu'en sursis.

— Tout cela semble vraisemblable, conclut le policier,

à un détail près. La Slavonie est quadrillée par la Milicja qui a établi des barrages partout. Jamais, de jour comme de nuit, ils ne laisseraient passer un convoi armé se dirigeant vers un village serbe.

— Ils peuvent disposer de complicités locales, objecta Malko. Ou il y a une autre explication.

Le policier croate s'accroupit de nouveau à côté du prisonnier qui ressemblait à un vautour pris au piège.

— Tu ne nous dis pas tout, lança-t-il. Comment allez-vous passer les barrages de la Milicja avec vos armes ?

Boza Dolac répondit par un gémissement, se tortillant sur le rail comme une chenille coupée en deux.

— Dites à ce salaud de reculer un peu, j'ai trop mal. Après, je vous répondrai.

Comme il avait déjà fait preuve de bonne volonté, Mladen Lazorov leva la tête vers le chauffeur de taxi.

— Recule un peu ! ordonna-t-il.

Ivan Dracko commençait à se dire que les choses ne tournaient pas trop mal pour lui... Après sa « collaboration », les deux hommes seraient moralement forcés de le relâcher. Avec l'argent de Boza. C'est là que les choses risquaient de se gâter : Boza vivant, lui ne le resterait pas longtemps. Même du fond d'une prison, il aurait sa peau.

Lorsqu'il entendit Mladen Lazorov poser la question du transport des armes, sa panique s'accrut. C'est lui qui avait transporté les quatre corps des Polonais... On risquait de lui en tenir rigueur bêtement. L'ordre de Mladen Lazorov arriva à point nommé pour trancher son dilemme.

D'une main ferme, il saisit la poignée commandant la vitesse du tram et la mit sur « avant ».

Avec un léger grincement, la lourde roue d'acier commença à avancer. Tétanisé par la terreur, Boza se mit à hurler sans interruption. Croyant à une fausse manœuvre, Mladen Lazorov leva la tête et cria :
— Arrête!

D'un bond, Malko sauta dans le tram, arracha le chauffeur de taxi du poste de commande et tourna en sens inverse la manette réglant le courant, la mettant à zéro. Les cris de Boza Dolac cessèrent d'un coup tandis que Mladen Lazorov tirait désespérément sur les jambes du prisonnier pour le dégager. Il y parvint enfin, à un détail près. Le tram, à cause de sa force d'inertie, avait continué à avancer. De quelques centimètres. Ce qui avait suffi pour détacher de son corps la tête de Boza Dolac... Le sang jaillissait, inondant la roue enfin immobile. Le cadavre eut quelques mouvements réflexes puis cessa de bouger.

— Imbécile! hurla Mladen à l'intention du chauffeur de taxi. Il ne nous a pas dit l'essentiel...

Malko sauta à terre, écœuré. Ces séances-là se terminaient toujours mal. Certes, Boza ne méritait aucune pitié, mais Malko se sentait mal à l'aise. Même si c'était un « accident ». Seul, Ivan Dracko jeta un regard sans aménité au cadavre décapité.

— J'ai pas fait exprès, protesta-t-il, en dépit de toute vraisemblance.

Les trois hommes s'éloignèrent en direction de la sortie, laissant le tramway allumé, comme un gigantesque fanal dans ce cimetière de ferraille. Les conducteurs du matin allaient avoir une drôle de surprise...

Sans un mot, ils reprirent place dans la BMW. En arrivant dans le centre, Malko se tourna vers Mladen Lazorov.

— Que voulez-vous faire de lui?

Le policier croate hésita. Selon la loi, il aurait dû arrêter Ivan Dracko pour meurtre, sans parler de la marchandise volée... Mais il n'y avait plus de loi en Croatie... D'un geste las, il tendit à Ivan sa malle avec les marks.

– Tire-toi et ne fais plus de conneries, fit-il.

Malko laissa faire. Ivan Dracko était un élément extérieur à la manip qu'il cherchait à démonter. Uniquement lié à Boza Dolac. Il ne pouvait plus rien leur apporter, que des ennuis. Quant à l'argent, il n'avait pas envie de s'en charger.

Il regarda le chauffeur de taxi s'éloigner dans la nuit, sa précieuse mallette à bout de bras. Il avait eu beaucoup de chance.

– Nous en savons quand même beaucoup plus, remarqua Mladen Lazorov. Nous connaissons la planque des armes, le moment et le lieu où doit se dérouler l'incident. Ce qui permet d'intervenir préventivement.

– La mort de Boza Dolac va peut-être tout arrêter, suggéra Malko. Celui qu'il appelle « Le Serpent » ne va pas oser s'impliquer directement. C'est trop dangereux, même vis-à-vis de ceux qu'il manipule. Seulement, on ne peut pas prendre le risque. Il faut retrouver ces armes, Miroslav Benkovac et, si possible, neutraliser « Le Serpent ».

Vaste programme.

Le major Franjo Tuzla fixait son téléphone assez intensément pour le faire fondre. Il était plus d'une heure du matin et Boza Dolac aurait dû être là depuis presque deux heures. Tout était prêt pour l'opération. Il ne manquait que Boza pour venir chercher les armes et ensuite rejoindre Miroslav Benkovac et les gens qu'il avait rassemblés pour son opération de commando. Pour la circonstance, le major Tuzla avait réussi à faire affecter comme sentinelle à l'entrée principale un homme à lui appartenant également au KOS. De cette façon, l'opération était totalement bordée. Aucune fuite possible. A condition que Boza arrive.

MANIP À ZAGREB

Pour la centième fois, il recommença à composer les numéros où il était susceptible de le joindre.

Sans plus de succès : Boza Dolac semblait s'être évanoui de la surface de la terre. L'officier serbe avait beau se casser la tête, il ne voyait qu'une possibilité : la catastrophe majeure, l'arrestation. Certes, il avait des informateurs dans la police et au ministère de la Défense et c'était très étonnant qu'ils ne l'aient pas prévenu. Boza Dolac ne pouvait pas avoir trahi. Le major lui fournissait argent, papiers et protection. Boza savait que le KOS avait des agents partout où il y avait des Yougoslaves. On le retrouverait au bout du monde. Et il serait châtié d'une façon terrible.

Franjo Tuzla connaissait assez la lâcheté de cet homme qu'il manipulait depuis des années pour éliminer certaines hypothèses. C'était le « cas non conforme » par excellence. Boza Dolac pouvait avoir eu un accident, c'était l'hypothèse la plus vraisemblable. L'officier avait téléphoné au restaurant où il prenait ses repas tous les soirs, seul. Il était parti à l'heure normale, c'est-à-dire deux heures plus tôt. On l'avait vu monter dans sa voiture.

Le major regarda sa montre et prit sa décision. Il était obligé de le remplacer. C'était la première fois qu'il prenait un risque de cette sorte, mais il n'avait pas le choix. Il s'était trop investi pour abandonner.

Seulement, même en cas d'urgence, il y avait des risques qu'il lui était interdit de prendre lui-même. Il décrocha son téléphone et composa un numéro qu'il savait par cœur.

CHAPITRE XVIII

Le père Jozo Kozari s'apprêtait à s'endormir quand un jeune franciscain vint le prévenir, étonné, qu'on le demandait au téléphone. Il se leva et se hâta vers le hall du couvent. Qui pouvait l'appeler à une heure aussi tardive?

— Ici, le père Kozari, qui est à l'appareil? demanda-t-il de sa voix onctueuse.

Il y eut quelques secondes de silence puis une voix d'homme interrogea avec un soupçon d'ironie :

— Jozo, qui peut t'appeler? Le Seigneur? Ou quelqu'un à qui tu dois un service?

D'un coup, une vague de panique submergea le franciscain. La Voix. Il avait espéré ne jamais plus entendre cette voix métallique. Il bredouilla et faillit raccrocher. Mais il connaissait son interlocuteur et savait qu'il rappellerait indéfiniment. Et qu'il avait le moyen de faire beaucoup plus. Comme s'il lui avait laissé le temps de réfléchir, son correspondant dit d'une voix aussi douce que la sienne :

— Jozo, j'ai besoin d'un service. D'un tout petit service...

Le franciscain avala difficilement sa salive. Avec la Voix, ce n'était jamais un « petit » service.

— Je suis couché, protesta-t-il.

— Eh bien, tu vas te relever, Jozo. Et me retrouver

devant l'hôtel *Hrvatska*, sur l'autoroute de Ljubljana, le plus vite possible.

Il avait déjà raccroché. Jozo Kozari retourna dans sa chambre et se mit à s'habiller. La peur qui le faisait agir était trop profonde pour qu'il s'en débarrasse en quelques minutes. Une fois prêt, il monta dans sa vieille Lada et prit la direction de Zagreb.

Le franciscain serrait son volant comme si cela avait été le cou de l'homme qui l'avait convoqué. La voix glaciale et moqueuse du major Tuzla, c'était le visage hideux de la dictature communiste. En quarante-cinq ans, bien peu étaient passés à travers les mailles du filet. En dehors de la foule des indifférents et des résignés, les agents de l'UDBA avaient « criblé » tous ceux qui représentaient un danger pour le système. Avec une férocité froide et calculée.

Certains, « irrécupérables », avaient fini devant un peloton d'exécution. Les « faux pas » des autres les avaient liés à jamais à leurs bourreaux... Jozo Kozari était un prêtre honnête qui détestait la dictature. On l'avait arrêté, mis en prison, torturé, relâché puis repris et, enfin, on lui avait proposé de rendre un « petit service ». Oh, pas grand-chose. Entrer en contact avec des opposants, leur offrir un pacte.

C'était toujours un pacte avec le diable... Qui se terminait avec une balle dans la nuque au fond d'une cave... Le major Tuzla connaissait les faiblesses du franciscain. Un goût immodéré pour la chair. Ce dernier avait trouvé sur sa route une pénitente trop ardente...

Un agent féminin de l'UDBA qui avait achevé de le compromettre. Pour ne pas être dénoncé, il avait accepté de rendre encore un « service ». Et on lui en avait donné pour son argent. En le filmant cette fois.

Le bouquet avait été la manipulation de certains prêtres polonais qui s'étaient confiés à lui... Leurs confidences avaient servi à faire massacrer quelques-uns des leurs. Tout le monde l'ignorait. Sauf les archives de l'UDBA. Un homme comme Jozo Kozari était pré-

MANIP À ZAGREB

cieux. A condition de l'utiliser avec parcimonie, il pouvait durer des années... Entouré du respect et de la considération de ceux qu'ils trahissaient.

***

Malko et Malden Lazorov étaient dissimulés sur le talus bordant la Sava qui dominait l'établissement militaire où se trouvait normalement « Le Serpent ». Depuis une heure, ils planquaient et rien ne bougeait. Pas une lumière dans les bâtiments et, à la grille, la sentinelle semblait dormir à poings fermés dans sa guérite. Le chemin devant le dépôt de carburant était désert et ils avaient été obligés de garer la BMW beaucoup plus loin, ce qui ne simplifiait pas les choses.

– Il y a d'autres sorties? demanda Malko.

– Je n'en sais rien, avoua le policier croate, le terrain fait plusieurs hectares.

Il était plus d'une heure du matin et Malko se demanda si Boza Dolac ne s'était pas moqué d'eux.

Tout à coup, le pouls de Malko monta à 150! Des phares balayaient l'obscurité à l'intérieur du dépôt... Assez loin d'eux. Il se redressa, suivant leur trajectoire. Ils se déplaçaient lentement, disparurent derrière un bâtiment, réapparurent et, cette fois, il n'y avait aucun doute : ils se dirigeaient vers le portail. Un léger coup de klaxon troua le silence. La sentinelle se dressa vivement et Malko discerna la forme d'un camion militaire bâché avec une plaque de l'armée yougoslave. Impossible de voir qui se trouvait au volant à cause de l'obscurité.

Le camion sortit, tourna à gauche et fila le long de la rivière, vers l'ouest, tandis que la sentinelle refermait.

Déjà Malko et Mladen Lazorov se ruaient vers la BMW.

– C'est lui! exulta le Croate. J'ai relevé le numéro, même si nous ne le retrouvons pas, on va donner l'alerte à la Milicja.

Quand ils démarrèrent, le camion avait disparu depuis longtemps. Ils continuèrent jusqu'au croisement des deux autoroutes de Maribor et de Ljubljana et durent se rendre à l'évidence : le camion et son chargement avaient bel et bien disparu. Mladen empoigna son micro et commença à lancer des instructions à des interlocuteurs invisibles, répétant inlassablement le numéro du camion. Il se tourna ensuite vers Malko, les traits tendus.

— Le responsable de la Milice me dit que ce sera très difficile, c'est un véhicule militaire. Ils n'ont pas le droit de le stopper et encore moins celui d'utiliser la force.

— Qu'ils le suivent, au moins ! dit Malko. On verra ensuite.

Eux-mêmes continuèrent à remonter vers le nord, un peu au hasard. Au bout d'une heure, rien ne s'était produit, les voitures de la Milice n'avaient rien repéré et ils durent se rendre à l'évidence : celui que Boza Dolac appelait « Le Serpent » leur avait filé entre les doigts.

Découragé, Mladen Lazorov se tourna vers Malko.

— Que fait-on ?

Swesda Damicilovic devait ronger son frein à l'*Esplanade,* sans nouvelles depuis des heures. C'était du temps perdu que de planquer à nouveau en face du dépôt de carburant : s'il revenait, le camion militaire serait sûrement vide. En plus, ils ne connaissaient même pas l'apparence physique du major Tuzla.

— Rentrons à l'hôtel, conseilla Malko. Prévenez les responsables de la Milice de Slavonie et ceux de la Garde nationale de ce qui risque de se passer. Qu'ils soient particulièrement vigilants.

C'est à peu près tout ce qu'ils pouvaient faire. Miroslav Benkovac et ses amis n'iraient sûrement pas dans un camion militaire yougoslave à l'assaut d'un village serbe. Malko avait beau se creuser la tête, il ne voyait pas comment faire mieux. Mladen Lazorov le déposa à l'*Esplanade.* Swesda ne dormait pas et se jeta dans ses bras. Il lui expliqua succinctement ce qui s'était passé. Et leur semi-échec.

MANIP À ZAGREB   229

— C'est ce Miroslav qu'il faudrait retrouver, remarqua-t-elle.

— Oui, mais où?

Malko songea soudain au seul lien qui demeurait avec l'extrémiste pro-oustachi : Jozo Kozari. Cela lui remit à l'esprit l'attitude plus qu'étrange du franciscain, lors du passage de Sonia Bolcek à la cathédrale. C'était sa dernière carte et il allait la jouer.

Il composa le numéro du couvent et on mit très longtemps à répondre. A l'autre bout du fil, il y avait quelqu'un ne parlant que serbo-croate. Il passa l'appareil à Swesda.

— Dis-lui que je veux parler au père Jozo Kozari.

— Tu as vu l'heure?

— Qu'on le réveille.

Après tout, la CIA le payait au mois depuis des années. Swesda transmit, attendit et annonça finalement :

— Il est sorti! Depuis moins d'une heure.

Impossible d'en savoir plus... Evidemment, le franciscain pouvait avoir eu une raison impérieuse de s'absenter, mais c'était une coïncidence bizarre. Malko demanda qu'on le rappelle dès que Jozo Kozari reviendrait. Comme il ne paraissait pas décidé à se coucher, Swesda vint se coller à lui.

— *U krevetu* (1), murmura-t-elle de sa voix de salópe.

Comme il hésitait, encore tendu, elle s'employa à lui donner envie de la rejoindre et y parvint parfaitement.

*
* *

Jozo Kozari n'eut pas le temps de pénétrer sur le parking du *Hrvatska*. Un véhicule lui fit deux appels de phares et il stoppa. Quelques instants plus tard, un

(1) Au lit.

homme en descendit et le rejoignit. Le major Tuzla, en civil, coiffé d'une casquette.

– Suis-moi, dit-il simplement à Jozo Kozari.

Le franciscain obéit. Ils reprirent l'autoroute, tournant un peu plus tard dans un chemin s'enfonçant vers la forêt. Quand le camion militaire atteignit la grille du dépôt, Tuzla descendit et ouvrit. Les deux véhicules se garèrent devant un grand hangar que Tuzla alla ouvrir. Jozo Kozari le rejoignit, découvrant le hangar vide avec seulement un spectacle inattendu : une grosse caravane attelée à une vieille Volga haute sur pattes. Le major Tuzla se tourna vers lui, avec toujours son ironie mordante.

– Il faut retrousser tes manches, Jozo. On va travailler dur tous les deux.

Jusqu'ici, il n'avait pris qu'un risque modéré, sachant qu'aucun milicien n'oserait arrêter un camion militaire yougoslave. Une voiture étrangère, c'était une autre histoire. Si Jozo Kozari se faisait prendre avec une cargaison d'armes de guerre, on mettrait cela sur le compte de l'extrême-droite croate.

Une douzaine d'hommes occupaient la moitié du bar désert du *Hrvatska,* silencieux et renfrognés. Tous mal rasés, portant des blousons et des jeans, l'allure de paysans frustes. Sur la table basse traînaient trois bouteilles de Slibovizc et un véritable parterre de canettes de bière. Lorsqu'ils échangeaient quelques mots, c'était avec le lourd accent de Bosnie-Herzegovine.

Miroslav Benkovac n'osait plus regarder en face ses compagnons venus des quatre coins de la Croatie pour venger Sonia. Boza Dolac avait deux heures de retard et maintenant, même s'il arrivait, il était trop tard pour prendre la route et arriver à temps. Ses hommes tuaient le temps en se saoûlant sous le regard agacé d'un barman qui rêvait d'aller se coucher.

Soudain, un homme poussa la porte du motel.

MANIP À ZAGREB

Inconnu de Miroslav Benkovac, assez âgé, les traits marqués, une casquette blanche un peu de travers. Il examina tous ceux qui se trouvaient là et marcha droit sur Miroslav Benkovac.

— Tu es Miroslav? demanda-t-il.

— Oui, répondit l'ingénieur croate, surpris.

— Viens, je veux te parler.

De plus en plus étonné, Miroslav le suivit à l'extérieur et aperçut la Volga traînant la caravane.

— Qui êtes-vous? demanda-t-il.

L'inconnu lui adressa un sourire chaleureux.

— Je m'appelle Franjo. Tu ne me connais pas, mais moi je te connais. Je travaille avec Boza depuis très longtemps.

— Où est-il?

— Il a eu un problème. J'ai pu lui parler, mais pas longtemps. Il a été repéré par des agents du KOS et a dû se mettre à l'abri, rompre tout contact par mesure de sécurité. Il m'a chargé de continuer l'opération avec vous.

Méfiant, Miroslav Benkovac demanda :

— Quelle opération?

Avec un sourire amusé, Franjo l'amena à l'arrière de la caravane dont il ouvrit la porte, allumant le plafonnier. Les armes étaient entassées, prêtes à servir : les mitrailleuses M.60, les M.16, trois lance-roquettes RPG7. Les bandes de cartouches luisaient doucement.

Franjo éteignit et referma la porte.

— Tu me crois maintenant? Il y a aussi quatre uniformes de la Garde nationale. J'appartiens à l'Organisation Extérieure qui a toujours lutté pour la Croatie le HRB. Boza m'a tenu au courant de *tout*. Jusqu'à la mort de Sonia.

Il continua, lâchant des noms, des détails qui achevèrent de rassurer Miroslav. Ce dernier savait que Boza ne travaillait pas tout seul. Lorsque Boris Miletic s'était enfui avec l'argent des armes, c'est à lui que Miroslav avait fait appel pour retrouver le fuyard. Il n'ignorait pas non plus que le cloisonnement était de règle chez les clandestins. Complètement rassuré, il voulut quand même une ultime preuve de la bonne foi de son interlocuteur.

— Vous allez venir avec nous?

— Bien sûr! approuva chaleureusement Franjo.

La décision du major Tuzla était prise. Ce serait sa dernière opération en Croatie. La disparition mystérieuse de Boza Dolac laissait planer un risque trop grand sur sa tête. De la région de Borovo, seul le Danube le séparait de la Vojvodina, province serbe. Il n'aurait plus ensuite qu'à regagner Belgrade et à tirer les ficelles d'autres pantins...

— Pourquoi avoir pris cette caravane? demanda Miroslav, intrigué.

Franjo pointa le doigt vers la plaque d'immatriculation.

— Parce que les Serbes ne s'intéresseront pas à une famille polonaise. Il y a des contrôles par là-bas. On fouille les voitures.

C'était génial, se dit Miroslav Benkovac. Seulement, Franjo arrivait trop tard.

— Nous ne pouvons plus partir ce soir, expliqua-t-il. La route est trop longue.

— J'ai pensé à cela, répliqua Franjo. Vous allez partir demain. Gagner la Slavonie. Au village de Sotin, à côté de Vukovar, il y a un motel, juste au bord du Danube. Je vous retrouverai là, dans la soirée, et nous partirons le lendemain à l'aube tous ensemble vers Borovo.

— Mais où va-t-on mettre cette caravane jusqu'à demain? protesta Miroslav Benkovac.

— Ce ne sont pas les parkings qui manquent... Il y en a un énorme sur Beogradska Avenija juste avant l'autoroute, où les touristes s'arrêtent toujours. Personne ne la remarquera. Vous allez la conduire là-bas et laisser deux ou trois de vos hommes à l'intérieur, pour éviter un pillage. Il y a souvent des Albanais qui rôdent là-bas. Retrouvons-nous demain à trois heures à l'*Orient Express*. Pour les derniers détails.

— Parfait, s'exclama Miroslav. J'espère que Boza va s'en sortir.

— Moi aussi, fit sombrement Franjo.

Ils se serrèrent longuement la main. La vue des armes avait complètement remonté le moral de l'ingénieur. Avec cela, il allait pouvoir venger Sonia de la façon la plus sanglante.

Franjo disparut dans l'obscurité après lui avoir donné les clefs de la Volga, tandis que Miroslav Benkovac allait expliquer à ses compagnons les changements de programme. Le major Tuzla, au volant de son camion militaire vide, se mit à siffloter. Il avait rattrapé la disparition de Boza de main de maître. C'est Jozo qui avait conduit la Volga jusqu'au parking, Tuzla le ramenant ensuite à sa voiture. A aucun moment, ce dernier n'avait pris de risques. En participant à l'opération, il prenait certes un risque, mais il avait confiance dans son étoile. Cela lui permettrait d'abattre quelques-uns des amis de Miroslav afin de bien signer le forfait.

Roulant vers Zagreb, il essaya de ne pas penser à ce qui était arrivé à Boza Dolac.

CHAPITRE XIX

Jozo Kozari avait à peine mis le pied dans son couvent qu'un jeune franciscain l'intercepta.

– Père, on vous a appelé tout à l'heure. Il faut rappeler ce numéro.

Le franciscain regarda le papier qu'on lui tendait et regretta de ne pas pouvoir se transformer en ectoplasme. Il était deux heures et demie du matin. L'appel de l'agent de la CIA ne lui disait rien de bon. Il hésita à rappeler immédiatement, puis s'accorda quelques heures de repos et de réflexion.

Cela pouvait attendre l'aube. Sous le regard intrigué du jeune franciscain, il partit se coucher.

Malko rejoignit Jozo Kozari dans le hall de l'*Esplanade*. Il préférait ne pas lui parler en présence de Swesda. Le franciscain l'avait appelé très tôt et il l'avait convoqué aussitôt. En le voyant, il se rendit compte immédiatement que le stringer de la CIA n'était pas dans son assiette. Il avait du mal à fixer Malko en face et sa main, lorsqu'il la serra, était moite.

Le regard fuyant, il demanda d'une voix moins onctueuse que d'habitude :

– Que se passe-t-il ?

Malko posa sur lui le regard perçant de ses yeux dorés. Décidant de le déstabiliser tout de suite.

– Où étiez-vous cette nuit?

Le franciscain n'arriva pas à dissimuler son trouble, bredouilla, les yeux baissés, parlant d'urgence, de personne en détresse. Malko l'écouta, glacial. Au départ, il avait pensé lui demander de l'aider à retrouver Miroslav Benkovac. Mais il risquait encore de s'enliser. Il décida de procéder autrement.

– Peu importe, coupa-t-il, mais je voudrais savoir pourquoi vous m'avez menti.

– Menti! s'étrangla le franciscain. Mais à quel sujet?

– Vous avez prétendu ne pas avoir vu Sonia à la cathédrale. Elle est venue et vous a parlé. Je le sais, j'étais en face et je l'ai vue. Ensuite, je l'ai suivie.

Jozo Kozari était effondré. Muet, il fuyait le regard incisif de Malko qui enchaîna :

– Vous savez ce qui lui est arrivé?

– Non.

Là aussi, il devait mentir. Ou ne lisait pas les journaux...

– Elle a été assassinée, précisa Malko, dans des circonstances horribles.

Calmement, il raconta tout au franciscain. Celui-ci se décomposait au fur et à mesure.

Malko ne manqua pas d'enregistrer sa réaction lorsqu'il mentionna Le Serpent. Brutalement, il fut certain que le franciscain jouait le double jeu. Mais il faisait encore face. Il devait le faire craquer. Se penchant vers lui, les yeux dans les yeux, il martela à voix basse :

– Jozo, je sais encore beaucoup de choses. Maintenant, il faut dire, *vous,* tout ce que vous savez. Vous avez envoyé Sonia Bolceck à la mort.

L'aveu jaillit comme la bonde d'un tonneau qu'on arrache.

– Je l'ignorais!

– Vous connaissez celui qu'on appelle « Le Serpent »?

MANIP À ZAGREB

Il entendit à peine le « oui ».

Ensuite, le silence se prolongea un temps qui lui parut infini. Les mains croisées, le regard baissé, Jozo Kozari n'était plus que l'ombre de lui-même. Détruit. Malko l'observait avec un mélange de dégoût et de pitié. Il sentit qu'il devait lui tendre la main.

— Jozo, dit-il, personne ne peut vous juger. Je n'ignore rien de l'univers communiste et de ses pièges diaboliques. Même si vous avez travaillé avec celui qu'on appelle Le Serpent, que je connais, moi, sous le nom du major Tuzla, je ne peux vous jeter la pierre. Surtout si vous vous rachetez en m'aidant.

— Je n'ai jamais travaillé pour lui à proprement parler, protesta faiblement Jozo Kozari. Il m'a sauvé la vie. Alors, de temps en temps, il me demande de lui rendre un service. Mais vous savez bien que je hais le communisme, ce système...

— Quel service lui avez-vous rendu cette nuit?

Pendant quelques secondes, Jozo Kozari hésita à répondre, puis il se mit à tout raconter.

— Le numéro de cet attelage polonais? demanda Malko.

— Je ne l'ai pas noté, je vous le promets, jura le franciscain. La Volga est grise. C'est une grosse caravane.

— Où est Le Serpent?

— Je ne sais pas.

— Vous devez le revoir?

— Il ne m'a rien dit, c'est toujours lui qui m'appelle. Parfois, il reste des mois sans donner signe de vie.

— Si vous lui téléphonez, il viendra à un rendez-vous?

— Je n'ai pas son numéro...

Malko réfléchit rapidement. Lui l'avait, mais le major Tuzla se méfierait immédiatement. Pressé comme un citron, le franciscain ne pouvait plus lui être d'aucun secours. Il fit pourtant une ultime tentative.

— Où se trouve Miroslav Benkovac?

— Je ne sais pas non plus, j'ignore même où il

demeure à Zagreb. Une fois, il est venu coucher au couvent... Je ne peux pas le joindre.

Tassé sur la banquette, le regard embué, il faisait pitié. Malko se leva.

— Retournez dans votre couvent et priez, dit-il. Pour que nous parvenions à arrêter cette opération diabolique.

Jozo Kozari se leva lentement, comme un vieillard, et s'éloigna sans avoir osé tendre la main à Malko.

Brisé.

**
*

— Il faut alerter tous les postes de la Milicja, déclara Mladen Lazorov. Qu'on intercepte cette caravane. Seulement, sans le numéro, c'est difficile, la Slavonie est pleine de touristes et il y a pas mal de Polonais...

— Il n'y a pas moins de contrôles la nuit?

— Pratiquement pas. Nous manquons d'hommes.

— Et s'ils se trouvaient encore à Zagreb?

— C'est possible, reconnut le policier croate. Il faut faire le tour des parkings de la périphérie. Le centre est interdit aux caravanes. Seulement, cela fait beaucoup d'endroits à vérifier. La Milicja ne va pas y consacrer beaucoup d'hommes : ils n'en ont pas les moyens.

— Partageons-nous le travail, suggéra Malko, vous et moi. Nous pouvons éliminer le nord de la ville à cause de ses rues étroites. Il reste tout le sud, à partir de Beogradska. Je vais explorer tout ce qui se trouve à l'ouest de Hrvatske Bratzke Zajednice, vous vous occuperez de l'est.

— Si vous les trouvez, appelez ce numéro, c'est le central de la Milicja, Ils parlent allemand. Demandez-leur de me prévenir immédiatement.

Swesda Damicilovic, qui était descendue les rejoindre dans le hall de l'*Esplanade* après le départ de Jozo Kozari, se leva en même temps que Malko.

— Je ne vais pas rester à attendre ici, décréta-t-elle.

MANIP À ZAGREB

***

Malko fit demi-tour, remontant par l'avenue Marina Drzica. Il avait été trop loin vers le sud en pleine campagne où la route étroite ne présentait aucun parking. Arrivé au croisement de Beogradska, il prit à droite, vers l'est. Là se trouvaient plusieurs aires de stationnement fréquentées surtout par les poids lourds filant sur Belgrade.

Swesda Damicilovic avait la gorge desséchée à force de demander à tous ceux qu'ils rencontraient s'ils avaient vu une Volga grise, traînant une grosse caravane, le tout immatriculé en Pologne.

Malko aperçut devant lui, en contrebas de l'autoroute un grand parking plein de camions avec des semi-remorques sans tracteur. Il bifurqua pour l'explorer de près et son cœur se mit à battre plus vite. Coincée entre deux énormes gros culs, il y avait une Volga grise haute sur pattes et une caravane qui avait connu des jours meilleurs. Il baissa les yeux sur la plaque de l'avant : les chiffres noirs sur fond blanc des pays de l'Est et un macaron ovale avec « PL ».

– Attends-moi dans la voiture, dit-il à Swesda.

Il gara sa Mercedes derrière un Mann et s'éloigna à pied. La Volga était vide. Il se dirigea vers la caravane. Il était en train de l'examiner quand une pointe aiguë piquant ses reins le fit sursauter, tandis qu'une voix basse disait quelques mots incompréhensibles... Il se détourna et vit un grand type aux cheveux ébouriffés, pas rasé, l'air féroce, qui lui enfonçait une baïonnette de Kalachnikov dans le dos.

A côté de lui, se trouvait Miroslav Benkovac, avec un regard de fou. Ce dernier frappa trois fois à la porte de la caravane qui, aussitôt, s'ouvrit

Malko fut poussé à l'intérieur, accueilli par un autre escogriffe armé d'un fusil M.16, chargeur engagé, qui lui en enfonça le canon dans le ventre. Il n'eut le temps de rien faire : un violent coup de crosse dans la nuque lui fit perdre connaissance...

Lorsqu'il rouvrit les yeux, il était ficelé comme un saucisson, allongé entre deux mitrailleuses M. 60, l'escogriffe au M.16 veillant sur lui, assis sur des caisses de munitions.

Dans la caravane, il régnait une chaleur à se trouver mal... Malko sentit une secousse, l'attelage s'ébranlait.

Bientôt, il se rendit compte qu'ils roulaient assez vite. Dix minutes, puis une halte. La porte s'ouvrit et il se trouva devant la barbe fournie de Miroslav Benkovac. Le jeune activiste croate flamboyait de rage. Sans crier gare, il expédia un coup de poing à Malko qui le fit saigner du nez. Comme si cela avait été le signal, ses deux compagnons se mirent à le rouer de coups de poing et de pied. La caravane tanguait comme un bateau ivre. Finalement, un des Croates brandit un poignard avec l'intention évidente d'égorger Malko.

— Attends! fit Miroslav Benkovac.

— Vous êtes fou! protesta Malko. Pourquoi me traiter ainsi?

— Parce que vous travaillez avec les Serbes, gronda le Croate. C'est vous qui avez éliminé Boza. J'en suis sûr. Depuis que vous êtes à Zagreb, vous nous traquez. Nous vous laisserons avec vos amis Tchekniks, on verra comment ils vous traitent...

— Vous n'arriverez jamais en Slavonie, dit Malko, la police connaît l'existence de votre caravane. Ils la recherchent. Vous travaillez en réalité pour le KOS. Votre ami Boza est un traître.

Miroslav Benkovac haussa les épaules.

— Vous dites n'importe quoi pour sauver votre vie... A propos, ne comptez pas sur votre complice Swesda, elle est aussi entre nos mains.

— Où est-elle? ne put s'empêcher de demander Malko.

— Cela ne vous regarde pas.

Il sortit, la porte claqua et la caravane s'ébranla à nouveau.

Si Mladen Lazorov ne le retrouvait pas rapidement, il y avait de fortes chances pour que cela se passe très mal pour lui... Le plan de ses adversaires était féroce : l'abandonner dans un village serbe dont on aurait massacré la plupart des habitants. Les survivants le lyncheraient, au mieux. Et ce n'était pas l'armée yougoslave qui interviendrait en sa faveur. A partir du moment où il était dans cette caravane, il faisait partie des fascistes Oustachis...

Le major Tuzla attendait à la terrasse de l'*Orient-Express,* en civil.

Rien qu'en voyant arriver Miroslav Benkovac, il comprit qu'il y avait un nouveau problème. L'activiste croate se laissa tomber à côté de lui, arborant une mine catastrophée.

– Que se passe-t-il? demanda Tuzla.

– La police a découvert l'existence de la caravane! annonça Miroslav Benkovac.

L'officier serbe eut l'impression de recevoir le ciel sur la tête. Comment les Croates avaient-ils eu vent de l'histoire de la caravane? Seuls Boza et Jozo étaient au courant. Si Boza avait parlé, il aurait trouvé un Comité d'accueil. Donc, c'était Jozo Kozari.

Le salaud!

Machinalement, il regarda autour de lui. Si la police avait suivi Miroslav Benkovac, non seulement sa manip était terminée, mais sa carrière aussi.

– Vous en êtes sûr? demanda-t-il avec un calme de façade.

– Bien sûr! confirma Miroslav Benkovac, mes hommes ont trouvé l'agent des Américains en train de rôder autour.

– Vous l'avez tué? demanda Tuzla, plein d'espoir.

— Non, nous l'avons fait prisonnier. Nous l'abandonnerons à Borovo avant d'en repartir.

C'était encore une meilleure idée. Pendant des années, la SDB avait tenté de faire croire que la CIA finançait les Oustachis.

— Il était seul? demanda Tuzla.

— Non, avec une femme, une Serbe qui travaille sûrement pour Belgrade. Nous l'avons emmenée dans un local sûr. Il faut savoir tout sur ses réseaux, ensuite on la liquidera.

Si la situation avait été moins grave, le major Tuzla aurait éclaté de rire. Ces balourds de Croates s'emparant de leurs propres *alliés* et discutant de leur sort avec *lui*. Peu importe, il fallait bien qu'ils s'amusent. Mais le point principal n'était pas là.

— Où est la caravane?

— Sur un parking, derrière une station-service de l'autoroute de Belgrade. Après le péage.

Pas fameux. Ils étaient à la merci d'un milicien un peu trop curieux. Hélas, il n'avait plus le choix. En attendant son siège le brûlait. Il consulta ostensiblement sa montre.

— Je dois vous laisser. Je serai ce soir au motel de Sotin. Bonne chance.

Il s'enfuit comme s'il avait le diable à ses trousses. Une fois à Sotin, il ne restait que le Danube à franchir pour être en sûreté.

Cette fois, il quittait Zagreb pour de bon. Mais, avant, il avait quand même un sacré compte à régler, si c'était possible.

**
*

Mladen Lazorov, la radio ouverte, parcourait Zagreb dans tous les sens. Toutes les voitures de la Milicja étaient alertées. Maintenant, ils recherchaient non seulement la caravane polonaise, mais aussi la voiture de Malko... Celui-ci avait disparu ainsi que Swesda. Ce qui n'était pas bon signe. Soudain, son haut-parleur grésilla.

– On vient de retrouver la Mercedes dans un parking de l'autoroute de Belgrade, annonça un milicien.

Mladen Lazorov brancha sa sirène et fonça. La Mercedes était vide, pas fermée à clef. Ce qui signifiait que Malko avait retrouvé la caravane et que ses occupants l'avaient enlevé ou tué. A cette heure-ci, ils avaient sûrement quitté Zagreb.

Swesda Damicilovic reprit connaissance, la mâchoire de travers, avec une migraine effroyable. Elle avait des bleus partout, la nuque raide et un œil au beurre noir. Lorsqu'elle avait vu Malko se faire attaquer, au lieu de démarrer chercher du secours, elle s'était bêtement précipitée et fait ceinturer par un des gorilles de Miroslav Benkovac. Il l'avait rouée de coups avant de la jeter dans un fourgon où on l'avait menacée des pires sévices. Elle avait atterri dans une cour, et, de là, dans un sous-sol où un jeune homme dont la barbe arrivait presque aux yeux, au regard illuminé, ne cessait de l'injurier et de la menacer.

Un hystérique de la Grande Croatie qui jouait avec un énorme poignard pour lui faire dire qu'elle travaillait pour les Serbes. Entre deux diatribes, elle remarqua quand même que le regard de son geôlier se posait souvent sur ses seins ronds et glissait ensuite vers ses cuisses pleines de bleus.

– Donne-moi à boire ! supplia-t-elle, je ne suis pas ce que tu dis.

– Tu n'es qu'une salope ! répliqua le barbu, avec pourtant un peu moins de conviction.

Il alla lui chercher une bière qu'elle but avec délices, coincée par l'escogriffe hystérique. Elle se dit qu'il était beau garçon avec son regard de braise et ses épaules larges. Il fallait coûte que coûte se tirer de là. Pour ça, elle ne disposait que d'une arme.

— Qu'est-ce que vous allez me faire? demanda-t-elle.

— Quand les autres seront revenus, expliqua le barbu, on te jugera, on te condamnera et tu seras châtiée.

— Comment?

— On t'arrachera les yeux, d'abord. Tu sais bien que nous avons des traditions, nous autres Oustachis...

Elle frémit malgré elle; ce beau jeune homme était un Oustachi.

— Pourquoi es-tu si méchant? demanda-t-elle d'une voix douce. Je ne vous ai rien fait. Libère-moi au moins les bras, j'ai très mal. J'ai les pieds attachés, je ne peux pas m'enfuir...

Son regard était aussi insistant que suppliant... Le jeune homme hésita, puis se pencha et défit les liens de ses mains. Immédiatement, Swesda se coula contre lui, agenouillée comme une esclave, enserrant sa taille de ses deux bras, frottant doucement son visage contre le devant de son pantalon. Il essaya, en vain, de se dégager. Les gros seins s'écrasaient contre ses cuisses et il sentait la chaleur de la bouche de Swesda à travers le tissu. Elle le massait, le regard chaviré, et leva vers lui un visage extasié.

— Tu sais que tu es beau...

Impossible de savoir si elle parlait de son visage ou de son sexe qu'elle venait d'arracher à sa prison de toile. Un membre long et fin qu'elle se mit à manueliser avec joie, oubliant quelques secondes pourquoi elle se trouvait là. Plongeant dessus comme un vautour, elle l'engloutit sans laisser à son propriétaire le temps de se reprendre. Ce dernier avait renoncé à se défendre. C'était la première fois qu'il subissait un traitement semblable. A l'Université, les étudiantes étaient encore maladroites. Swesda savourait ce qu'elle faisait. Même libre, elle aurait continué.

— Regarde! dit-elle soudain d'une voix rauque.

Les yeux fermés, le barbu n'obéit pas. Elle le regarda jaillir dans sa main et l'enveloppa aussitôt à nouveau de sa bouche. Il rouvrit les yeux, écarlate de honte et la repoussa.

— Tu te rends compte ce qu'on aurait pu faire si je n'avais pas les jambes attachées, lança Swesda de sa voix rauque des grands jours.

Soudain, elle remarqua le crucifix sur le mur. Les Oustachis étaient de fervents chrétiens. Il fallait penser à l'avenir. Les copains de son geôlier ne seraient peut-être pas aussi malléables...

— Tu connais le père franciscain Jozo Kozari? demanda-t-elle à tout hasard.

Le barbu, en train de se rajuster, lui jeta un regard stupéfait.

— Jozo Kozari! Bien sûr! C'est un des nôtres. Pourquoi?

— Tu sais où le joindre dans son couvent? demanda-t-elle.

— Oui, balbutia-t-il.

— Alors, appelle-le, lança-t-elle. Il me connaît bien. Il sait que je ne suis pas ce que tu dis... Va...

Le jeune homme hésita. Après ce qu'il venait d'accepter d'elle, il avait hâte d'innocenter sa prisonnière. Sinon, elle risquait de tout raconter.

Il se dirigea vers le téléphone. Swesda Damicilovic l'épiait avec un sourire figé. Elle ne suivit qu'une moitié de la conversation, mais cela suffisait.

— C'est vrai, il te connaît, lança le barbu.

— Dis-lui de venir, nous allons nous expliquer, supplia Swesda.

Il parla à voix basse et elle ne put tout entendre. Mais quand il raccrocha, il annonça:

— Il veut bien venir.

— Tu peux me détacher maintenant! suggéra Swesda.

Il s'exécuta.

A peine fut-elle libre qu'elle se colla à lui. Lubrique comme une chatte en rut.

— Tu crois que tu vas pouvoir encore une fois? demanda-t-elle.

Elle le dégagea. Il était encore plus excité que la fois précédente. C'était beau la jeunesse.

⁎⁎

Swesda Damicilovic regarda les vieux immeubles décrépits de la rue Sencina avec un soulagement sans faille. Jozo Kozari la couvait d'un regard ambigu : il n'avait pas ménagé sa peine pour obtenir du barbu qu'il la laisse partir. La garantissant de sa propre personne.
– Qu'avez-vous l'intention de faire maintenant? demanda-t-il.
– Ces cinglés ont enlevé Malko, dit-elle. Il faut les retrouver. J'ai le numéro de la voiture polonaise. Il faut que je joigne Mladen Lazorov. Vous venez avec moi?
– Oui, dit sans hésiter le franciscain.
Juste avant l'appel du barbu, il en avait eu un du Serpent, lui fixant rendez-vous dans son confessional habituel de la cathédrale. Il était sans illusion sur ce qui l'attendait. Il avait le choix entre la mort ou le déshonneur.

– Une voiture de la Milicja vient de les repérer à Slavonski Brod, annonça triomphalement Mladen Lazorov à Swesda et Jozo Kozari qui l'avaient rejoint. Ils roulent en direction de Belgrade. J'ai donné l'ordre qu'on ne les intercepte pas mais que les véhicules de la Milicja se passent le relais.
Il roulait à près de deux cents à l'heure sur l'autoroute, Swesda à côté de lui et Jozo Kozari derrière. Le policier raccrocha son micro pour se concentrer sur sa conduite. Les derricks défilaient à une vitesse hallucinante. Heureusement, à part quelques camions, il n'y avait aucune circulation sur la plus grande autoroute de Yougoslavie.
Swesda se tourna vers le jeune policier.

MANIP À ZAGREB

— Vous pensez qu'on va les rattraper?

— Sûrement.

Ce qu'il fallait éviter, c'était une confrontation armée entre la Milice et les hommes de Miroslav Benkovac. Malko risquerait d'être pris entre deux feux.

CHAPITRE XX

Le milicien dans sa tenue gris-vert mal coupée s'approcha de la BMW et salua respectueusement Mladen Lazorov.

— Ils se sont installés au motel de Sotin, *gospodine*. Juste au bord du Danube. En dehors de la Volga tirant la caravane, il y a quatre voitures immatriculées en Bosnie et à Zagreb. Nous n'avons rien fait selon les ordres, mais une de nos voitures surveille le chemin menant au motel.

— Parfait, approuva Mladen Lazorov. Continuez votre surveillance. Nous allons à Vukovar et nous agirons lorsque la nuit sera tombée.

Ils venaient de passer Vinkovci, à une vingtaine de kilomètres du Danube, dans une région où les villages serbes et croates s'entremêlaient. Il y avait déjà eu de nombreux incidents, qui, heureusement, n'avaient pas dégénéré. Mladen Lazorov se sentait plus tranquille. Maintenant, il y avait une bonne chance de sauver Malko.

Mladen redémarra.

— Où allons-nous? demanda anxieusement Swesda.

— Au siège de la Milice de Vukovar. Mettre tout le dispositif en place.

Ils y furent un quart d'heure plus tard. Il y régnait une animation de ruche avec des miliciens au grand béret gris s'agitant dans tous les sens. Tous les hommes disponibles avaient été mobilisés.

– Allons nous reposer, suggéra Mladen Lazorov. Nous ne pouvons rien faire avant la nuit.

Swesda n'avait pas envie de se reposer, pensant au sort de Malko, qui se trouvait à une dizaine de kilomètres de là.

*

Un bref éclair. Le responsable du barrage établi par la Milice venait de manifester sa présence. Mladen Lazorov échangea quelques mots avant de continuer à pied. Escorté de deux Gardes nationaux armés de Kalachnikov comme lui.

Swesda Damicilovic et Jozo Kozari suivaient, sans arme.

Devant eux, le chemin empierré descendait en pente douce jusqu'au Danube, distant d'une centaine de mètres. On apercevait la surface de l'eau où se reflétait la lune. Le motel de Sotin se trouvait sur la gauche, prolongé par une terrasse dominant une piscine vide, juste au bord des berges obliques cimentées du grand fleuve.

Une dizaine de voitures étaient garées devant le motel. Le cœur de Swesda battit plus vite. La Volga à laquelle était accrochée la caravane était un peu à l'écart, parallèlement au fleuve. Apparemment vide.

Mladen Lazorov échangea quelques mots en chuchotant avec les miliciens et s'approcha à pas de loup de la voiture. Après avoir vérifié qu'elle était inoccupée, il fonça vers la caravane. Il ne lui fallut que quelques secondes pour ouvrir la porte, grâce à un trousseau de clefs fourni par un serrurier de la Milicja. Le faisceau de sa torche éclaira Malko allongé par terre, au milieu des mitrailleuses et des bandes de cartouches. Ligoté et bâillonné. Une corde enserrant son cou, ce qui l'étranglait s'il tentait de se débattre. Une minute plus tard, il se tenait debout dans l'herbe, encore un peu étourdi.

MANIP À ZAGREB

— Comment m'avez-vous retrouvé? demanda-t-il.

— C'est grâce à Swesda, expliqua Mladen Lazorov. Et aussi à notre ami Jozo Kozari.

Le franciscain eut un sourire gêné.

— Il n'y a plus qu'à tous les arrêter, suggéra Mladen Lazorov. Tout le coin est cerné.

Au moment où Malko allait répondre, des phares apparurent en haut du chemin. Ils se dissimulèrent derrière la caravane et virent passer une voiture sombre qui s'arrêta devant le motel. Un homme en descendit, passant sous l'éclairage de la terrasse. Jozo Kozari eut un haut-le-corps.

— C'est Le Serpent! chuchota-t-il.

Le major Tuzla errait sur la terrasse, cherchant l'entrée du motel. Dès qu'il l'eut trouvée, il revint vers sa voiture, probablement pour y prendre des bagages, mais ne l'atteignit jamais. Malko s'était dressé devant lui, une carabine Kalachnikov au poing, empruntée à Mladen Lazorov.

L'officier serbe se figea devant lui. Stupéfait.

— C'est la fin du voyage, major Tuzla, dit Malko.

Le Serpent tourna légèrement la tête, sans même répondre. Le Danube se trouvait à vingt mètres. De l'autre côté, c'était la Vojvodina, la sécurité. Malko lui ôta ses illusions d'une voix douce.

— Si vous vous enfuyez, je vous tue, annonça-t-il.

— Que voulez-vous? demanda le major qui avait repris son sang-froid. Je suis un officier de l'armée fédérale. Vous n'avez pas le droit de porter la main sur moi.

— Sonia, c'est vous, dit lentement Malko. Gunther, c'est vous. Sans compter tout ce que je ne sais pas.

— Je ne comprends pas, lança d'une voix métallique le major. Je ne connais pas les personnes que vous citez. Conduisez-moi à la Milicja.

Évidemment. En trois coups de fil, il obtiendrait le soutien de l'état-major, à Belgrade. Et serait très probablement libéré. Sans baisser son arme, Malko lui répliqua de la même voix égale :

– Non. Je ne vous conduirai pas à la Milicja.

Il venait d'avoir une bien meilleure idée.

**
*

Le jour se levait et des pans de brume flottaient encore sur le Danube. Ni Malko ni Swesda n'avaient beaucoup dormi. D'abord, il avait fallu convaincre Mladen Lazorov. Encore néophyte dans ce genre d'affaires, il aurait eu tendance à faire confiance à la Loi. Finalement, il s'était rallié au plan de Malko. Un peu à contrecœur. Maintenant, de la fenêtre de sa chambre, ce dernier observait le remue-ménage en-dessous de lui. Les complices de Miroslav Benkovac étaient prêts à partir dans leurs voitures respectives qui devaient suivre la caravane, à quelques dizaines de minutes. Miroslav Benkovac, visiblement nerveux, était déjà sorti plusieurs fois du motel, guettant le chemin d'accès.

Il devait attendre le major Tuzla...

Un de ses hommes avait fait tourner le moteur de la Volga et l'attelage était prêt à partir.

Malko vit soudain Jozo Kozari sortir du motel. Il se dirigea vers le bord du fleuve, sembla se recueillir quelques instants puis, d'un pas tranquille, se dirigea vers la Volga. Il ouvrit la portière et se mit au volant. Miroslav Benkovac l'aperçut, poussa un cri et se précipita.

Trop tard !

En première, la Volga s'éloignait en cahotant, tirant la lourde caravane. Déjà, deux des hommes de Miroslav étaient en train de sauter dans une voiture. Ils ne purent même pas démarrer. Un coup de sifflet et des miliciens, armes au poing, jaillirent de tous les coins, maîtrisant les extrémistes, les fouillant, les plaquant au sol. En quelques minutes, le calme était revenu et la Volga avait disparu.

– Il est fou ! s'exclama Swesda. Il va au massacre. Pourquoi fait-il cela ?

Malko se tourna vers elle.

— Il va au massacre, dit-il, mais il n'est pas fou. Il règle ses comptes avec lui-même.

Entre le déshonneur et l'élimination, le père Jozo Kozari avait choisi une troisième solution.

— Salaud ! Traître ! Je me vengerai !

Miroslav Benkovac, maintenu par deux miliciens, était déchaîné, crachant sa haine au visage de Malko. Ce dernier le regarda, apitoyé :

— Vous devriez me remercier, je viens de vous sauver la vie.

— Menteur !

— Les plaques de la Volga ne sont plus des plaques polonaises, fit tranquillement Malko. Nous les avons changées pendant la nuit. Ce sont des plaques de Zagreb. Les Tchekniks qui gardent Borovo vont s'en apercevoir immédiatement. Que pensez-vous qu'ils fassent ?

Stupéfait, Miroslav Benkovac demeura muet un long moment, avant de demander :

— Mais pourquoi ne le lui avez-vous pas dit ? Le père Kozari va se faire massacrer. Vous êtes un monstre.

Malko ne répondit pas. Il ne le pouvait pas. Le franciscain avait choisi de payer le prix fort pour garder son secret en entraînant dans la mort l'homme qui l'avait détruit. Il ne lui appartenait pas de le révéler. Dieu reconnaîtrait les siens.

Des policiers en civil entraînèrent Miroslav Benkovac et ses complices. Malko regarda le lent cours du Danube noyé de soleil, pensant à l'homme qui roulait vers la mort qu'il avait choisie.

Pour la première fois depuis bien longtemps, le père Jozo Kozari avait retrouvé la paix de l'âme. Il conduisait lentement sur la route poussiéreuse et rectiligne menant à Borovo, admirant les épis de maïs de part et d'autre du chemin. Il allait faire une journée splendide. Son cœur avait battu un peu plus vite en franchissant un premier barrage de miliciens, mais ceux-ci l'avaient ignoré. Il avait alors compris que celui qui connaissait son secret avait choisi de lui laisser accomplir son destin.

Personne ne l'arrêterait.

Un grand silo à grains apparut au loin sur sa gauche, dans la brume matinale. A côté d'un nid de cigognes, il distingua deux hommes installés sur le toit. Des guetteurs du village serbe, postés là pour prévenir les Tchekniks de toute intrusion. L'entrée du village approchait, avec des bouquets de gros tilleuls.

Une pile de vieux pneus et une charrette surmontée d'un drapeau serbe en piteux état sur laquelle s'étalait une inscription en lettres rouges : *Svoboda* (1), signalaient la zone interdite. Dans le plan initial de Miroslav Benkovac, la Volga traînant la caravane, toutes deux en plaques polonaises, devaient pénétrer dans le village sans encombre. Les Serbes n'avaient rien contre les Polonais.

Dix minutes plus tard, deux voitures immatriculées en Bosnie – c'est-à-dire neutres pour les Serbes – seraient arrivées à leur tour avec les tueurs. Le temps d'ouvrir la porte de la caravane et les hostilités commençaient. Même les Tchekniks les plus féroces n'auraient pas résisté longtemps aux M.60. Si les blindés de l'armée fédérale intervenaient, les RPG7 leur régleraient leur compte. Ensuite le pogrom pourrait commencer. Dans ce pays en ébullition, il suffisait d'une étincelle pour déclencher une bonne guerre civile.

Jozo Kozari ralentit. Plusieurs Tchekniks barbus jusqu'aux yeux venaient de surgir de la barricade, armés de Kalachs, de riot-guns et de poignards. Une pensée réconfortante empêcha le franciscain de céder à la peur, à l'horreur anticipée de ce qui allait lui arriver.

(1) Liberté.

Car il entraînait le Diable avec lui. L'homme qui lui avait volé son âme.

Il stoppa quelques mètres plus loin. Déjà, les Tchekniks entouraient la voiture. Haineux. L'un d'eux, coiffé d'un calot noir orné de l'aigle impériale serbe à deux têtes, dont l'énorme barbe noire ne laissait visible que le haut des joues et les yeux, braqua une vieille mitraillette Thomson sur le franciscain et lui lança :

— Qu'est-ce que tu viens faire ici?

Jozo Kozari lui adressa un sourire serein.

— Que Dieu te pardonne!

L'autre crut qu'il se moquait de lui, ouvrit la portière et tira le franciscain à l'extérieur, commençant à le fouiller. Au même moment, un hurlement dément parvint de l'arrière de la caravane. Les Tchekniks venaient d'en ouvrir la porte! L'un d'eux en ressortit, brandissant une mitrailleuse M.60. Celui qui avait parlé à Jozo Kozari se retourna et, sans réfléchir, appuya à bout portant sur la détente de la Thomson qui se mit à tressauter dans ses mains, criblant le franciscain de projectiles de 11.43.

La tête pratiquement arrachée, Jozo Kozari fut projeté sur l'aile de la Volga que son sang inonda très vite.

A l'arrière, les Tchekniks se bousculaient pour sortir les armes avec des hurlements de joie. Ils s'apercevraient toujours assez vite que les culasses manquaient, les rendant inutilisables. Dans la foulée, ils jetèrent à terre le corps de Franjo Tuzla, ligoté. Détail qui leur échappa. L'un d'eux lui enfonça son grand couteau dans le dos avec un cri de joie. Ses copains se pressèrent autour du corps à terre, le découpant vivant avec leurs poignards à lame recourbée. En quelques minutes, celui qu'on appelait le Serpent ne fut plus qu'une masse de chair sanguinolente dont la tête avait roulé sur le bas-côté.

IMPRIMÉ EN FRANCE PAR BRODARD ET TAUPIN
Usine de La Flèche (Sarthe), le 20-09-1991.
6274E-5 - Dépôt légal, Éditeur 5122 - 10/1991.
ISBN : 2-7386-0249-5

42/5484/3